»Be taught now, among the trees and rocks,
how the discarded is woven into shelter.«

David Whyte

»(…) und die Mutter sprach ihm das Wort:
nachhause laut vor; er gab es stark verändert
wieder; da horchten sie alle auf (…).«

Friederike Mayröcker

Teil I

I

ZWEI SCHÜSSE

Vetko erschoss ihn dann selbst. Oder: verschoss, wie der Lohwieser gesagt hatte, als er Vetko seine Jagdbüchse lieh.

»Wenn du ihn verschießt«, hatte Lohwieser gesagt, »machs nicht in Taubners Revier, der kriegt das spitz, der redet, die Leut' reden. Du weißt ja.«

Vetko hatte genickt und geschwiegen und mit beiden Händen sein grünes T-Shirt gedreht, den Rand wie Zigarettenpapier aufgerollt. Er hatte zu Mina geblickt, an sich herunter. Lohwieser hielt ihm das Gewehr hin, die Haenel, die er dem Taubner aus dem Hochsitz geklaut hatte. Vetko nestelte am grünen Stoff und schaute nicht auf und nahm das Gewehr nicht. Lohwieser zog den Hebel zurück; das Patronenlager öffnete sich. »Ein Schuss nur ist drin«, sagte er, »dann musst du nachlegen. Einzelladerbüchse.«

Vetko presste Daumen und Zeigefinger eng um die Stoffrolle. Kaum merklich krümmte der Zeigefinger sich, kurz und wie ein Muskelzucken, ahmte nach, was Lohwieser am Abzug vorführte.

Eine Woche vor Schulbeginn wusste Mina noch immer

nicht, wie sie ihren Sommer den anderen erklären sollte. Ob sie Vetko verschweigen konnte? Ob er es in der Schule herumerzählen würde? Sie hoffte, dass das, was Vetko in ihr verrückt hatte, von außen nicht sichtbar wäre. Noch bevor die Schule wieder begann, zog sie die Bilder dieses Sommers hervor, sorgfältig eines nach dem anderen, und pinnte sie gegen die Innenwand ihrer Stirn. Sie brachte sie in eine Ordnung, den Kuss, die Abdrücke der Fichtennadeln auf ihren Oberschenkeln, die Haut auf dem Becher Milch und zuletzt Vetkos Hand an ihrer Kehle. Sie betrachtete lange die Bilder, glänzend und ohne die Fingerabdrücke eines anderen außer ihr selbst, und dann fügte sie eine letzte Schicht hinzu, so behutsam, als würde sie mit Blattgold arbeiten. Am Abend vor dem ersten Schulmontag strich Mina eine Unschärfe über jedes Bild von Vetko und ihr, die die Nacktheit ihrer beider Körper und Vetkos Kopf gerade genug verwischte.

Sie wünschte sich, Vetko und sie würden hinter dem Knirschen von mit nach Hause gebrachtem Ostseesand in den Turnschuhen und dem Flattern von bleichblondem Salzhaar in den Sommergeschichten ihrer Freunde zurücktreten, übersehen werden und schließlich verschwinden. Mina würde Vetko in der Schule behandeln wie vor diesem Sommer auch: als den Sitzenbleiber, der immer allein in der ersten Reihe hockte. Was sie beide an den Nachmittagen trieben, würde sich verheimlichen lassen, bis sie genug davon hatte. Bis sie es verstanden hatte.

Vor ihr lief der Hund und vor dem Hund Vetko, es war sein Hund, ein Mischling mit stumpfem Fell und Nebel in den Pupillen. Früher war es einmal Miros Hund gewesen. Miro, Vetkos älterer Bruder, war im letzten Jahr an einem Sonntag nach Klößen und Rotkraut mit dem Sechserbus aus dem Ort gefahren und nicht wiedergekommen, während sie alle, Mina und Vetko und die anderen Schüler der Gesamtschule im Ort, noch Stuhl an Stuhl nebeneinandersaßen und der jeweils andere aufhörte, wo die Holzbeine seines Tischs begannen. Und auch, wenn sie alle nicht gewusst hätten, was tun, hätte die gewohnte Erstarrung des Raums sich eines Vormittags aufgelöst und Stühle und Tische und Körper ineinandergewirbelt wie in einem Kaleidoskop, Minas Gesicht in das von Robert, Malenes Hände in Fabians Schoß: Sie alle über ihren Heften stellten es sich vor und träumten besonders deutlich dort, wo ihre Stifte die Ränder der ordentlich eingeschlagenen Bücher berührten und ihre Füße parallel ausgerichtet zum Lehrerpult zeigten. Über dem Pult hing die große Uhr, die so tat, als könnte man eine verknotete Zeit regelmäßig bemessen, obwohl sie jeder von ihnen anders fühlte: mal voranbrausend, dass es ihnen schwindelte, mal so verhärtet, dass der Zeiger fast am Voranschieben der Sekunden zerbrach. Und doch tickte die Uhr täglich in einem absurd genau gleichbleibenden Maß von acht bis zwei und tat so, als wäre nichts; als wäre der Abstand zwischen jedem Ziffernblattstrich genau gleich, regelmäßig gesetzt wie Kommata in einem lang gezogenen Bandwurmsatz, den Schüler und Lehrer und alle anderen im Ort täglich zur selben Zeit im Chor aufsagten, zur Stunde genau: das Dorf eine Wanduhr und sie die herausfedernden Figuren darin.

Vetko bewunderte Miro, sie alle taten das, und er war stolz auf den Hund, den sein Bruder ihm vererbt hatte. Viele im Ort kannten Vetko nur als Miros kleinen Bruder; und als er den Hund bekam, war es für ihn fast gewesen, als wäre er selbst ein wenig zu Miro geworden. Abends, wenn er den Hund ausführte, breites Leder um den breiten Nacken des Tiers und die Leine sehr fest in der rechten Hand, ging er dann breitbeiniger als gewöhnlich und rief den Hund nicht laut zurück, wenn er ihn losgelassen hatte, sondern ahmte Miros gedämpftes Zungenschnalzen nach.

Jetzt lief das Tier mit einem schwankenden Gang, waberte mehr um die Hindernisse des Weges, als dass es sie umging, blieb an Steinen hängen, knickte in Bodendellen ein. Vetko vermied jeden Blickkontakt.

Mina trug die Haenel, Vetko den Spaten. Er ging rasch und federnd, der Mund entspannt. Durch das Gras am Weiher schwirrten kleine weiße Falter und streiften ihre Fußgelenke. Mina hätte ewig so laufen können in dieser Reihe aus drei Gehenden, schweigend durch den Wald, aus dem die Tagesfarben auswuschen, in dem die Tagesstille mit dem Nachtlärm wechselte: das zudringliche Rauschen der Grillen, das sich in der Dämmerung aufblähte und ein Zelt über die Bäume spannte.

Der Hund blieb nah an Vetko, folgte seinem Tritt in die dichter werdende Tannenschonung. Er schloss auf und rieb den Kopf an Vetkos Knie. Vetko blieb abrupt stehen. Die Wege hatten genauso aufgehört wie die Markierungen an den Bäumen: Hufe für Reitpfade, gelbe Rauten für Wanderrouten, *Forstwirtschaftlicher Verkehr frei*. Noch zwei Schritte, einer, und sie ließen das letzte Schild hinter sich, darauf die Umrisse einer Tanne in einem Kreis: der Bannwald, jenseits von Taubners Jagdrevier.

Wer im Forst bestimmte, konnte man auf einen Blick erkennen: Hier hatte Wild sich an Gebietsgrenzen zu halten, Maschendraht spannte sich um die Stämme frisch gesetzter Fichten, und das Wühlen der Wildschweine wurde mit Stromdrähten im Wald gehalten. Im Forst war es lärmig von Waldarbeitern, Wanderern, Wirtschaftlichkeit. Als sie in den Bannwald traten, steckten sie sich die Finger in die Ohren, über die sich eine luftdichte Taubheit gelegt zu haben schien. Sie schüttelten die Finger, um die Haube über den Ohren loszuwerden, aber als der Hund einem huschenden Eichhörnchen hinterherkläffte, begriffen sie: Da war keine Haube. Der Hund sprang nutzlos an einer ausladenden Weidbuche hoch, deren Stamm bis zur kahlen verbrannten Krone in zwei Hälften gespalten war; der aufgerissene Stamm war besiedelt mit melonengroßen Stachelbartpilzen, deren weiße zottige Stränge aussahen wie in einem Vollbart festgefrorene Schneewehen. In den Hungerwintern nach dem Krieg hatten die Frauen und Kinder im Ort sie von den Bäumen gekratzt und gegessen; Mina erinnerte sich, dass ihre Großmutter davon erzählt hatte. Vetko nahm die Finger aus den Ohren. Sie lauschten dem Hund, bis er sich beruhigte, und dann kamen auch die anderen Geräusche zurück wie eine Welle, die sich vom Ufer zurückgezogen hatte und mit neuem Schwung dagegenbrandete, das raspelnde Schwarmzittern der Insektenleiber, das schwere Flappen von Flügeln mit weiteren Spannbreiten als die der Finken und Dohlen, die es im Forst gab.

»Bereit?«, fragte Vetko. Mina kniete sich vor den Hund und streichelte seine Ohren.

Vetko band die Leine um den Stamm einer Fichte. Daneben wuchs eine Gruppe Fingerhutpflanzen, aufrechte schlanke Säulen, jede blühende Glocke voll mit Gift und greller roter Farbe, und im Licht der tief hängenden Sonne hinter dem Wald wirkte der Hund wie ein Märchenwolf aus einem Schattenspiel. Vetko nahm Mina bei der Hand und zog sie fort – zwei Meter, zehn, zwanzig.

»Vetko«, sagte sie leise, ein geduckter Versuch, aufzuhalten, was nicht aufzuhalten war. »Bist du dir sicher?«

Seine Hand in ihrer lag kalt unter einem Schweißfilm, er sagte: »Ja«, sagte: »Ich brauche keinen schwachen Hund.«

Der Hund winselte leise hinter ihnen. Da drehte Vetko sich um, nahm ihr in der Drehung die Haenel aus dem Arm, blickte starr durch das Zielfernrohr. Was er sonst nicht wusste, hatte Vetko in den Münzschlitz der Suchmaschine gefüttert und verwackelte Videos bekommen, die Schussdistanz erläuterten und dass man in den Kopf des Tiers schoss oder bei Wild den Blattschuss machte durch das Schulterblatt. Aber der Hund war ja kein Hirsch und kein Reh, sondern ein Hund.

Vetkos Zeigefinger krümmte sich, ein Zucken, wie Lohwieser es ihm gezeigt hatte. Doch die Kugel flog nicht gerade, sie beschrieb einen Bogen und prallte an der Fichte ab und sprang in die Böschung. Vetko, kaltes Wasser auf der Stirn und im Nacken, senkte das Gewehr, ließ seine Hand hastig zum Hebel seitlich des Zielfernrohrs fliegen, legte eine zweite Patrone ein, Einzelladerbüchse, und er schoss blindlings ein weiteres Mal auf den kläffenden, vor Angst und Erregung an der Leine reißenden Hund, und er traf, kaum zu fassen, den Hund auf die Stirn zwischen die Augen, und die Kugel drang ein in das Hundehirn und schlug vielleicht durch das, was sich mit feingliedrigen Ärmchen und Beinchen und Fühlern durch den Schädel des Hundes gefädelt hatte und ungeheuer schnell gewachsen war, schnell wie eine Sagengestalt und ebenso vielköpfig, und den Hund schwach gemacht hatte und hinfällig und fast blind.

Die Kugel trat am Hinterkopf aus, und Mina hätte gern gesagt: Der Schuss zerriss die Stille, aber er zerriss nichts, nur den Hundekopf mit seinem Tumor darin, und der Wald legte eine große, kühle Hand auf Vetkos Mund und ließ ihn nicht schreien, und der Wald schluckte überhaupt Hall und

Nachklang und Bedeutung dieses Schusses und ließ Kugel und Hirn weich fallen.

Vetko grub, und das Blut des Hundes lockte die Bremsen an, gedrungene, dunkle Körper und dicke Saugrüssel. Sie brauchten all ihre Hände, um die Erde auf das Loch zu schaufeln, das dann doch sehr groß geworden war, Vetko mit dem Spaten und Mina mit Fäusten voll Boden und ausgerissenem Moos. Vetko klopfte schweigend die Erde fest. Er sah zufrieden aus, den Tierarzt und seine Spritze hatte er nicht gebraucht, er hatte nichts nötig vom Dorf und den anderen außer Lohwiesers gestohlener Büchse.

Mina reichte ihm die Leine, die sie vom Baum gelöst und unschlüssig in der Hand gewogen hatte. »Zum Erinnern«, sagte sie.

»So was braucht man für Hunde, nicht fürs Erinnern«, sagte Vetko ruhig. »Ich habe keinen Hund.«

In den Tagen nach dem Schuss schraubte Vetko das Blechschild mit dem Piktogramm eines großen schwarzen Hundes an der Gartentür seines Elternhauses ab, *Warnung vor dem Hunde*, und weil er nicht wusste, wohin damit, und es hilflos in den Händen hielt, viel zu lang, steckte Mina das Schild zu der Leine in den Rucksack und radelte zum Waldsee, auf dem das Schild flach aufklatschte und die Leine kurz oben schwamm, sich vollsaugte und unterging. Beides sank ohne Strudel oder aufsteigende Luftblase, einfach so, sehr schnell.

II

STICHE

Es waren die letzten Tage des Hochsommers, in denen sich die Schädel vom Lohwieser, vom Taubner, vom Achner noch deutlicher als sonst durch die gespannte Haut der Schläfen drückten. Vetko und Mina fuhren mit den Fahrrädern in die Felder. Sie lagen in Raps und in Weizen, stundenlang, Wärme im Scheitel, schläfrig und satt. Eine Florfliege fraß eine Blattlaus, und dann noch eine. Die saftroten Klatschmohngewänder gingen pudrig und flattrig auf, der Schock der kräftigen Farbe fast zu schwer für die Blätter, und klebten feucht an ihren Fingern. Beinahe jeden Nachmittag entlud sich über ihren Köpfen die überschwere Hitze in einem Gewitter. Das Licht in der Stille danach barst in den sich verziehenden Wolken und stand, gespalten durch ein unsichtbares Sieb, in hellen, sirrenden Flecken über Wiese und Feld. Was für sich war – nachbackende Tagschwüle, Stiche von hartem Hafer im Rücken, Vetkos hellbraune Augustpunkte auf seinen Wangenknochen, der sich in der aufziehenden Dämmerung unmerklich von Grün ins Schwarz färbende Wald, der Tümpel, der mit jedem Sommertag mehr und mehr verdampfte wie alles Wasser, das unbewegt war –, all das schien an seiner Begrenzung zu zerfasern, all das schob sich in diesen Tagen übereinander, ineinander. Durch die warmen Nächte zischte das Mohnrot an den Rändern der Felder wie Streifschüsse.

Bei Sonnenuntergang standen Vetko und Mina an einem Aussichtspunkt der Schwarzwaldhochstraße. Obwohl der Blick über den Wald hinaus weit war, wenn man nur hoch genug stand, und das Baumdunkel vor dem Horizont auseinandergrätschte und in einer Senke Platz ließ für die Lichter von Frankreich, fern und doch wie mit den Händen pflückbar, konnte Mina keine offenen Flächen sehen. Keine Weite. Der Wald faltete sich um sie herum und klappte zu, und ihr Kopf steckte zwischen den eng stehenden Speerspitzen der Fichten, aufgerichtet, eingezwängt, in Reih und Glied zwischen Hunderten Stämmen. Mina sah sich stehen, in die Erde gedrückt wie die handtellergroßen Tannen aus Pfeifenreinigern, die ihr Vater in den festen Schaumstoff seiner Miniaturlandschaft für Modelleisenbahnen steckte.

Es waren bloß anderthalb Stunden Autofahrt bis über die deutsche Grenze, aber für Vetko mochte Frankreich auch weiterhin nur aus Lichtern bestehen und hellen Bändern, auf denen wie Leuchtkugeln geräuschlos Autos rollten. »Willst du nicht wenigstens«, fragte sie, als sie sich ins Gras legten, »irgendwann wissen, wie woanders die Bäume aussehen? Die Mammutbäume in Kalifornien meinetwegen, die Josua-Bäume, Banyan-Bäume, Affenbrotbäume?«

»Wer weiß, wohin er gehört«, sagte Vetko undurchdringlich, »der muss nicht reisen. Heimat ist: nicht reisen müssen.« Er sagte das, wie nur ein Achtzehnjähriger es konnte: umso überzeugter von sich, je weniger er von der Sache verstand.

Und Mina dachte: Heimat. Ein Wort aus dunkelgrünem Filz geschnitten, und es schulterte ein Jagdgewehr zwischen den Buckeln seines M, und ihre Großmutter drapierte es auf der Lehne ihres Cordsofas im Wohnzimmer, und dort setzte es Staub an, den sie jeden Sonntag geduldig herunterwischte mit ihrem Wedel aus Straußenfedern, und manchmal hing es im Schlafzimmer über dem Kopfende des Bettes neben dem Kreuz, und es steckte in »Heimatkunde« und »Heimatmuseum«, und Mina sah es in Frakturschrift in gebeizte Holzschilder geschnitzt mit einem Pfeil, von dem sie nicht wusste, ob sie ihm folgen wollte.

Es gab die Ordnung des Dorfs, und es gab Vetkos Ordnung. Beide wollten sie Wegweiser sein, und zeigte der eine an einer Gabelung nach rechts, wies der andere verlässlich nach links, und Mina stand in der Mitte und blickte eine Weile ratlos hin und her, und schließlich ging sie mit Vetko, weil er entschlossener voranmarschierte als alle anderen und umso schneller, je unbekannter ihm das Gelände schien.

»Halt still«, sagte Vetko.

In Minas Armbeuge glänzte fettig eine Bremse. Die Bremse kroch, der Wärme von Minas Puls nach, über die Haut und erreichte den Aderbaum des Handgelenks. Vetko lächelte. Der feiste, dunkelgraue Stab vibrierte vor Gier. Vetko nahm ihre freie Hand in seine, im Nadelstich seiner Pupille glänzte Neugier und etwas anderes, das Mina nicht benennen konnte; es ließ sie an den Hunger der Bremse denken. Mina schlang ihre Finger um seine, als die Bremse stach, biss in das Gras vor sich, gegen den Schmerz an, zerrieb zwischen den Zähnen den Grit aus Sand und Erde, Halmen und Wurzeln.

Vetko beugte sich vor und küsste sie auf den Mund, trocken und warm, und seine Zunge mischte sich mit dem

Bitter der Gräser. Für einen Moment wurde der Talkessel weit und die gespannten Schädeldecken fern, und der Stich der Bremse pulste in einem Takt, den der Stich der Zunge vorgab. Vetko folgte der salzigen Straße von Bauchnabel zu Schambein, mit Finger und Mund, Braue und Wange, zurückhaltend erst, dann zielbewusst. Sie wartete, ohne Luft zu holen, mit schmerzenden Lungenflügeln unterhalb einer Wasseroberfläche, zwischen davor und danach, bis er sie, mit einem einzigen Zug, den glatten Spiegel durchstoßen ließ, hinein in die Wende ihres Atems, endlich. Mina sog Luft ein, bis ihre Fingerspitzen und Zehen zu sirren anfingen.

III

DIE WELT VOR DEN STÄDTEN

In der Welt vor dem Herbst, in dem sie alle in die Städte gingen – alle, außer Vetko –, gab es Goldzähne und Backenbärte, lodengrüne feuchte Wintermäntel mit Knöpfen aus Hirschhorn, die salzig schmeckten, wenn man an ihnen leckte. Handschuhe und Schals und Mützen, selbst gestrickt, überkrustet mit harschigem Schnee, die auf den Haken vor den Klassenzimmern von November bis März vor sich hin tropften. Die sich auf dem Heimweg borstig und klamm um ihre Hälse und Hände schlangen, wenn sie nachmittags in ihre Zimmer zurückkehrten, in ihre einmal gemütlichen und bald zu schmalen Kinderbetten mit Holzrahmen, die zwischen den Planken der Lattenroste zu wenig Platz für Geheimnisse hatten. Es gab Bauchansätze, die die Männer Wohlstandsbäuche nannten und die Frauen Bierwampen, zurückweichende Haarkronen, brüchige senfgelbe Dauerwellen und quastenrosa Rougewölkchen auf erhitzten Wangen in Wirtshäusern. Es gab Leinenschürzen, die alle Mütter mit vor Konzentration zusammengepressten Lippen am Rücken zusammenbanden, bevor sie mit flinken Fingern und schmalen Küchenmessern mit Holzgriff Rüben und rote Bete schälten und Holunder einkochten.

Und es gab Autos mit Ladefläche und Allradantrieb in gedeckten Farben, fein gehäckselte Kohlschnitze in blau emaillierten Töpfen mit Zwiebelmuster, die ihre zarte grüne Farbe an das sprudelnde Kochwasser abgaben und fadbraun wurden und mittags nach der Schule schmeckten wie am Vortag. Es gab Kirchenfeste wie Taufen, Ostern, Weihnachten und Firmung, und dabei wurden Mina und Vetko und die anderen in schlecht sitzende Polyesteranzüge und weiße Kleider aus der Kinderabteilung des kleinen Kaufhauses der Kreisstadt gesteckt. Und die Männer schwitzten an langen Klapptischen in Gemeindesälen ihre gestärkten Hemdkrägen gelb und vergrößerten ihre Wohlstandsbäuche mit rüschig dekorierten Sahnetorten, und als die Kinder um Mitternacht zu Bett geschickt wurden, liefen den Männern torfige Tropfen mit weißem Schaum links und rechts an ihren Schnauzbärten hinunter, und sie umarmten die Kinder mit weitschweifigen Armen und klapsten die Hintern der Mütter und sangen Volkslieder und Trinklieder im Kanon, während hinter ihnen in den Vitrinen des Gemeindehauses bedächtig die Pokale der Skimannschaft und die Zinnspitzen der Wimpel des Wandervereins blinkten.

Und es gab den Wald und seine Wörter: Fichtentriebe. Moosbetten. Losung. Wildwechsel. Verharscht. Dickicht. Mulchig. Borke. Tannenschonung. Wörter, die noch in ihren Mündern blieben, nachdem sie sie ausgesprochen hatten und grün schmeckten, moderig, stumpf und wassersatt, schattig und voll. Denen Mina später, weit hinter dem Wald und dem Ort, nachschmecken würde wie einer Verletzung am Gaumen, mit hochgebogener Zungenspitze, gierig und wehleidig, Wörter wie kitschige Souvenirs, etwas Kleines und gut Verpackbares mit Schwarzwaldhausschindeln und einem Kuckuck, und wenn Mina sie aussprechen würde, weit, weit hinter der Schwelle des Hauses der Eltern und dem durchgestrichenen Ortsschild und der Landkreisgrenze, wären es Laute ohne Echo, die klumpig zu Boden fielen und zwischen den Füßen liegen blieben.

Und dann gab es Vetko. Es war in dem Sommer gewesen, als sie sechzehn geworden war. Vetko war ein Einzelgänger, in den Pausen las er auf dem Mäuerchen am Rand des Schulhofes ein Buch, den langen Oberkörper gebeugt und die eng zusammenstehenden Schultern hochgezogen, oder er hörte über billige schwarze Kopfhörer mit dünnen Plastikbügeln seine 70er-Jahre-Gitarrenmusik. Er sah dabei nicht im Geringsten lässig aus, im Gegenteil, sein eigentümlich zeremonieller und mädchenhaft hingebungsvoller Ausdruck in seinem mageren Gesicht mit der zu hohen, gewölbten Stirn und der schnabelhaften Nase ließ ihn lächerlich und würdevoll wirken, englischer Baron und Papagei zugleich. Um seine schläfrig verhangenen braunen Augen spannte sich weiße, körnige, dünnaderige Haut, die sich in der trockenen Bergluft des Winters schuppte und in heißen und sonnigen Wochen dunkel und hutzelig wurde und ihn wie einen alten Landstreicher wirken ließ.

Dieser Sommer war übermächtig, selbst die Nächte stickige schwarze Räume ohne Ausgang und Fenster, und Mina war schon im Juli gesättigt von der schweren Vier-Uhr-Hitze gewesen, die sie dösend hinter Fensterlamellen auf dem Bett verbrachte. Hinter geschlossenen Augen zeichnete sie nach ihren Wünschen das neu, was jenseits der Lamellen und Lider lag: Einkaufspassagen und ein Kino, Straßenzüge mit hoch aufgereckten Häusern, die Schatten warfen und an deren erleuchteten Fensterhöhlungen abends schlanke Menschen standen und über die Brüstungen gelehnt an ihren Zigaretten sogen und angelegentlich abaschten, und über allem lag das unruhige, aufregende Summen einer Musik, deren Basslinie aus dem Vibrieren von Autos auf Asphalt und Rädern auf Gleisen und vielen wirbelnden Fußpaaren auf Bordsteinpflaster und dem Summen zahlloser Versprechen bestand, die sie noch nicht benennen konnte. Abends, wenn die Kühle aus den Säumen des Waldes quoll, der in die Ränder des Dorfs lappte, gab es nichts, was man mit sich hätte anfangen können. Also ging Mina spazieren, bis sie müde wurde.

Sie blieb auf dem sandigen Wanderweg stehen, als sie ihn sah, und wollte gerade rufen, aber etwas hielt sie zurück. Vetko stand mit dem Rücken zu ihr am Waldsee. Sein in der Dämmerung bläulich schimmernder Hals war durchgestreckt, und der Kopf fiel ihm nach hinten in den Nacken. Seine Arme schienen in stoßweisen, abgehackten Bewegungen etwas zu schieben, vor und zurück, es sah nach Anstrengung aus. Gleichzeitig ähnelten die gespannten Bögen seiner Augenbrauen und der leicht geöffnete Mund der albernen Entrückung auf seinem Gesicht, wenn er seine Musik hörte. Vetko stand dort, am Ufer des kleinen Sees mit wurzelbraunem, von der Dürre des Sommers dicklich geronnenem Wasser, mit den schmuddeligen weißen Turnschuhen fest auf dem verbrannten Gras, aber das Fieber, dem seine Hände gehorchten und das in feinen Schweißtropfen über seine Stirn pulste, hob ihn über die Scherenschnittgeweihe der schwarzen Baumkronen in die Nacht und die Sterne. Plötzlich erstarben Vetkos Bewegungen, und der Kopf klappte nach vorn, und die Hände nestelten vor seiner Körpermitte, und er straffte die Schultern, und er drehte sich um und sah sie auf dem Waldweg, und noch ehe sie loslaufen konnte, stand er bei ihr. Die Helle seiner Augäpfel, zitternd und aufgerissen, leuchtete kalt und wütend und sehr nah vor ihrem Gesicht, als er ihren Arm packte.

»Wie lang bist du schon hier?« Vetkos Stimme wand sich gepresst zwischen seinen Zähnen hervor, die in diesem Moment in seinem Mund mehr zu werden schienen und gegen seine Zunge drückten und seine Miene grimassenhaft verzerrten.

Mina begriff seinen Zorn nicht. »Eine Weile«, erwiderte sie arglos, und sein darauffolgendes Schweigen wickelte sich um sie und schnitt sie aus der Nacht, aus dem Wald und hinein in etwas Unbehagliches. Sie trat ihm ans Schienbein, so fest sie konnte, und rannte davon.

Vetko hätte sich nach dieser Begegnung einen neuen Ort für das suchen können, was er am Wasser tat. Aber er kam zurück, und auch Mina behielt stur die Route ihrer Spaziergänge bei, und eine Woche lang blieb sie jeden Abend stehen und sah ihm vom Weg aus zu, bis seine Augen sich wieder öffneten. Vetko tat, als bemerkte er sie nicht, fuhr mit seinen Händen abrupt über die Beine seiner Jeans, zog den Handrücken einmal über die nass beperlte Stirn und ging. Sie gewöhnten sich aneinander, langsam, scheu, im unbeirrbaren Takt von etwas, das nur für Mina und Vetko wahrnehmbar über den kleinen Häusern ihrer Eltern lag, über den Dorffesten und dampfigen Kochtöpfen und den Bolzplätzen und flimmerigen Spielkonsolen der anderen.

Der Hochsommer behauchte die dick und schwer gewordenen Pflaumen auf den Streuobstwiesen um den Wald mit einem trügerisch kühlen Mattviolett und trieb den letzten Zucker hinein und brannte ihn darin zu Karamell, bis er Blasen warf und die Früchte platzten und ranzige Süße in die Abende verströmten, die Mina mit Vetko verbrachte. Sie hatte sich schließlich neben ihn gestellt, und irgendwann ohne dass sie wusste, was sie tat, eine Hand nach Vetko ausgestreckt, während er den Reißverschluss öffnete. Als ihr einfiel, dass sie eigentlich gar nicht weiter gedacht hatte als bis hierher, dass sie eigentlich keine Ahnung hatte, was danach käme, hing ihr Arm mit einer fremden und nutzlos schlenkernden Hand vor Vetkos Hosenschlitz herum, bis Vetko sie nahm und aus Minas Daumen und Zeigefinger einen Ring formte ungefähr in der Größe der Sonntagsserviettenringe ihrer Mutter, in denen die gestärkten Stoffservietten steif steckten und nicht berührt wurden bis zum nächsten Sonntag, wenn sie wieder gestärkt und durch Ringe gezogen wurden.

Sie lagen im Wald, im Moos abseits der Wanderpfade. Vetkos Hand griff in das schwarze Haarbüschel, das erst in diesem Sommer unter Minas Achseln gewachsen war, und zog. Sie schrie auf. War dann still. Guckte Vetko an und wieder weg, runzelte die Stirn gegen ihn an: »Wars das schon?«

Er lachte und zog ihren Kopf an einer Faustvoll Haar in den Nacken. »Fürs Erste«, sagte er und ließ wieder los. Er griff in die Waldböschung hinter ihr und pflückte einen grünen Fächer heraus, mit dem er über ihren nackten Bauch strich. Die Wimpernblätter des Frauenfarns hatten die Geigenköpfe ihrer eingerollten Triebe vom Frühsommer längst geöffnet, die Trockenheit fraß gelb an den Rändern der Fieder. Selbst die unverwüstlichen Königsfarne ließen die Köpfe hängen und rollten sich in der Hitze ein, wurden gelb und braun und starben bis zur Wurzel ab. Es hatte Waldbrände gegeben in diesem Jahr, beim ersten Feuer hatten die Bewohner des Ortes in der Nacht noch die Fenster aufgerissen und waren hektisch wie Hühner zusammen- und durcheinandergelaufen, hatten im Anker und, als der keine freien Stühle mehr hatte, bei Lu's Asia-Imbiss am Bahnhof zusammengesessen bis zum Morgen. Danach hatte Mina gelernt, dass der Geruch von Feuer, der würzig war von schmorenden Baumnadeln und unter den Rinden der Stämme zu Dampf gekochten Harzen, ein Geruch war, bei dem sie das Fenster schließen und weiterschlafen konnte: Die Feuer blieben im Wald und die Menschen in ihren Betten, nur die Kreise der Hubschrauber über dem Berg störten ihre Träume.

In diesem Sommer war Minas Hüfte nicht anders als die von Vetko, gerade und flach wie ihre Brust. Tabakfarben hatte sich die Sonne daraufgebrannt, der Farn lag wie ein Strumpfband von Hüftknochen zu Hüftknochen, fedrige Spitze mit braunen Punkten auf der Blattunterseite, die sich rau anfühlten, wenn ihr Atem die Bauchdecke nach oben trieb. Vetkos Finger krochen in ihren Schoß. Er grinste, als sie unwillig die Beine schloss, überreizt von seinem schlaksigen, eckigen Jungenkörper auf ihrem. Mina wusste jetzt, wo Vetko gewesen war hinter seinen Lidern an dem ersten Abend am Weiher, und er nahm sie mit dorthin, schwitzig ineinandergeschoben im Gras, auf Erde, Moos. Wenn sie wieder aufstanden, hatten vertrocknete Tannennadeln feine rote Strichmuster in ihre Rücken gedrückt.

Als mit den ersten schweren Regenfällen und dem Geruch von fauligem Stroh und dörrendem Obst und knistrigen toten Wespenkörpern die Schule wieder begann, fühlte sie sich verändert, größer, zum ersten Mal Teil von etwas, das still, aber unaufhaltsam über die Ränder des Dorfs und des Waldes hinausgewachsen war.

IV

MILCH UND HÄUTE

Bundesstraße, Landstraße, Ortsschild, Tankstelle. Links der Straße Wald, rechts Wiesen, abgezirkelt mit Pflock und Draht. Die Weiden vom Achner, die Weiden vom Denner. Auf der vom Achner standen die schottischen Hochlandrinder vom Lohwieser. Teuer waren sie gewesen, und Gewinn warfen sie keinen ab, aber der Lohwieser hatte was Besonderes gewollt, zum Trost, nach dem Tod vom Lohwieser junior. In der Kreisstadt hatte er gesoffen bis zum frühen Morgen und war auf der Heimfahrt ein Holzkreuzchen geworden in der Höllenkurve am Berg. Die Lohwieser, die Frau vom Lohwieser senior, hatte ihren Mann nur zwei Wochen darauf verlassen und war zum Taubner gegangen, dem Vizevorstand der Papierfabrik im Tal. Da hatte der alte Lohwieser das Saufen angefangen, im Anker und zu Hause. Und jetzt standen sieben schottische Hochlandrinder im Schwarzwald und wunderten sich.

Hinter den Lohwieser-Rindern das erste Haus vom Neubaugebiet. Scheite in ordentlicher Halbmondform, zu Haufen geschichtet. Daneben das Auto, Viertürer, Kombi,

Aufkleber am Heck: wer hier mitfuhr oder an was man glaubte oder was man nicht mochte. An den Nationalpark glaubte hier niemand so recht. Wovon leben, wenn im Wald kein Holz mehr zu machen war? Sollten die Sägewerke im Tal leerdrehen, den Schloten der Papierfabrik die Rauchwolken im Kamin stecken bleiben? Die paar Saudis im Sommer, die Holländer im Winter reichten doch lang nicht für alle. Und knochengeizig waren die Saudis, feilschten um die Bettenpreise und die Bollenhutkühlschrankmagneten im Souvenirladen und brüllten, wenn bei Lu Schweinefleisch auf dem Teller lag, dabei stand doch jetzt überall *pork* auf den Karten, und Käsespätzle gabs doch auch bei Lu und Maultaschen und Pfifferlinge, wenn der Brunner in den Pilzen gewesen war oder der Supermarkt Angebot hatte.

Neben dem Auto das Haus, Blumentröge aus dunkel gestrichenem Holz an den Fenstern, manche vom alten Lohwieser aus einer kränklichen Fichte gestemmt, die der Förster ihm für einen Kasten Helles überließ, und manche vom Baumarkt. Dach mit niedriger Tenne wie bei den alten Häusern im Dorfkern, Stroh wurde dort keines mehr im Winter gelagert, aber hübsch war es, und man machte es eben so. Solarzellen auf dem Dach, reichten fürs Warmwasser, bezuschusst vom Land, warum auch nicht, Sparen hatte noch niemandem geschadet. Ein Vorgartenquadrat, ein Garagenquadrat, ein Geräteschuppenquadrat und wieder ein Holzstoß, Scheite halbmondförmig zugespalten, abgedeckt mit Plane diesmal. Ein Auto. Das Haus. Verschiedene kleinere Quadrate mit Funktion, grün und braun und grau. Minas Nachbar Taubner hatte die exakte Kopie seines Hauses als Vogelhäuschen im Vorgarten stehen, ein prächtiges Teil aus Massivholz, mit echten Fensterscheiben. Hatte er in Taiwan bestellt, im Internet. Ein Vogel saß nie drin, denn der Taubner fand, das Futter mache nur unnötigen Dreck.

Hinter den Häusern der Bach, dann ansteigender Wald, Bergketten ringsum. Das Dorf war der Boden des Talkessels. Der Kessel war dickwandig, Störgeräusche von jenseits des Waldes hörte man hier nicht. Nur das, was im Dorf geschah, wurde vielfach gegen die Wände geworfen, ein sich verstärkendes Echo aus Tratsch, mitunter Steinschlag.

Sie hatte Vetko nach dem Häutchen gefragt, bevor sie es zum ersten Mal taten. Dass es das Häutchen gab, wusste sie von Malene, lange bevor in der Schule die Doppelseite im Biologiebuch aufgeschlagen wurde.

Das Häutchen trennte, so viel verstand sie, das, was in ihr lag, von dem, was außen war. Darin waren sich das Buch und Malene einig. Ihre Freundin kam mit dem Kopf so nah an ihr Ohr, dass ihre unter dem Triumph eines mächtigen Wissensvorsprungs bebenden Locken an Minas Nacken schnippten, und wisperte an der verdruckst um die Klitoris herumschleichenden Biologielehrerin vorbei: »Es klingt wie Knallerbsen, wenn dein Jungfernhäutchen reißt.« Malene ließ die rechte, in Form gezupfte Augenbraue unter ihrem Pony verschwinden und grinste.

Mina dachte an die weißen, fleischigen Beeren, die sie im Spätherbst auf dem Weg zur Schule von den Büschen rupften, dass die gebogenen Äste dem, der hinter einem lief, ins Gesicht peitschten. Sie hörte das trockene Krachen, wenn sie, schon halb geeist von Raureifmorgen im November, auf dem Boden zerplatzten.

Mina erinnerte sich, wie ihre Mutter ihr an ihrem elften Geburtstag endlich Ohrlöcher gestochen hatte. An Malenes Ohrläppchen waren die Goldringe und Glitzersteine das Ohr hinaufgewachsen, seit sie in der ersten Klasse neben Mina gesetzt worden war. »Mina und Malene«, hatte die Lehrerin gesagt. »Das kann man sich gut merken.« Und tatsächlich hatte nie die Gefahr bestanden, man könne die beiden verwechseln: Ma-le-ne, das war die Schöne, die Zunge musste dreimal Silben anschlagen wie die Maschen eines seidigen Garns auf den Stricknadeln der Mütter. Malene sah man, weil sie einen aufhielt, mit dem Schwung ihres dreisilbigen Namens und ihren blonden Locken und der sich das aprikosenmarmeladenfarbene Mädchenohr hochwindenden Glitzerstraße. Mina saß daneben, Mi-na, kurz und schlicht und unauffällig, ein Name, der schon vorbei war, sobald man ihn nur angefangen hatte, der sich im Schatten von drei- und vier- und fünfsilbigen Namen wegduckte und froh war, wenn ihn niemand bemerkte.

Ohrringe wie Malene hatte sich Mina lange gewünscht. Sie standen auf der Liste der Verbote der Mutter ganz oben, und die Liste war lang. Reiten lernen? Verboten. Im Oktober das Mehlfeuerspucken am Marktplatz sehen ohne hundert Meter Sicherheitsabstand? Verboten. An Silvester auf dem Berg eine Rakete zünden? Verboten. Verboten waren auch nach acht Uhr abends am Wald zu sein und das Haar vor dem Spiegel im Ankleidezimmer der Mutter mit der Bastelschere über Schulterlänge abzuschneiden. Am meisten verboten waren aber: Ohrringe. Malene hatte ihre ins Ohr schießen lassen, bei einem Juwelier in der Kreisstadt, mit einer echten kleinen Pistole, aus deren Mündung eine Nadel durch Malenes Ohrläppchen zuckte, einmal, zweimal, und Malene hatte sich dabei in Minas Arm gekrallt. In der Schwarzwaldhochbahn auf dem Heimweg sah Mina die Sonne rechts und links von Malenes Gesicht aufblitzen, wenn das Licht in breiten Streifen durch das Abteil fuhr.

Als Mina elf wurde, gab die Mutter nach. Sie betrachtete ihre Tochter mit zusammengekniffenen Augen, sie kämmte Mina mit groben Bürstenstrichen das Haar aus dem Gesicht und scheitelte es gerade. Ihre Augen wanderten in ihren Schlitzen um Minas Gesicht herum und über zu breite Schultern bis zu den Füßen und blieben an der Beule des Überbeins stehen. Die Augen fanden nicht, was sie suchten.

»Wenn es denn hilft«, sagte die Mutter und ging Essig holen und ein heißes Leintuch, denn die Pistole des Juweliers war und blieb verboten. Die Mutter zog eine Ledernadel aus dem Nähkissen und betupfte Minas Ohr und die Nadelspitze mit Essig. Mina hielt einen Korken hinter ihr Ohrläppchen, und als es vorbei war, waren zwei nähnadelspitzengroße Löcher auf dem Kork und zwei Tröpfchen Blut, die bereits eintrockneten. Die Mutter drehte schlichte Silberringe durch die Löcher und klebte große hässliche Pflaster mit Wundsalbe darauf, und Mina versteckte ihre Ohren hinter dem strähnigen Vorhang ihrer Haare, froh darum, dass sie so lang waren.

Eine Verbotsliste gab es nicht mehr, jedenfalls keine, die so klar untereinandergesetzte Punkte gehabt hätte. Die neue Liste sprach die Mutter nicht aus, nicht einmal, wenn Mina gegen sie verstoßen hätte, aber doch war sie da: Die Liste war immer dort, wo die Mutter nichts sagte und die Lippen zusammenpresste und sich am Abend die fransige Haut von den vom Zusammenpressen und Schweigen trockenen Lippen zog und viele Häkchen auf den Bestellkarten ihrer Einrichtungskataloge machte. Auf dieser neuen Liste stand das Häutchen.

Als Vetko das Häutchen fortnahm, fühlte sich Mina, als käme mit Vetko auch eine Welt in sie hinein, die sie bislang ferngehalten hatte.

»Wenn es so ist wie die Haut auf meinen Armen und Beinen«, hatte sie Vetko gefragt, »wie willst du dann durchkommen?«

Wie konnte etwas, das aus Haut war, mit etwas anderem, das aus Haut war, durchtrennt werden? Die Internetsuche hatte Mina schnell eingestellt: Es gab deutlich mehr Suchmaschinentreffer für »Jungfernhäutchen wiederherstellen« als für die Sache, die davor lag, und die übrigen Meinungen zerfaserten sich, bis *fühlt sich für jeden anders an* übrig blieb und Mina ratlos zurückließ. Was blieb, war eine Scham, dass sie in einer auserzählten Zeit, die mehr Antworten kannte als Fragen und alles Fragbare von Maschenanschlagen beim Sockenstricken bis zu Vor- und Nachteilen möglicher Selbstmordmethoden auf Knopfdruck lieferte, noch eine Unwissenheit hatte, die sich in nichts von der Unwissenheit derer unterschied, die in anderen Sommern, in anderen Jahrhunderten über die Beschaffenheit von Häutchen nachgedacht hatten.

Vetko führte Mina in die Küche und goss etwas Milch in einen Topf. Er drehte den Herd auf und machte das strömende Gas mit einem Streichholz sichtbar: Eine Corona aus tänzelnden blauen Flämmchen leckte gegen die Unterseite des Topfs und brachte die Milch zum Kochen. Vetko nahm den Topf von der Flamme und stellte das Gas ab. Auf der abkühlenden Milch hatte sich eine Schicht gebildet, die mit der Flüssigkeit hin und her schwappte und Falten bekam. Er füllte die Milch samt Haut vorsichtig in einen Becher und gab ihn Mina in die Hand.

»Dein Jungfernhäutchen wird genauso reißen, wie die

Haut auf der Milch reißt«, sagte Vetko. »Es wird geräuschlos sein und so schnell, dass es schon vorbei sein wird, ehe du es richtig merkst.«

Er versprach das in einer Bestimmtheit, als habe er Übung darin, ja: als habe er eine Meisterschaft erlangt, von der sie nicht wusste, woher sie kam – waren die möglichen Übungspartner doch auf einem begrenzten Terrain verteilt, das dort aufhörte, wo die margarinegelb blühenden Teerosenstöcke ihrer Eltern in den wilden Ginster des Waldes übergingen.

Während sie nachdachte, legte er ihr die Hand auf die Schulterblätter. Der Festigkeit seiner Stimme zum Trotz zitterte er leicht, ein Zittern, das über ihren rechten Arm und in die Milch floss, deren Haut schwankte und bald reißen würde wie ihre eigene. Mina fragte sich, wie Milch schmeckte, in der sich das Zittern von Vetkos Lüge aufgelöst hatte. Sie nahm einen Schluck, darauf bedacht, die Haut ganz zu lassen. Die Milch schmeckte süß und ein bisschen fettig, und dann zog sie sich aus.

Sie legte sich auf dem Bauch auf Vetkos schmales Kinderbett, und während Vetko, der sein T-Shirt anbehielt, sich hinter Mina kniete und sich ohne eine weitere Ankündigung in sie schob, umklammerte sie weiter die Tasse, die warm in der Mulde ihrer Handfläche lag. Sie konzentrierte sich nur darauf, auf das weiße O der Tassenöffnung von oben mit einer vollkommenen, unberührten Haut, die allmählich immer mehr zu schwanken begann, sie nahm ihre zweite Hand dazu, um sie ruhig zu halten, und dann gab es ein scharfes Gefühl zwischen ihren Beinen wie ein Bienenstich, ein Papierschnitt, und die dünne, zarte Haut auf der Milch war gerissen.

Sie blutete nicht, und es knallte nicht, aber ihr war es, als griffen in diesem Moment draußen in der Abenddämmerung am Rand der Gärten die drahtigen, spillerigen Zweige eines Waldginsters nach den weichen gelben Flecken von Teerosenblättern, und in der hereinbrechenden Dunkelheit verschmolz alles, die Ausläufer der Gärten und der Wald, zu einer wuchtigen schwarzen Masse, und Mina schloss die Augen und sah ein Holzkästchen vor sich. Es war die Dose, in der Minas Mutter die Milchzähne der Tochter gesammelt hatte, für Minas kurze Kinderarme unerreichbar auf dem obersten Regalbrett im Flurschrank. Wie gern hätte sie die Zähne behalten, sie unter der Becherglaslupe vergrößert, die gelben Gabeln ihrer Wurzeln angefasst. Mina sah die Dose, sie sah ihre Finger, die am Deckel der Dose drehten, sie quietschte im Gewinde des Schraubdeckels leicht beim Öffnen und Schließen. Mina hob den Deckel an und legte, Kante auf Kante gefaltet und quadratisch wie die in der Kochwäsche hart gewordenen Bettlaken der Mutter, ein blutiges Häutchen über zwanzig kleine weiße Milchzähne und drehte die Dose gewissenhaft wieder zu. Es quietschte leise im Gewinde.

Danach lag Vetko lange zwischen ihren Beinen und sah Mina von dort aus an. »Ich finde, es sieht aus wie eine Furche. Eine Ackerfurche vielleicht, die lange vor uns beiden und noch vor unseren Eltern und Großeltern jemand mal gezogen hat, mit einer großen Hand in lehmige Erde.«

Vetko war immer wunderlich gewesen; und obwohl die anderen ihn dafür verspotteten, dass er die falsche Musik hörte, die falschen Kleider trug und nie eine schlagfertige Antwort wusste: Wenn er seine Geschichten erzählte, hörten sie alle hin. Auch Mina hörte ihm gern zu, und ihr gefiel die Vorstellung, ein Teil von ihr sei aus Erde gemacht: Aus Erde konnte alles wachsen, man konnte alles daraus formen. Eine Blume dagegen blieb eine Blume, hübsch, aber langweilig. Verblühte sie, blieb ihr Stempel, der sie mehr an einen Mann denken ließ als an ihr eigenes Geschlecht.

Vetko strich ihr mit dem Handrücken vom Bauchnabel gerade herunter bis in den Schoß. »Und wenn man der Ackerfurche folgt, führt sie in dich hinein. Ein Weg nur für dich und mich.« Er sah auf und Mina offen ins Gesicht. »Wenn ich dort einen anderen treffe, schlage ich dich.«

Er sagte es weich, und er zog seinen Handrücken von ihrem Schoß an ihre Wange. Er lächelte.

V

WAS-DEN-WALD-KLEINER-MACHT

Manchmal kann Schönheit sehr hässlich sein, und manchmal ist das Hässliche sehr schön. Auf eine der Pflanzen, die man Mina und den anderen Kindern zeigte, traf das im Besonderen zu. Es war diese eine Pflanze, bei denen die Erwachsenen nicht stehen blieben; stattdessen deuteten ihre Zeigefinger links oder rechts neben die dunkelgrünen Stauden ohne Geruch, ohne Anmut und Reiz, auf den Spitzwegerich oder die Wilden Malven, die darum herum wuchsen, blühten und dufteten, und nannten ihre Namen und ihren Nutzen.

Mina war schnell enttäuscht von den Pflanzen, die die Mutter oder die Großmutter ihr erklärten. Mal machten die Namen viel her, aber die Pflanze selbst hielt die wohlklingenden Versprechen ihrer Bezeichnung nicht. So war Wilde Malve zwar ganz hübsch mit ihrem schalen Lila auf den Blüten, und die Blätter schmeckten mild und entfernt nach dem Honigtee, den Mina bei Keuchhusten trinken durfte. Von der Wildheit der Wilden Malve aber war keine Spur. Borretsch blühte in einem aufregenden Blau, das so hart war wie sein Name klang und in der vollen Mittagssonne fast zu grell für Minas Augen. Sie griff neugierig in die runzeligen fetten Blätter, dick belegt mit weißen Haaren. Als sie probeweise in eines hineinbiss, pfefferte sie den übrigen Borretsch zurück auf die Erde und stampfte mit den Füßen darauf. Die Haare wurden im Mund eine schleimige grüne Masse, die Mina schon vom langweiligsten Ort der Welt kannte: Mutters Salatschüssel. Etwas Aufregendes war Borretsch nicht. Nichts, was Mütter in Salat schnitten, konnte das jemals sein. Das wusste Mina sicher.

Die Mütter und Großmütter des Ortes, um den herum der Schwarzwald stand und wuchs und dunkelte und das Versprechen seines Namens zuverlässig einlöste, selbst bei dichtestem Schneetreiben, gingen an vielen der Nachmittage, sommers wie winters, mit den Kindern in den Wald und auf die Wiesen und zum Fluss, der über schwarzen Granit und feldmausbraune Findlinge durch den Ort und in das Tal gurgelte, zur Schneeschmelze so gebläht vom Tauwasser, dass er jedes Jahr dichter an die ersten Schindelhäuser des Ortsrandes kam. Die Frauen nahmen die Kinder bei der Hand und diese wiederum das ihnen nächste Kind und dieses Kind das ihm wieder nächste und so fort, bis die Kinderschar wie Kettenglieder um eine Mutter oder Großmutter herum fest miteinander verbunden über die Wiesen und zum Wald hin streunte und die Köpfe hier und da und wie auf Kommando auf den Boden hinuntergingen, flugs wie die Köpfe der Fischreiher in den Weihern um den Ort, wenn abends die Rotfedern nach den Mücken sprangen und in langen gelben Schnäbeln zappelten.

Die Frauen des Ortes erklärten geduldig alles, was wuchs: Die herzförmigen Blätter von Hirtentäschel konnten Nasenbluten stoppen. Die Milch aus Schöllkrautstielen drückte Minas Mutter dem Kind auf die Fußsohlen, das sich im

Sommer auf den Wiesen Warzen einfing wie die Katzen die Zecken. Die gelben Blüten von Johanniskraut konnten sogar Traurigkeit verscheuchen. Und überall wucherten bald hüft-, bald kopfhoch Kolonien dieser Pflanze, vor der niemand stehen blieb. Sie wuchsen dort, wo die Menschen sich aufhielten, umrahmten die Weiden und standen am Fluss und neben den Straßen und Bürgersteigen; je tiefer man ins Gehölz jenseits der Hochsitze und Wanderhütten kam bis zum Bannwald, den man nicht betreten durfte, desto seltener wurden sie.

Im fortschreitenden Jahr wurden die Pflanzen mit den gezackten Rändern dunkler und verkrauteten, und an einem Herbstnachmittag auf den weiten Wiesen vor der Papierfabrik, deren bauchige Betonröhren aus der Schlacke des Flussufers und in den Wasserlauf stachen wie Pistolenläufe, ließ Mina die Mutter und die Kinder der Nachbarn weitergehen. Sie selbst hielt vor einer besonders großen gezackten Staude inne. Ein ganzes Feld davon breitete sich vor ihr aus, alle Pflanzen standen mit hochgestreckten Rücken und unberührt, die Blätter nicht abgeknickt und eingerissen von Kinderhänden oder platt getrampelt von Menschenfüßen und Hundepfoten wie alles andere Grün, das drumherum wuchs, gerade so, als ob das Feld nicht betreten werden durfte. Die Pflanze vor Mina ging ihr bis über die Stirn. Wo die Blätter aufhörten, wippte eine verblühte weiße Dolde im Wind, kleine Blütenkügelchen hoch aufgetürmt zu einer Kerze.

Mina schrak zusammen: Jemand hatte ihr von hinten am Zopf gezogen. Geöffnet fiel ihr das braune Haar bis zu den Schulterblättern, an den Enden splissig, am Scheitel fettig. Es hätte dringend geschnitten werden müssen, aber die Mutter hatte in ihren Katalogen von den Kindern eines mongolischen Nomadenvolks gelesen, deren Haar drei Jahre nicht geschnitten und dann in ein Jutesäckchen geschlagen wurde, als Glücksbringer. Mina war schon fünf, doch ihr Haar wuchs langsam und brach immer wieder ab. »Wir schneiden es, wenn es lang genug ist«, versprach ihr die Mutter, wenn es beim Auskämmen ziepte oder in der Suppe hing. In der Zeitschrift der Mutter gab es neben den Mongolenkindern mit den apfelreifen Wangen und den schneeweißen geraden Scheiteln in dickem schwarzem Haar mongolische Schmuckkästchen zu bestellen. Sie waren aus Strängen von Pferdemähnen geflochten, mit rotem Lack bemalt und innen vergoldet. Die Mutter hatte begeistert das Bestellkärtchen angekreuzt. »Das ist für deine Haare«, sagte sie und stellte das Kästchen auf das oberste Regalbrett im Flurschrank, neben die Holzdose mit den Milchzähnen.

Das mongolische Kästchen sollte leer bleiben und Minas Haar zu lang. »Ich glaube«, sagte die Mutter Jahre später, sie besah den dünnen Zopf der Tochter, eher Ratten- als Pferdeschwanz, »kurze Haare stehen dir nicht.«

Mina fuhr herum. Vor ihr stand ein Junge aus dem Ort, der ihr bekannt vorkam. Er hatte eine große schmale Nase und knopfartige braune Augen, und an seinem linken Ohr baumelte ein gräulicher Brocken an einem Bindfaden hin und her, den er um die Ohrmuschel geschlungen hatte. Mina beugte sich vor, um den Brocken näher zu betrachten. »Ist das ein Zahn?«

Der Junge nickte stolz und grinste. Er hatte mehr Lücken im Mund als Zähne, beide Vorderzähne fehlten, und Mina konnte seine Zunge durch den Spalt sehen. Erst neulich war ihr selbst der dritte Zahn ausgefallen, ein Eckzahn. An der Wurzel war sogar etwas Blut gewesen. Die Mutter hatte ihn mit kochendem Wasser abgewaschen, der aufsteigende Wasserdampf hatte nach Kupfer gerochen. Mina hatte den Zahn im Bezug ihres Schlafkissens versteckt, aber die Mutter hatte ihn gefunden und zu den anderen Zähnen in die Holzdose gelegt und im Flurschrank verschwinden lassen. Mina hatte gehört, wie die Mutter den Schlüssel im Schrankschloss gedreht hatte, zweimal, und das Klackern, mit dem der Schlüssel in einer der Vasen verschwand, die hoch oben auf dem Schrank standen. Auch am Zahn des Jungen klebte noch etwas Rotes.

»Darf ich den mal anfassen?«

»Nee«, sagte der Junge. »Das ist meiner. Aber du kannst uns zugucken. Mein Vater zeigt mir, wie man Feuer spuckt.« Er deutete auf einen dürren Mann im Pullunder auf der freien Fläche vor der Fabrik. Er stand genau zwischen den rauchenden Türmen, deren Schlote Tag und Nacht weiße Formen über den Wald spulten. Der Rauch verwischte in den Herbststürmen, aber seine hartnäckigen Reste standen weiter über dem Ort, in einem Muster wie fein geschnittenes Knochenmark.

Die Männer des Ortes erklärten das Feuerspucken im Herbst, das Scheibenschlagen aus glühendem Holz zum Frühjahr und alles, was scharfkantig oder aus Metall oder viereckig war: die Fischmesser, die Rasenmäher, die Autos und die Jagdgewehre, die Computer und die Fernseher und die Radios. Der Mann vor den Schloten formte einen Trichter vor seinem Mund und rief etwas Unverständliches herüber.

»Ich muss dann«, sagte der Junge. »Guckst du?«

»Mache ich«, sagte Mina. Der Junge trabte zu seinem Vater, der jetzt eine Gartenfackel anzündete und einen Finger in den Wind hielt. Er drehte sich hin und her, bis die Flamme der Fackel sich von ihm und dem Jungen weg neigte.

Wenn die Ernte eingebracht war, hatten die Bauern im Ort jedes Jahr einen Sack Mehl zum großen Feuerspucken gespendet: ein Brauch, der sich gehalten hatte, auch wenn das Mehl nicht mehr aus Säcken kam und die Männer, selbst die Bauern, das Weißmehl für das Fest im Supermarkt kauften. Der Mann zog seinen Sohn von der Fackelhand fort und ließ sich das Mehl in den Mund rieseln. Er legte den Kopf zurück und spuckte. Vor den trägen Schwaden der Papierfabriktürme schoss eine Feuerwolke auf, blakte Bruchteile von Sekunden über Vater und Sohn in den Himmel und erlosch. Mina, viele Schritte entfernt, war reflexhaft zurückgewichen. Sie stolperte und geriet aus dem Gleichgewicht. Einen Moment schwankte sie, dann griff sie nach dem nächstbesten, das ihre Hände erreichen konnten. Sie ließ die große Staude blitzartig los und riss die Augen auf. Auf ihren Händflächen begannen sich dicke Knubbel zu bilden, wie Warzen, nur brannten sie, als hätte sie die Hand in einen Ameisenhaufen gesteckt oder das Feuer der Fackel sie aus der Entfernung doch erwischt. Vorsichtig strich sie mit den Fingern über die Pflanzenblätter. Es kribbelte leicht, nicht unangenehm, es war nichts gegen das, was sie eben gefühlt hatte: einen Biss, dessen Nadelzähne ihr durch den ganzen Körper jagten wie Strom. Sie atmete tief ein und schloss die Augen. Dann griff sie auch mit der anderen Hand nach der Pflanze.

Mina nannte das, was vor der Papierfabrik geschehen war, bald beim Namen. Ein Name, den sie selbst dafür gefunden hatte: Was-den-Wald-kleiner-macht. Sie hätte auch sagen können: Was-mich-größer-macht, aber so fühlte es sich nicht an. Sie selbst blieb dabei, wer sie war, auch als sie es allein für sich an den nächsten Nachmittagen wiederholte. Wenn das überhaupt möglich war, wurde sie sogar etwas mehr sie selbst, als passe sie auf einmal besser in ihren noch kindweichen Körper und stünde sie fester auf ihren Füßen. Nur der Maßstab der Bäume und des schmatzenden Flusses, dessen Ränder so sorgfältig und lückenlos mit der Pflanze bestickt waren wie die Säume der Nachthemden ihrer Großmutter mit Blumen, wurde ein anderer: Er schrumpfte, bis Fluss und Wald in ihre kleine Hand passten, sie die Finger darum schließen konnte oder sie verschlucken. Die Pflanze mit den gezackten Blättern, fand Mina, war die schönste von allen, auch wenn sie nicht so aussah: Welche Pflanze konnte schon die Welt schrumpfen? Das konnte nur die eine, deren wogende dunkelgrüne Felder Mina jetzt überall sah, wo sie lief, selbst in der Kreisstadt und auf dem Fußballplatz: die gemeine Brennnessel.

VI

KUPFER UND FLIEGENPAPIER

Die Fliegen waren überall. Um sie zu vertreiben, verbrannten Lohwieser und Taubner und Minas Eltern in ihren Gärten Kuhdung und Pferdeäpfel und das erste trockene Laub. Das Dorf lag vom Gewebe des Rauchs eingesponnen da, und über den dick quellenden, von den Dörflern verbissen gefütterten Schwaden standen die Fliegen in der klaren Luft und warteten. Sobald der graue Rauch ausdünnte, kamen die Schwärme zurück.

Den ganzen September belagerten sie das Dorf, den Wald und die vom scharfen Biss der Feuer feuchten Augenwinkel der Rinder, der Schweine, der Hunde, Schafe, Katzen und Menschen auf der Suche nach Feuchtigkeit und Salz. Es war eine südeuropäische Gattung, eingeschleppt und eingenistet in den sich Jahr um Jahr erwärmenden Tümpeln und Weihern im Wald und in den Pfützen verschlammter Äcker.

Und als die Fliegen also kamen und blieben, wie sie nun jeden Spätsommer bleiben würden, verschwanden die Dörfler von der Hauptstraße und auch von den Nebenstraßen und aus dem Wald und den Vorgärten, und es klappten dreitausendeinhundert Türen mit Entschiedenheit zu und schnitten die schwülwarme Luft in Millionen kleine Vierecke.

Drinnen war es kühl mit einem vertrauten Muff von dunklen Holzmöbeln und Hängeleuchtern aus skelettfarbigen Hirschgeweihen, und am frühen Abend, wenn die Fliegen von außen an den Fensterecken klumpten, tropfte das Licht gelb und ölig wie geklärte Butter auf den Boden der Bibliothek. Die Bibliothek war ein Raum im Erdgeschoss von Vetkos Haus, und sie gehörte Vetkos Vater, der Therapeut war und darin ungeordnet haufenweise Nachschlagewerke sammelte.

Zwischen Deckeln und Seiten und Bünden, lebenden und toten Kolumnentiteln, Blind- und Farbprägung, Kalikoeinband, Leinen und Pappschubern, Knicken und Flecken und Rissen, vielen Hundert Buchrücken, verzogenen Buchbuckeln und welchen mit perfekt gerundeten, starken und flexiblen Wirbelsäulen ohne jede Unregelmäßigkeit hingen die braunen Spiralen von Fliegenpapier und verströmten einen Geruch von Trockenshampoo und Bitterschokolade. Sie glänzten wie Vinyl und wippten über Minuten, wenn man sie vorsichtig, zwischen zwei Fingerspitzen, in die Länge zog und losließ. Die halbtoten Fliegen darauf zitterten schwach und hoffnungsvoll, wenn das Papier sich bewegte. Mina strich langsam über ihre trockenen Flügel mit einem Geräusch, als würden sie rascheln, wenn man sie zusammenknüllte.

Vetkos Mutter brachte Tee. »Trinkt ihn heiß«, sagte sie. »Das kühlt euch ab.«

Mina hatte Vetko nie seinen Tee auf eine andere Weise trinken sehen, auch später nicht: Er trank den Tee, wie sein Vater ihn trank, nachdem er an den Abenden der Woche erschöpft die Tür aufgeschlossen und sich mit einer müden Bewegung die Schuppen des Tages vom Haar gestrichen hatte, nachdem er in den Drehstuhl vor seinem Schreibtisch gefallen war, einem Ungetüm aus Walnussholz mit Schnitzereien und vielen abschließbaren Schubladen. Vetkos Mutter brachte dann Tee, auf einem geflochtenen Tablett, sie beugte sich vor, stellte das Tablett auf dem Schreibtisch vor ihrem Mann ab und achtete darauf, dass das Teegeschirr nicht klirrte. Sie gab ihrem Mann einen Kuss auf die Wange, blieb einen Moment neben ihm stehen und wartete, bis er den ersten Schluck eingegossen und getrunken hatte. Mit leisen Schritten entfernte sie sich dann wieder, das Geräusch der sich hinter ihr sachte schließenden Tür war kaum vernehmbar.

Schwarztee war ein Getränk für Erwachsene, für Männer, die in Ohrensesseln großformatige Bücher lasen, deren Papier vom vielfingrigen Wenden der Seiten ganz weich geworden war und Flecken hatte und Anstreichungen, Ausrufezeichen hinter gewichtigen Sätzen, die andere Männer gedacht und geschrieben hatten, ebensolche Männer, die ihre Abende mit Schwarztee im Sessel verbrachten. Es war ein Getränk für Männer, die Haupternährer einer Familie waren und Häuser bauten und die man in ebenjenen Häusern kaum je bei Tageslicht sah. Dazu war es wichtig, dass der Tee sehr bitter war, teerfarben und zu lang gezogen. Es musste Schwarztee sein.

Mina nippte an Vetkos Tasse und verzog das Gesicht. Vetko lachte. Er zog ein Buch aus dem Regal. Es war nicht in Leder gebunden und hatte keinen farbigen Schnitt, war kein Prachtband mit großformatigen Bildtafeln oder etwas anderes Exotisches: Er drückte ihr ein schlichtes zerlesenes Exemplar in Taschenbuchgröße in die Hand. Mina sah

Vetko verständnislos an. Es war ein abgenutztes Wörterbuch, wie sie es auch für Schulaufsätze verwendeten. Das Buch war offensichtlich an bestimmten Stellen besonders häufig geöffnet worden. Als Mina mit dem Daumen über die Seiten glitt, führte sie der mehrfach gebrochene Buchrücken zu dem Register für O, verharrte beim D und blieb liegen bei S. Auf den Seiten waren mit Bleistift Begriffe unterstrichen, drei insgesamt: ORDNUNG, las Mina bei O, daneben *Ordnungsamt* und *Ordnungsfimmel* und *ordnungsgemäß*, aber nur das Hauptwort war markiert. Bei D hatte jemand ein Ausrufezeichen vor und eines hinter DISZIPLIN gesetzt. Bei S war die STRAFE umkreist von einem festen Kugelschreiberkringel, der sich noch auf den nächsten Seiten durchgedrückt hatte bis zum W (WACH- UND SCHLIESSGESELLSCHAFT). Sie kannte diese Wörter gut. Hatte sie öfter gelesen als die meisten im Ort, wenn sie Wörterbücher aufschlugen. Auf den ersten Blick waren es gewöhnliche Wörter, sie standen auf Plakaten und Hinweisschildern und in Zeitungen, sie setzten sich aus den sechsundzwanzig Buchstaben des Alphabets zusammen wie alle anderen Wörter, und Minas Lehrer und Eltern und Freunde verwendeten sie, als bemerkten sie es nicht; als läge da nicht dieser Ring um die Begriffe wie ein Bannkreis aus Salz, den man nicht überschreiten durfte. Als könnte man diese Wörter in den Buchstabengirlanden der Sätze, den gesprochenen und den geschriebenen, achtlos neben alle anderen Wörter stellen. Als bräuchte es keinen Sicherheitsabstand.

Mina hätte nicht erklären können, was es war, das DISZIPLIN von DICKICHT unterschied, ORDNUNG von ORGANVERSAGEN. Aber der Unterschied war körperlich spürbar. Er war etwas zwischen Unwohlsein, einem Bauchschmerz, nur weiter unten, noch unterhalb des Magens, und einem Hochpeitschen des Geistes, wie ein freudiger Blitz, der durch sie hindurchhuschte. Sie dachte an ihr eigenes Wörterbuch zu Hause, sie hatte sich nie getraut, die Begriffe zu unterstreichen, zu mächtig waren sie ihr ohnehin schon vorgekommen, zu auffällig herausragend aus dem Wörterteppich der bedruckten Seite. Manchmal hatte sie den Zeigefinger daraufgelegt, auf das D- und das S-Wort, und das Buch sofort zugeklappt, wenn sich die Schritte ihrer Eltern näherten, als wäre das Wörterbuch ein verbotener Gegenstand, ihr Zeigefinger eine Tatwaffe.

Sie bemerkte, dass Vetko sie betrachtete, das Gesicht angespannt, die schmalen Lippen nervös zwischen die Zähne gezogen. Sie schluckte. Sagen konnte sie nichts.

Sie wollte ihn küssen, zum ersten Mal aus einer Weichheit heraus und ohne dass er ihren Kopf dazu in den Nacken bog, die Finger in ihrem Haar und ein Ziehen an ihrer Kopfhaut, und wenn sie seiner Hand nicht nachgab, ein Ratschen, das klang wie die Wurfsendungen, die der Vater an jedem Morgen unwirsch zerriss und der Mutter auf den Tisch warf. Jetzt wollte sie ihre Hand an sein Gesicht legen, die Finger unter seinen Augen spreizen, die Schatten seiner Wimpern ein Muster auf ihrem Handrücken.

Sie mochte Vetko, sie mochte ihn wirklich. Sie dachte an das Klassenzimmer und seine Aufteilung, unabänderlich und in jedem Schuljahr genau gleich: Die Stuhlreihe Svea, Esther, Malene, Mina, Lukas. Dann Jakob, Jan, Lars, Fabian und Robert, dessen Arme und Beine so langsam waren, als träumte er seinen Körper, als zöge er seine Bewegungen durch eine andere Schwerkraft als die Jungen, die neben ihm rangelten und lachten.

Vetko Kohler, der Sitzenbleiber, der in der Neunten ein ganzes Schuljahr hindurch einfach nicht mehr in die Schule gegangen war und dann in ihre Klasse gekommen war und sich allein in die erste Reihe gesetzt hatte, der auf die Fragen der anderen, was er in diesem Jahr gemacht habe, nur die Achseln zuckte und »Musik« antwortete.

»Der kann doch nicht mal einen Akkord auf der Gitarre«, hatte Lars geschnaubt, aber es stimmte: Er hatte Musik gemacht. Nur hatte er sie nicht selbst gespielt, sondern aufgenommen, mit der Band seines Bruders. Miro spielte Schlagzeug, ein weiterer Bass, ein Dritter E-Gitarre, dazu brüllte Miro alle paar Taktschläge kratzig ins Mikrofon, was klang, als hätte er den Mund voll Kieselsteine. Man verstand den Text in der Regel nicht, aber manchmal glaubte Mina doch, ein Wort herauszuhören, das durch verschiedene Tonhöhen hindurch moduliert wurde, es wurde geknurrt und geschrien, gegrollt und gekreischt. Es klang wie »Giftgas«, und alles darum herum schepperte so blechern und schräg aus Vetkos Handylautsprechern, dass die Klasse, auch Mina, Vetkos »Musik« mit ihrem Lachen überwälzte. »Mit diesem Müll hast du ein ganzes Jahr verbracht?«, prustete Lars.

Vetko hätte ihnen irgendwas erzählen können, eine Räuberpistole auftischen, Legenden um sich erfinden, aber er schwieg und setzte sich seine Kopfhörer auf und drückte sie dicht an die Ohren und hörte Supertramp und Blondie. In der Pause erzählte er Mina, dass sie die Aufnahme draußen in der Talsperre gemacht hatten, wo die Steinwände der Schlucht die Töne hin- und herwarfen. Er hatte gedacht, das wäre ein interessanter Effekt, und er hatte Monate gebraucht, um eine mundgeblasene Glaskugel aufzutreiben, die er über das Aufnahmemikrofon stülpen konnte, damit zumindest die gröbsten Unreinheiten des Umgebungslärms abgemildert würden, der Wind und die Sägen der Waldarbeiter. Er sagte, er sei selbst nicht zufrieden mit den Aufnahmen; er hätte noch ein weiteres Jahr gebraucht, um den Wald und die Talsperre und die Musik vollkommen miteinander zu verbinden, das wolle er vielleicht nach dem Abschluss machen, die guten Dinge bräuchten eben ihre Zeit.

Sie mochte ihn, den Kohlenjungen, dem dieser Spitzname anhaftete wie der Ruf seiner Seltsamkeit, hartnäckig wie Fliegenpapier. Sie betrachtete ihn, wie er in der Bibliothek seines Vaters vor ihr saß, und berührte sein Kinn mit dem Daumen, fuhr über seine Lippen, die sich schlossen und wieder öffneten zu einem Lächeln, einem neuen Lachen dann, frei und sehr froh.

Und dann sah sie die Fliege. Sie kroch aus seinem Haaransatz mit dem vielgliedrigen Zucken schartiger Beinchen bis hinunter zur Schläfe, verharrte kurz, zog weiter geradeaus wie an einer Schnur, die an Vetkos Augenwinkel endete. Sie tauchte ihren Rüssel in das bisschen Flüssigkeit, und Vetko lachte noch immer breit und großzügig, und seine Sommersprossen waren keine Punkte mehr, sondern wuchernde Flecken und seine Zähne gelb und groß wie die eines Pferdes, und seine Lippen schuppten sich vor Trockenheit.

Sie ließ ein Stück Kandis in ihre Teetasse fallen. Im Schweiß ihrer Finger hatte sich der Zucker aufgelöst, die Hände waren feucht und klebten. Im Tee blieb der Zuckerbrocken liegen, sperrig und unpassend in dem leichten Porzellan.

Die Dörfler spickten Orangen mit Nelken und häuften sie auf ihren Fensterbänken, um die Fliegen von den Scheiben fernzuhalten, manche erhöhten den Essiganteil im Putzwasser und lauerten den angelockten Plagegeistern mit Sprühgiften und Klatschen auf, und Vetkos Vater verbrannte auf den gusseisernen Öfen in den Schlafzimmern Zitronenschalen und Kardamomkapseln.

Mitten hinein in diese Fliegenzeit kam die erste Wunde, wie ihr erstes Monatsblut gekommen war: plötzlich und unabwendbar und im Puls einer ruhig atmenden Natur, die auch die Farne ihre Blätter glätten ließ, bis zum Sommer eingerollt wie befiederte grüne Schnecken. Sie ließ Hirsche ihre Geweihe abwerfen und als beflaumte Knollen nachwachsen und Vetkos Akneblumen blühen, stoppte in einem einzigen Monat die fetten Herzen von drei Großvätern und brachte ein leichtgewichtiges im Bauch der Biologielehrerin zum Schlagen. Sie ließ Minas Haut platzen mit einer Selbstverständlichkeit, als wäre das, was Vetko und sie miteinander taten, ein Teil von Ebbe und Flut, eine weitere Jahreszeit.

Draußen vor den breiten Panoramafenstern der Bibliothek spannten sich die dicken Bündel der Stromleitungen zwischen den Luftfluren der Hausdächer, hingen tief durch, knisterten unter den Beinen der Krähen, die träge ihr elektrisches Gefieder plusterten und leise murrten. Vetkos Hand hob sich, noch einmal, wieder, blieb in der Schwebe und fiel, fiel, fiel auf ihren Rücken, ihre Beine, und sie kippte aus der Weltzeit und ihrem Körper entgegen.

Den Brand auf ihrer Haut löschte etwas, sie wusste nicht, was, sie drehte sich um zu Vetko, blinzelte zu ihm unter schweren Lidern, behangen von Sommerhitze und Rausch.

»Warum hast du aufgehört?«, fragte sie. Die Luft trug eine Spur Kupfer, sie fing sie mit der Zungenspitze auf und strich sie über Vetkos Lippen.

Vetko streichelte ihr über die nackten Oberschenkel, auf dem die Blutergüsse klebten wie Austern, zeigte ihr seinen

Ringfinger, am ersten Glied war er rot. Er beugte sich über sie und sagte »Deswegen«, es roch nach Rost, und da war Mutters Glückspfennig.

Tauchte einfach auf und hing über Vetko im Raum wie ein kleiner Planet mit einer Gravitationsbahn, in der sie beide kreisten, Vetkos Hände und Mina und sonst nichts.

Sie war sieben Jahre alt, und ihre Mutter krempelte ihre Blusenärmel auf und zückte ihr Portemonnaie und zog mit den langen Mandeln ihrer Fingernägel einen Pfennig aus einem Seitenfach. Sie ließ ihn im Licht der Weihnachtskerzen aufblinken – *Mein Glückspfennig!* –, drehte die weiße Unterseite ihres Arms nach oben, setzte den Pfennig auf und begann zu reiben.

Hatte Mina geblinzelt? Waren ihre Augen einen Sekundensplitter lang nicht aufmerksam gewesen? Die Mutter hielt beide Hände vor Minas staunendes Gesicht: Sie waren leer. Die Mutter hatte die Münze unter ihre Haut gerieben.

Mina verlangte einen eigenen Pfennig. Die nächste Stunde verbrachte sie damit, mit der Münze über ihren dünnen Arm zu schaben. Sie versuchte es mit der gesamten Fläche, mit der Vorder- und mit der Rückseite, dann setzte sie nur die Kante auf, die nicht geprägt und weniger rau, aber schärfer war. Sie rieb verbissen, die Mutter lachte, die Kerzen streckten dem Mädchen ihre gelben Zungen heraus. Die Wärme der Flammen und die Reibungshitze auf ihrem Arm trieben ihr das Wasser auf die Stirn, sie atmete schnell, rubbelte schneller, fester, wütender.

Die Haut ihres Arms, durchsichtig und blass wie mit Wasser verdünnte Milch, wurde rot. Auf der gleichmäßig gefärbten Fläche erschienen plötzlich dunkle Punkte in den tieferen Hautschichten, die sie mechanisch an die Oberfläche rieb. Der Kupfergeruch der Münze kleidete ihre Nase und ihren Mund bis in den Hals hinein aus, und als die Punkte aufbrachen und sich rasch vergrößernde, feuchte Flecken wurden, roch ihr Blut wie der Pfennig, der einfach nicht unter ihrer Haut verschwinden wollte.

Striemen und Schorf blieben Mina lang, und obwohl die Mutter den Arm zeternd mit Essig und Jod behandelte und mit trüber Seifenlauge auswusch, roch sie noch nach Wochen das Kupfer an sich, bitter und metallisch. Abends im Bett zog sie die Decke über den Kopf, hielt den Arm an ihr Gesicht und sog den Geruch ein.

Es war nicht der Trick der Mutter, den sie lernte. Der Pfennig passte nicht unter ihre Haut. Aber sich selbst hatte sie in ihre Haut gerieben, fort von ihrem stirnrunzelnden Zweifel an dem Trick: Der Stich des Abriebs ließ sie weiter reiben, auch als sie längst begriffen hatte, dass die Mutter schummelte und der Pfennig bestimmt in ihrem Ärmel steckte.

Es war ihr eigener Taschenzauber, eine neue Wachheit des Daseins, und sie roch nach Kupfer, und wie der Streifen einer Blutvergiftung zog sie eine Leuchtspur von der Unterseite des Mädchenarms zwischen ihre Beine und malte einen Kreis um ein Brennnesselfeld, das sich vor den rauchenden Türmen einer Fabrik wiegte in einem Wind, der nach nassem Karton roch, lappig und säuerlich. Sie hielt ihren Trick geheim vor ihren Freunden, und anders als die Mutter wusste sie nicht genau, wie er funktionierte.

In die Stille der Bibliothek hinein knackte es. Mina mied Vetkos fragendes Gesicht, ihres suchend, drehte sich zum Fenster. Hinter der Flucht der Rauchsäulen in den Gärten, die in den Nachthimmel aufstiegen, schien der Mond und schälte den Rücken einer Gestalt aus Vetkos Garten.

Sie bewegte sich zäh, obwohl sie fortrannte, als fiele ihr die plötzliche Beschleunigung schwer. In den Weißraum des Kusses, der nicht stattgefunden hatte, schrieben sich in ihren Kopf Svea, Jakob, Lars und die anderen, Reihe fünf bis zwei. Reihe fünf bis zwei verbrachte keine Zeit mit Vetko. Robert lief selbst in seiner Hast langsam; sie konnte nur hoffen, dass sein Mund nicht flinker war.

VII

ES REISST

Das Häutchen zwischen ihren Beinen blieb nicht das Einzige an ihr, das reißen würde in diesem Jahr. Ihr Körper beanspruchte plötzlich, nachdem er lange in einer noch kindlichen Größe und Knochigkeit verharrt hatte, mehr Raum. Ungeachtet dessen, dass das, was ihn umgab, nicht mitwuchs – die Maschen der Kleider, aus denen die Knöchel bald herausstanden, die Wände und Decken der Räume, die Ränder des Dorfs –, drängte er von innen gegen Minas Haut, bis sie nachgab und sich streckte. Mina wuchs in die Höhe und überragte bald die Schultern ihrer Eltern.

Nachdem die harten Teile des Körpers sich geregt hatten, folgten bald ihre Schenkel und Hüften, ihre Brust und Oberarme. Sie umlagerten sich mit nachgiebigem Gewebe, gewannen an Fleisch und Masse. Mina befühlte die neuen Formen in der Stille der Nachmittage, bevor die Wagen der Eltern über den weißen Kies der Einfahrt knirschten. Die weichen Stellen schienen aus einer anderen Art von Zellen gemacht zu sein als der Rest ihres Körpers.

Wenn sie mit den Fingern die Wölbungen des Oberkörpers umzirkelte, fühlte sie ein zart in ihre Haut geflochtenes Nervennetz aufleuchten. Es bestand eher aus Dunst als aus einem festen Material. Die weichen Zellen darum folgten dem Streichen des Fingers wie die Eisenspäne, die sie in der Schule über eine Platte gestreut hatten, darunter Hufeisenmagneten. Das pudrige, stumpfgraue Häufchen hatte im Spannungsfeld der Magnetpole auf einmal bogenförmige Muster gebildet und sich nach dem Magneten ausgerichtet, sobald man ihn bewegte. Die neuen Zellen richteten sich nach Minas Berührung aus, formierten sich im Kurs der Handbewegung und folgten ihren Kurven; wenn sie innehielt, begannen sie dort zu prickeln, wo die Hand auflag. Sie schienen quicker, reizbarer zu sein als das Fleisch an den festeren Stellen des Körpers: ein hochnervöses Gallert, dessen selbstständiges Bewusstsein sich mit ihrem verband und ihren Körper unvorhersehbar machte.

Den ersten Riss entdeckte Mina im Duschraum der Sporthalle. Das hart prasselnde Wasser der Gemeinschaftsduschen hatte das Blut in ihre Haut getrommelt, wo es unter den neuen empfindlichen Schichten straff und heiß puckerte. Sie rieb sich trocken und blickte an ihrem noch sommerbraunen Körper herunter. Die tiefe Bräune, so gewohnt dunkel wie in allen anderen Sommern zuvor, die Mina zwischen kratzigen Brombeersträuchern und dem fiebernden Türkis des Waldschwimmbads verbracht hatte, ließ das Neue an ihr deutlich hervortreten: Über die Innenseiten ihrer Oberschenkel zogen sich zentimeterlange rote Streifen, wie von Krallen geschlagen. Sie taten nicht weh, sie konnte keine Verletzung erinnern, weder von Vetko noch vom Sportunterricht. Sie tupfte die letzte Duschnässe von den Stellen, betastete sie vorsichtig: transparente Wurmgänge, ausgestopft mit fleischigem Narbengewebe. Ungläubig betrachtete sie die Streifen, die auf ihren Oberschenkeln glühten, wo vorher unversehrte Haut gewesen war.

Auf einmal patschten hinter ihr Füße auf den kalten, feuchten Betonboden. Bevor sie sich zu Malene umdrehte, schlang sie hastig das Handtuch um die Hüften. Sie wusste nicht, woher die Male kamen, aber eines wusste Mina: dass sie zu einer Gattung von Absonderlichkeit gehörten, die verwandt war mit dem, was zwischen Vetko und ihr war. Am liebsten hätte sie sich bis zu den Haarspitzen in das Handtuch eingewickelt; aber Malene schob sie bereits ungeduldig zu ihrem Spind und warf ihr die Unterwäsche zu.

»Mach schon«, drängelte sie. »Chemie geht gleich los.«

Mina zupfte an dem Baumwollslip in ihrer Hand, sie wand sich; in ihr öffnete sich gemächlich die Verzweiflung wie eine faule Frucht, die jeden Moment ihr vergorenes Inneres preisgeben würde. Sie konnte sich nicht vor der Freundin ausziehen, sie konnte sich nie wieder ausziehen, vor niemandem.

»Geh schon vor«, nuschelte sie, so beiläufig sie es zustande brachte. »Ich brauche noch.«

Malene warf ihr einen verwunderten Blick zu. Gewöhnlich war sie es, die trödelte, ewig an ihren Locken herumbürstete oder die Puppenlider mit einer geduldigen Präzision und einem winzigen Pinsel himmelblau glasierte. Es läutete zur nächsten Stunde. Sie tippte noch einmal, im Türrahmen stehend, auf das Ziffernblatt einer imaginären Uhr an ihrem zierlichen Handgelenk und verschwand in den Unterricht.

Mina sah sich um. Die Umkleide war leer, nur ein vergessener Turnbeutel lugte aus einem der metallenen Spinde. Langsam und widerstrebend ließ sie das Handtuch heruntergleiten. Dass sie sich selbst nackt sah, würde sich nicht vermeiden lassen. Alle anderen konnte sie umgehen, wenn sie sich anstrengte. Auch Vetko.

Über Wochen zog sie sich vor Vetko zurück; vielleicht würde auch Robert vergessen, dass er sie beide zusammen gesehen hatte. Bisher hatte er den Mund gehalten, wie es schien, und doch hatte Mina vorsichtshalber begonnen, ihn am Morgen besonders freundlich zu grüßen, warf ihm hier und da ein Lächeln zu. Wenn sie nett zu ihm war, hatte er keinen Grund, ihr zu schaden. Oder? Er reagierte wie vorher, verhalten, aber nicht ablehnend, und wenn sie ihm direkt ins Gesicht sah, beugte er sich wieder über seine Hefte. Nur einmal beobachtete sie, wie er Vetko, der auf dem Hallenboden des Schulsports saß und seine Hände in Kalk tauchte, einen Seitenblick zuwarf, nicht prüfend oder scharf, tastend wie nach etwas, von dem er nur eine ungefähre Ahnung hatte, was es sein könnte. Er folgte Vetkos Händen, wie sie den überschüssigen Kalk abklopften, wie sich die Adern auf dem Handrücken herausdrückten, als Vetko sich an der Reckstange hochstemmte. Unter seinem Knubbelkinn sah Mina seinen Adamsapfel in einer Beweglichkeit, die der wolkigen Erschlaffung von Roberts Gliedern völlig entgegenlief; er hüpfte hoch und herunter wie ein Ball, den man unter Wasser zu drücken versuchte. Vetko schaffte den Überschlag um die Stange und stand wieder auf der blauen Matte, streifte sich Haarsträhnen aus der Stirn, dann die Hände an den Seiten der Turnhose ab, wischte sich mit dem Daumen über den Schweiß der Oberlippe. Robert, neben ihr auf der Bank am Hallenrand, presste zwischen den prahlerisch geöffneten V-Formen der Oberschenkel der anderen Jungen auf der Bank seine Schenkel fest zusammen.

Lars, der Sohn vom Bäcker Denner, hatte Robert einmal in den Schwitzkasten genommen, nur um zu sehen, ob er sich wehren würde. Robert hatte nicht gezuckt und ihn höflich gebeten, damit aufzuhören. Lars hatte fester zugedrückt und hinterher behauptet, Robert hätte ihm im Arm gelegen »wie eine Tussi«. Am Ende der nächsten Sportstunde drang ein Wutschrei aus der Jungenkabine, und in der darauffolgenden Deutschstunde saß Lars nur in Socken am Tisch, seine Schuhe, weiße Turnschuhe mit silbernem Markenlogo, standen nach unten gedreht auf der Heizung und dünsteten einen Gestank aus, der nach umgekipptem Sauerfleisch roch. An den Rändern war das Leder wellig und gelb. Robert, der sonst neben der Heizung saß, hatte mit unbewegter Miene seinen Stuhl genommen und sich für diesen Tag in Vetkos leere Reihe gesetzt, gesprochen hatten sie nicht. Was wollte er von Vetko?

Mina ließ Vetko in der Schule noch demonstrativer links liegen, als sie es vorher getan hatte, beantwortete seine Handynachrichten nicht, schickte die Mutter vor, wenn sie ahnte, dass er anrief, und ließ ihm durch sie ausrichten, sie sei bei Freunden, beim Sport oder in der Kreisstadt unterwegs, während Mina in ihrem Zimmer saß, ihre Streifen zählte und ausprobierte, bei welcher Beleuchtung man sie am wenigsten bemerkte. Die Wärme des elektrischen Lichts schien etwas von der schreienden, funkelnden Farbgewalt der Narben zu schlucken, während der erkaltete Aschton des Tageslichts, besonders am Morgen, die ganze Dreistigkeit ihrer Röte schonungslos offenlegte.

Da sie noch immer nicht wusste, wie die Streifen zustande kamen, begann sie, sich umsichtiger zu bewegen. Sie ließ das Fahrrad im Schuppen stehen, um die Waden nicht unnötig zu dehnen. Treppen trippelte sie mehr hoch, als dass sie sie bestieg, um die Oberschenkel keinem jähen Muskelzug auszusetzen. So kam sie grundsätzlich zu spät in den Unterricht, trotz Malenes Versuche, sie anzutreiben. Im Sportunterricht fehlte Mina an den Gymnastiktagen: Sie hatte Angst, dass die Narben entstünden wie die Laufmaschen in den Strumpfhosen; einmal in Gang gesetzt, würden sie bei zu viel Bewegung um sie herum immer weiter aufgetrennt. Und Mina sah schon ihre Streifen bis hinunter zu den Fußknöcheln reichen, wo man sie unter keinen Umständen mehr verstecken konnte.

Ihre Vorsicht half nicht. Feinere Streifen, Haarrisse fast, die im Gegenlicht silbrig glänzten, nur um in praller Helligkeit wieder hagebuttenrot zu vernarben, tauchten unter ihren Armen auf, an den Hüftbeugen, selbst an den Seiten ihrer Brüste. Sie wusste nicht weiter. Malene wollte sie sich nicht zeigen. Sie ertrug nicht einmal die Vorstellung, wie sich ihre Freundin mit ihrem Haar, das vielversprechend raschelte wie eine Geschenkverpackung aus glänzendem Krepppapier, über Minas Oberschenkel beugte, um ihre Scheußlichkeit zu begutachten und mit aufrichtigem Bedauern und geweißten Nagelrändern auf rosigem Nagelbett daraufdrückte. Nein, sie würde damit nicht zu Malene gehen können, zur schönen Malene, deren Oberschenkel weiß und seidig waren wie warme Milch.

Und die Mutter? Mina sah sich bei den Ärzten der Kreisstadt sitzen, in Wartezimmern mit Zeitschriften, in denen blonde Frauen mit Zähnen wie Weißwäsche Tennis spielten mit Männern, die das Haar im Seitenscheitel und den Pullover umgeknotet trugen. Oder, noch schlimmer, die Mutter würde es selbst untersuchen und mit Essig abreiben, mit heißem Wasser betupfen, mit Sorge überstreichen und mit Verwunderung darüber verpflastern, wie ihre Tochter nur so hatte werden können, absonderlich im Inneren und von außen übersät mit roten Streifen.

Vetko hatte ihren brüsken Rückzug schweigend hingenommen. Als Mina an einem der ersten Oktobertage aus dem Schulgebäude trat, sich vom Strom der anderen absetzend, sah sie ihn auf dem Hof. An die alte Douglastanne gelehnt, pfriemelte er mit seinen langen Fingern die Samen aus einem Zapfen.

Sie blieb vor ihm stehen. Er beachtete sie nicht. Stattdessen breitete er die Samen auf seiner Handfläche aus. Sie bestanden aus einem apfelkernbraunen Dreieck, an dem ein flatteriges Segel in der Farbe von Kaffeefiltern hing. Wie einzelne ausgerissene Mottenflügel lagen sie in seiner Hand.

»Hey«, versuchte sie es.

Keine Antwort.

»Wie gehts dir?«

Stille. Er tippte mit dem kleinen Finger an die feuchten Segel der Douglastannensamen. Für einen Augenblick blieben sie kleben, lösten sich wieder. Er tippte erneut.

Mina legte ihm eine Hand auf die Schulter. »Ich rede mit dir. Tut mir leid, dass ich mich nicht gemeldet hab. Das war Mist.«

Vetko sah noch immer nicht auf, aber er ballte die Faust und drückte die Samen in seiner Hand zusammen. Ein Tröpfchen helle Flüssigkeit quoll zwischen den Fingern hervor. Zu ihrer Überraschung war es grün.

»Du kannst mich nicht immer nur dann kennen, wenn es dir gerade passt«, sagte er mit einer Stimme, die hörbar von etwas Stärkerem zusammengedrückt wurde als von einer Jungenfaust.

»Ich hatte meine Gründe.«

Vetko richtete sich auf und ließ die Samen auf den Boden rieseln. Langsam streifte er sich die Hand an seinem schwarzen Wintermantel ab, den er von September bis Mai trug und dem alle Knöpfe fehlten bis auf einen. Der Mantel hatte einen militärisch strengen Schnitt, der Vetko noch verschlossener wirken ließ, besonders, wenn er in den Herbst- und Winterstürmen den Kragen hochklappte.

Vetko sah Mina wachsam an und streckte das Kinn über den Kragen vor. »Was für Gründe?«, fragte er.

Sie vergewisserte sich, dass der Hof leer und die Fahrradständer verlassen waren. Dann öffnete sie ihre Gürtelschnalle und zog den Hosenbund so weit von der Hüfte, dass Vetko die Streifen sehen konnte, die sich darüberschlängelten. Wenn Vetko abgestoßen oder überrascht war, versteckte er es gut.

»Dehnungsstreifen«, stellte er nüchtern fest. »Na, und jetzt? Manche Frauen bekommen die eben, es ist natürlich, ihr braucht das Fettgewebe, wenn ihr schwanger –«

»Natürlich?!«, fauchte sie. »Niemand hat sie, keines der anderen Mädchen, nicht mal meine Mutter, niemand!«

Sie merkte, dass sie weinte, die Tränen sammelten sich an ihrem Kinn und liefen ihr den Hals herunter, erkaltet vom Wind, der selbst durch die breiten Fächer der Douglastannenzweige schlüpfte.

Vetko betrachtete sie verdrossen. »Hör schon auf zu weinen«, brummte er und verschränkte die Arme. Als das nichts nützte, nahm er eine Faustvoll von ihrem Haar und bog ihren Kopf nach hinten. Er wusste, wie sehr sie das hasste; ihre Lippen, die sie zu dünn fand, zogen sich in dieser Haltung noch weiter von den Zähnen zurück, die ihr zu groß erschienen, Hasenzähne. Als sie ihn anfunkelte und zurückstieß, sagte er nur: »Mund aufmachen.«

In einem zähen kalten Band floss sein Speichel zwischen ihre Lippen, deren Dünnheit für den Augenblick hinter ihrem Ekel und ihren krampfenden Nackenmuskeln, der Brennspur von Vetkos Fingern an ihrer Kopfhaut und einer Hilflosigkeit verschwand, die sich, noch während sie aufkochte, verwandelte und erstarrte: Mina wurde matt, ein bisschen müde und ließ zu. Als er den Griff lockerte und sie in den Arm nahm, kam es ihr vor, als wären die vergangenen Wochen ein langer Schwimmzug, eine einzige umfassende Erschöpfung gewesen. Über ihnen flogen Dohlen auf, dunkle Punkte wie grober Pfeffer, geworfen auf einen mageren, farblosen Himmel.

»Was schön und was hässlich ist, entscheide ich«, sagte Vetko. »Mach dir über so etwas keine Gedanken mehr. In der Natur hat alles einen Grund, du bist Teil einer Ordnung, die du nicht sehen kannst, weil sie sich über dich spinnt und sich durch dich zieht.« Er zeigte mit dem Daumen auf die Douglastanne. »Die Aufgabe deiner Haut ist nicht schön zu sein. Sondern Fett zu speichern und nachzugeben an den Stellen, wo meine Knochen auf deine treffen.«

Mina runzelte die Stirn bei *Fett speichern* und wollte etwas einwenden, aber Vetko winkte ab. »Fett«, sagte er, »ist wie ein Tagebuch. Es bewahrt, was wir essen und trinken. Wie wir uns bewegen. Und auch, wie wir angefasst werden. Was speichern die anderen schon in ihrem Bauchfett, Brustfett, Beinfett außer Grünkohl, Frikadellen und Fußballtraining? Glaubst du, ihre Haut merkt sich das lasche Streicheln?«

Was Vetko sagte, klang bestechend einfach und unauflösbar verwickelt zugleich. »Was hat das alles mit meinen Streifen zu tun?«

»Die anderen Körper sind so vergesslich, Mina. Die von Malene und Lars und Fabian, meine ich. Ganz sauberes Fett ohne Erinnerung, alles glänzt, alles fabrikneu. Aber Körper sind dafür gemacht, dass wir sie abnutzen. Bearbeiten. Leben darin aufbewahren. Wir können Gefühltes haltbar machen, nur mit unseren Körpern.« Vetko klopfte auf die Douglastanne. »Bäume machen es genauso. Die haben tausend Häute. Für jedes Jahr eine Haut. Und in jedem Ring im Holz steckt ein ganzes Jahr, die Kälte, die Dürre, der Regen, die Brände. Alles gespeichert da drin.«

»Ich bin aber kein Baum.«

»Das war ein Vergleich, Dummchen.«

Mina knurrte. »Und wenn ich das gar nicht will? Wenn ich lieber unbenutzt bleibe, aber dafür perfekt und glatt? Wenn ich einfach auch mal kurze Hosen tragen will oder mich vor den anderen umziehen?«

»Dann bist du schön blöd«, sagte Vetko. »Wir können die Zeit anhalten. Warum sollte man das gegen Durchschnittlichkeit eintauschen?«

»Die Zeit anhalten.« Mina tippte sich an die Stirn und richtete den Finger auf Vetko. »Du hast eine Meise, Kohlenjunge.«

Vetko zuckte gelassen mit den Schultern und wandte sich Richtung Hoftor. »Mit jeder Narbe, jedem blauen Fleck kannst du die Zeit dehnen«, sagte er zum Abschied. »Wie lang dauert durchschnittlicher Sex, fünfzehn Minuten? Wir hören nie auf damit, solang unsere Körper sich erinnern, eine Narbe von mir auf dir, und du wirst noch in zehn Jahren mit mir schlafen, wenn du sie ansiehst. Es ist, als wäre man sein eigenes Polaroid.«

Wenn Mina sich ihre Freunde besah, taumelten sie oft formlos herum, warben ungeschickt umeinander und waren verunsichert von dem, was sie voneinander erwarten sollten. Es schien ihr ein Chaos zu sein, ein tumbes Gewirr und Durcheinander von abgelaufenen Verhaltensregeln, versuchter Zwanglosigkeit und einem Geschlamper der Geschlechter, das ihr willkürlich schien und keine Schönheit hatte. Obwohl sie Vetkos Ordnung keinem von ihnen hätte erklären wollen, hatte sie einen Vorteil: Sie war klar und verlässlich, weil sie nicht von ihnen verändert werden konnte. Nach Vetko hatte die Natur sie bestimmt. Vetko, Mina, die Dohlen, die Tanne im Schulhof: Sie alle hatten einen Platz und eine Form, die für sie festgelegt worden war. Der Gedanke gefiel ihr.

Die Luft schmeckte nach Torf, sumpfig und würzig; das Dorf hatte mit dem Befeuern der Kamine begonnen, sicher auch ihre Eltern. Sie steckte die Hände fröstelnd in die Jackentaschen und stiefelte nach Hause. Ihr Vater kniete im Garten, beinahe überkopf in den Beeten, und riss die letzten Brennnesseln des Jahres aus der Erde. Er arbeitete selten im Garten, nur beim Herausreißen von Brennnesseln entfaltete er einen missionarischen Eifer. Jetzt trug er zentimeterdicke Lederhandschuhe, packte die Stauden ganz unten und zerrte wild, bis sie nachgaben.

Als Mina klingelte, bearbeitete er gerade ein widerspenstiges Exemplar. Er lehnte sich mit dem gesamten Körpergewicht dagegen und torkelte überrumpelt zurück, als er die Brennnessel plötzlich mitsamt walherzgroßem Wurzelklumpen in den Händen hielt. Er reckte die Nessel wie ein Sieger in die Luft, winkte Mina damit zu und schleuderte die Pflanze auf einen Haufen.

Die Mutter öffnete und nahm ihr den Anorak ab. »Vorsicht, wenn du später den Kompost öffnest«, sagte sie. »Dein Vater entsorgt gerade einen ganzen Brennnesselgarten darin.«

»Ist mir nicht entgangen«, sagte Mina.

Die Mutter musterte sie. »Hast du schon etwas gegessen? Du hast heute Morgen dein Wasser mit Apfelessig nicht getrunken, es stand neben der Spüle. Ich habe es dir aufgehoben. Bei dieser Kälte brauchst du die Vitamine, und gut für den Kreislauf ist es auch, wo deiner doch immer so schwach ist, siehst du, deine Hände sind wieder so schlecht durchblutet. Du bist ja ganz blass, Kind.« Sie zupfte etwas von Minas Kapuze. »Douglasiensamen«, murmelte sie mehr zu sich. »Ich dachte, man würde sie alle fällen.«

»Was? Auch die große im Schulhof?«

»Ja, ich glaube schon. Sie verbreiten sich wie Unkraut und verdrängen die anderen Nadelbäume … Ein Segen, dass man jetzt einschreitet. Sie gehören eben nicht hierher, diese kanadischen Sorten. Ich habe mir sowieso immer schon Sorgen gemacht, dass dieses große Biest im Schulhof eine Gefahr ist, der Baum wackelt bei jedem Lüftchen wie ein Lämmerschwanz … Ich will mir nicht jeden Tag vorstellen müssen, wie meine Tochter von einer Douglasie erschlagen wird.«

Minas Gesicht war wie gefroren.

»Was ist los? Hast du den Baum im Schulhof so gern?«

Mina zog der Mutter den letzten Samenflügel aus der Hand und ging stumm zu Bett. Den Samen legte sie auf die Fensterbank.

Als sie am nächsten Morgen aufwachte, schlich sie barfuß und im Nachthemd in den trüben Nebel, der aus dem Wald bis fast vor die Haustür geflossen war und in den schwarzen Federspitzen der Tannen hing, heimischen und fremden, die sich zumindest einer Ordnung beugen mussten: Der erste Schnee war für sie alle nicht fern. Sie pflanzte den Samen dort ein, wo zuvor die Brennnesseln gewachsen waren und der Boden von den wühlenden und reißenden Händen ihres Vaters nun schorfig war wie wunde Kopfhaut. Sie häufelte Erde auf den Samen und schwor sich, mit Taschen voller Douglasiensamen aus der Schule zu kommen und jeden einzelnen Samen einzupflanzen, so viele, wie in den Boden passten, und mindestens eine weitere Reihe so nah vor dem Küchenfenster, dass in ein paar Jahren eine junge Douglasie davor schwanken würde wie ein Lämmerschwanz.

VIII

NACHTMÜNDER

Wir werden ins Freie geboren und geben dafür unsere Nabelschnur. Wir sind kaum an der Luft, wissen noch nicht, dass wir alles gewonnen und verloren haben, und unsere erste Handlung wird immer dieselbe bleiben: Unsere Münder, noch zahnlose und sprachlose Dellen in unseren roten Gesichtern, verbinden sich mit dem, was sie umgibt. Wir füllen sie mit Luft, die unsere Lunge entknittert. Wir brüllen.

Noch haben wir kein Wort, das groß genug wäre für den Zorn über unseren bitteren Verlust, den zu ersetzen und niemals zu vergessen unser Leben sein wird. Die Mutter ist da, liegt doch dort unter uns und hält uns, aber sie ist kein Teil mehr von uns, ihr Blutkreislauf hat sich geschlossen. Also brüllen wir, laut und lauter, je mehr sich die Lungen entfalten werden, wir brüllen über Tage und Jahre. Wir hören nicht auf, bis wir finden, was uns mit Zange und Schere genommen wurde: eine Verbindung.

Verbinden kann eine Hand, die wir halten, und die Beine, die wir um jemanden spreizen und schließen. Bei

Mina würde es immer der Mund sein, der sie mit anderen Menschen verband: Jetzt küsste sie, statt zu brüllen, und manchmal fand ihr Mund um den Kuss herum ein Wort, und sie sprach es, und das Wort wurde gehört. Das ist das Glück: ein gemeinsames Wort haben und es zwischen zwei Mündern hin- und herreichen.

Auf dem Schulhof hatte sich das erste der besonderen Wörter von den Seiten des Wörterbuchs gelöst. Es schlüpfte aus dem Bannkreis der Bleistiftkringel und in Vetkos Abschiedssatz und stahl sich von dort in Minas Mund, unbemerkt zuerst, ohne einen Schatten, ohne Geräusch. Unter Minas Zunge, in lichtloser Wärme, hatte es gekeimt und gewurzelt und wuchs nun millimeterweise an der Innenwand ihrer Unterlippe entlang. Es hieß: *sich fügen.* Dieses Wort und auch alle weiteren zwischen Vetko und ihr gediehen am besten in einem Mund, der frei war von dem Geplapper der Tage, mit dem sie sich mit den Freunden unterhielten, zwischen Supermarktreihen nach Dinkelmehl fragten oder den Eltern am Abend ausweichende Antworten gaben: Ihre Sprache entstand in Betten und abgedunkelten Zimmern, in der halb bewussten Mattigkeit, bevor die Augen zufielen und bevor sie die Augen wieder aufschlugen; sie wuchs in ihren halb geöffneten Nachtmündern.

Vetko hatte das Wort gegen den stärker werdenden Wind gesprochen, aber daran lag es nicht, dass es verzögert bei ihr ankam. Es klang so altmodisch, biblisch fast. Hatte eine Form, die unpraktisch schien und verrostet, weil man es irgendwann in den Keller entsorgt hatte und es nur von Eltern oder älteren Lehrern dann und wann hervorgeholt wurde. Es verströmte den Mief feuchter Lagerung.

»Füg dich«, hatte er gesagt, es hatte eigentlich nett geklungen, ein Vorschlag, füg dich doch einfach, warum denn auch nicht, was ist schon dabei. Ein Vorschlag, der an ihrer hochgezogenen Augenbraue abprallte und vom Wind über den Hof gejagt wurde. Als Vetko nicht hinsah, sammelte sie das verwehte Wort ein und nahm es zur näheren Betrachtung mit nach Hause. Sie bemerkte nicht, dass das Wort in ihr schon Wurzeln geschlagen hatte und zu wachsen begann.

Das Wort versteckt unter ihrer Zunge ging sie nach Hause und kaute darauf herum, wie sie als Kind auf den Holzstücken frisch abgebrochener Holunderzweige herumgekaut hatte, die erst sauren grünen Saft abgaben und nie weich, sondern immer faseriger wurden, je länger man darauf biss.

Mina wurde klar, was Vetko meinte. Er wollte, dass sie ihre Umrisse verließ, formlos wurde und in die Lücke glitt, die er ihr zuwies. Doch was wollte sie? Sie hatte keine Vorstellung außer einer: Sie wollte sein wie die anderen. Sie wollte sich so die Haare hinter die Ohren streichen wie sie, mit großen Schritten geradeaus gehen, sich in der Schulmensa an Tische voller Fremder setzen und auf Fotos breit grinsend in der ersten Reihe stehen wie sie. Sie wollte die glatten Oberschenkel der Mädchen, weiße wiegende Hüften ohne Streifen. Aber sie wollte auch: die unkontrolliert hüpfende Rohheit der sich ausbildenden Adamsäpfel der Jungen, sie wollte beim Basketball den Korb treffen und das schwitzige Muskelspiel dazu unter ihrem Overall fühlen, und wenn das Licht günstig stand auf dem Spielfeld und ihren Oberschenkeln und Brustmuskeln, würde auch sie beginnen, sich zu mögen.

Was Vetko ihr vorgeschlagen hatte, war ein Tauschgeschäft, und je länger sie darüber nachdachte, desto günstiger schien es ihr: Sie würde sich hergeben, ihre falschen

Formen, ihre unperfekte Passung, und würde bekommen, was er ihr versprochen hatte. Er würde sie schön finden. Dadurch, dass er ihr die Pflicht nahm, sich selbst tragen zu müssen, würde sie leicht werden und schön wie die anderen, auf dieselbe helle Weise, während Minas Dunkelheit bei Vetko bleiben würde wie in einem Kohlefilter, der die trübe machenden Schwebstoffe aus Wasser filterte, bis es ganz klar und sauber wurde. Niemand außer ihm würde sie zu sehen bekommen, niemand würde von ihren Trübheiten wissen, und auch sie würde sie eines Tages vergessen haben.

Sich fügen. Alle Sprache beginnt mit nur einem ersten Wort. Das war ihres, und sie spürte die Triebe des keimenden Wortes an ihrer Unterlippe, nachgiebig genug noch, um sie dahinterzuhalten. Aber sie waren gepflanzt.

Wenn Vetko und Mina sich trafen und miteinander schliefen, brauchte es mehr als nur ein Zimmer für sie allein: Sie mussten Vorsorge treffen und Nachsorge auf umständlichere Art, als es im Klassenzimmer mit Holzstumpf und Übungskondom besprochen worden war. Wenn die Eltern aufmerksam gewesen wären, hätten sie bemerken können, wie hier und dort in ihren aufgeräumten Häusern mit Familienbad und Gästebad, Einbauküche und Dielen mit bunt gestreiften Vorlegern, Hobbykeller und Arbeitszimmer für die jährliche Steuererklärung große und kleine Dinge verschwanden: zwei Fischköder aus Kork aus der Angeltasche von Minas Vater; Mutters reißfestes Nähgarn und zwei Stopfnadeln; Paketband und Paketschnur; die Bambusstäbe für englische Zuchtrosen, die jeden Sommer in einem betäubend unechten Königsblau im Vorgarten von Vetkos Eltern blühten; Wäscheklammern aus Holz von der Wäschespinne; Sterilium aus dem alten Erste-Hilfe-Kasten von Miro; ein feiner

Seidenschal für die Oper, den Minas Oma ein einziges Mal getragen und dann für eine weitere besondere Gelegenheit mit unzähligen Lavendelsäckchen aus Gaze in einer Hutschachtel aufbewahrt hatte, bis sie gestorben war und der Schal ohne Gelegenheit, aber samt Schachtel und Säckchen auf dem Dachboden gelandet war, in Erwartung feierlicher Anlässe der Eltern, die ihn weiter hüteten und im Herbst die Gaze aufzupften und mit frischem Lavendel füllten und ihre Kinofreitage nicht angemessen fanden für Omas rote Seide. Als der Schal sich an einem Nachmittag mit Minas Speichel vollsog und ihre Zunge einschnürte bis fast in den Rachen und sie sich selbst so köstlich und unerträglich fremd wurde, konnte Mina dabei das vertraute und tröstliche Kolnischwasser ihrer Großmutter schmecken.

Sie nahmen verschiedene Tiegel aus den Hausapotheken, die im Gästebad an die Wand hinter dem Waschbecken gedübelt waren: Mina brachte eine Wundsalbe mit Kamille und Vetko etwas, das stank wie heißer Teer und alte Lakritze und das Eiter aus Verletzungen ziehen sollte. Und schließlich ließ Mina, als ihre Mutter ihr die cremeweißen Porzellanstapel für das Mittagessen auf die Arme stapelte, das Apfelmesser in ihren Ärmel rutschen. Es ging schnell, die Mutter kramte mit dem Kopf tief im Gewürzschrank nach dem Salz für den Streuer, und Mina zog das Messer mit der Klinge zur Armbeuge in ihren Pullover. Das Messerblatt nahm umgehend ihre Körperwärme an, als wollte es sich selbst vor der Mutter verstecken, als wollte es aus dieser Küche verschwinden, in der die Mutter mit ihm jeden Morgen Äpfel für die Schulpause geviertelt und in der Tupperdose verpackt hatte, wo sie bis zum Mittag bräunten und ihre Säure beim Öffnen des Deckels unangenehm in die stickige Klassenzimmerluft stach. Mina dachte an den

Ellenbogen ihrer Mutter, der sie resolut von der Anrichte wegschob, wann immer sich ihre Hand dem Messer näherte, um sich mit zehn, mit zwölf, mit sechzehn Jahren diese unvermeidlichen Pausenäpfel wenigstens einmal selbst zu vierteln, »Du schneidest dich nur«. Jetzt drückte sich das Messer sanft in Minas Armbeuge unter dem Pullover. Es fühlte sich an wie ein verschwörerischer Seitenknuff.

Zuletzt zeigte Vetko ihr ein braunes Fläschchen, das er aus seiner Sporttasche hervorholte. Auf dem Etikett war eine rote Sichel abgebildet, auf der Rückseite ein rotes Viereck um ein dick gedrucktes Ausrufezeichen. Mina kannte es von Sofortklebertuben und aus dem Chemieunterricht: Vorsicht, Hautreizung. Sie nahm die Flasche in die Hand und schüttelte sie vorsichtig.

»Was willst du damit?«

»Neugierig?« Vetkos Blick erwachte und wurde verschlagen.

»Ja, klar«, sagte sie forsch. Er würde sie wohl kaum vergiften wollen. Im schlimmsten Fall würde es eklig schmecken, und sie würde es ausspucken. Sie griff schon mal nach dem Wasserglas auf dem Nachttisch.

Als er eine transparente Flüssigkeit in die Glaspipette des Flaschendeckels zog und einen winzigen Tropfen auf ihre Zungenspitze fallen ließ, zerschlug sich die Welt um Mina für die nächsten zwanzig Minuten in Splitter und Spritzer aus Feuerfauchen. Vorsichtig bewegte sie die Zunge. Sie war an der Stelle, wo der Tropfen aufgetroffen war, mit Taubheit bedeckt wie mit Schlick.

»Capsaicin«, erläuterte Vetko hilfsbereit, während sie das Wasser hinunterstürzte. »Der Wirkstoff, der Chilis scharf macht. Und Wasser«, er nahm ihr das Glas aus der Hand, »hilft dagegen nicht.«

Tatsächlich fühlte sich ihr Mundraum noch immer an wie roh, die Schleimhäute aufgeraut und mit der Vorahnung einer köchelnden Entzündung.

»Ein sehr wirkungsvolles Mittel, um dich dazu zu bringen, dich zu fügen.« Er lächelte.

Da war es wieder, ihr Wort. Sie hatten die Sprache nicht neu erfunden; ihre Worte lagen vielmehr wie ein Schatten hinter der Sprache der anderen, ahmten ihre Buchstaben und Laute so genau nach wie eine Mimikry und wussten doch mehr als das Bekannte. Ihre Sprache durften alle hören. Sie konnten sie öffentlich sprechen, weil sie ihre Unterschiede nur für Mina und Vetko erkennbar machte, eine Geheimtinte aus Milch, die erst durch die Hitze von Händen auf Haut lesbar wurde, und Mina dachte an die Milch, die er ihr gegeben und die sie in der Hand gehalten hatte, bis ihre Haut riss. Die Wirkung von Capsaicin ließ sich mit Milch abschwächen, wie Vetko ihr endlich erklärte. Auch dieses Mal trank sie die Milch, um eine Schärfe zu mildern.

Nicht hörbar durfte aber das sein, was sich in seiner Gewalt und Dringlichkeit der menschlichen Sprache entzog: Wenn Vetko sie zum Schreien und Fluchen, zum Bitten und Einlenken, Aufgeben und Verstummen brachte, war ein leeres Haus Bedingung. Die dünnen Wände der alten Villa von Vetkos Familie machten ein Treffen bei ihm unmöglich, und Minas Mutter war zum Verzweifeln häuslich. Wachsam saß sie über ihren Einrichtungskatalogen, die sie hektisch zuschlug, sobald ihre Tochter zu hören war, sie klopfte an Türen und wartete nicht auf das »Herein«, in ihren Händen waren immer Pflaster und Gläser mit Apfelessigwasser, und eine Hand schien doch stets frei zu bleiben, um Mina mit dem Stielkamm den Scheitel nachzuziehen, bevor sie aus der Tür ging.

Es war Taubner, der sie auf die Kapelle brachte. Er hatte die Kapelle günstig von der katholischen Gemeinde auf der schwäbischen Seite des Dorfs gekauft, denen die Mitglieder weggestorben und verzogen waren. Taubner glaubte, darin ließen sich Feste veranstalten, Konzerte geben, Städter und Dörfler würden sie für erste und zweite Hochzeiten und sechzigste Geburtstage buchen. Er ließ die moosbewachsene Holzschindelverkleidung in einem sahnigen Gelb streichen und Heizstrahler in die Ecken des Kapellenschiffs montieren. Er tauschte das Kreuz auf der Turmspitze gegen einen grünen Wetterhahn, entfernte aus dem Glaskasten vor dem Eingang die Titelseite der letzten Gemeindezeitung, aus der sieben Sommersonnen die Druckerschwärze herausgezogen hatten, und verkündete auf einem selbst gesetzten Flugblatt auf orangem Hintergrund die neue *Event-Kapelle* in fetten Lettern mit vielen Ausrufezeichen. Und dann wartete er, wie der Schal der Großmutter in seiner Schachtel gewartet hatte: auf Anlass und Gelegenheit, Fest oder Trauerfall, und es geschah über Jahre nichts von all dem.

Die Feste waren selten geworden, seit die Männer die Fernseher in den Wohnzimmern ausgeschaltet ließen. Denn die Väter konnten ihren Kindern zwar noch die Geräte erklären, aber nicht mehr, was auf den Bildschirmen passierte. Das Übertreten der Gewässer über ihre Ufer, die auseinanderfliegenden Teile von Zugwaggons und Hochhäusern, gesprenkelt mit Splittern selbst gebauter Bomben aus Putzmitteln und Nägeln, die auch die Väter in ihren Abstellkammern und Hobbykellern vorrätig hatten. Die Fernseher blieben aus, und die Feste wurden gestrichen, als die Väter dort über die Dinge reden wollten, die sie auf den Bildschirmen gesehen hatten, und am Boden ihrer Bierkrüge bemerkten, dass sie es nicht konnten.

Es wurde in der Kapelle nicht getanzt und nicht gegessen und schon gar nicht mehr gebetet. Taubner verfluchte seinen Kauf, entfernte das Flugblatt aus dem Glaskasten und platzierte eine Verkaufsanzeige in noch dickerer gedruckter Schrift mit noch mehr Ausrufezeichen auf Giftgrün, und schließlich begann das Moos wieder anzusetzen auf den gelben Schindeln, und Vetko und Mina brachen eines Abends die Hintertür auf, die von Taubner durch zwei Fahrradschlösser halbherzig gesichert worden war. Vetko steckte das Apfelmesser mit der Schneide nach unten zurück in seine Hosentasche, umschloss von hinten Minas Nacken mit seiner warmen Hand und schob sie voran in die Dunkelheit.

»Taste mal nach dem Lichtschalter«, sagte er.

Sie fand ihn und drückte. Mit fahlem Licht und überlautem Summen, das wie Nachtinsekten unruhig in den Rundbögen schwirrte, schälten sie einen Raum voll formloser Gerätschaften aus der Schwärze: Tische und Bänke, an die Wände gelehnt und abgehängt mit Tuch und Molton. Sie ließen das meiste unberührt, falls Taubner doch einmal nach dem Rechten sehen würde; suchten sich nur eine Bank und einen Tisch und stellten sie in der Mitte des leeren Kapellenschiffs auf.

Taubner hatte den Sandsteinboden mit Parkett auslegen lassen, damit man darauf tanzen konnte, und während sie unter den Heizstrahlern die Möbel aufklappten und die knackende Hitze sich in Minas Nacken brannte, um die Stelle herum, an der Vetkos Hand trocken und leicht gelegen und doch ihr ganzes Körpergewicht den Hals herunter in die Erde gedrückt hatte, stellte Mina sich vor, es gäbe ein Fest nur für sie beide. Vetko würde Nudelsalat mitbringen und sie einen Kuchen backen, sie würden auf der Bank sitzen und essen und seine 70er-Jahre-Musik hören,

Fleetwood Mac oder Pink Floyd, und später würden sie Gabeln gegen Hände tauschen und weil sie ganz allein wären, würde niemand sehen, dass er ihre Hand fester greifen würde, als es üblich, als es normal war, denn sie war weich, und er war hart. Dass sie irgendwann die Luft anhalten würde, weil seine Jungenhände, obwohl sie schmal waren mit langen dünnen Fingern, eine Kraft hatten, die sich um ihr Handgelenk sammeln und das Blut dort verdunkeln und färben würde wie ein blauer Schmuckreif.

Auf Taubners noch wie frisch versiegeltem, nie betretenen Tanzparkett übten sie zu zweit ihren eigenen Tanz.

Er war fern von den Gesellschaftstänzen, die man in der Tanzschule Engler in der Kreisstadt lernte, er wurde an keinem Ort unterrichtet, den sie kannten. Hätte Mina damals von den Orten gewusst, die sie später sehen würde und an denen Menschen zusammenkamen, die ihr angeblich ähnlich sein sollten, sie hätte ihre Beine für nichts anderes gebraucht als zum Davonlaufen, mit weiten Schritten in einem zu eng geschnittenen Kleid. Aber was hätte es ihr geholfen? Das, was man in seinem Innern trägt, nimmt man mit auf jeder Flucht wie einen schwarzen Koffer, der einem unentwegt zwischen die Knie gerät und einen stolpern lässt und sich nachts hinter den Augen öffnet und seinen sperrigen Inhalt wie Bremskeile in den Schlaf wirft, zwischen die Träume.

Über Bank und Tisch, Hände über dem Kopf oder abgestützt an den Sandsteinwänden, deren kalte Körnigkeit sich auch durch die Heizstrahler nicht erwärmte, kam an Mina der Inhalt von Vetkos Sporttasche zur Anwendung. Vetko machte ihr einen neuen Körper: Dem Ebenmaß zum Trotz, das sie sich gewünscht hatte, betonte Vetko das Unebenmäßige an ihr. Zwischen ihre roten Streifen setzte er zusätzliche, ließ sie anschwellen und das Gewebe wulstig werden. Blut gab es anfangs selten, nie gezielt. Das Öffnen der Haut kam dann schneller, als sie es sich hatte vorstellen können, und oft war sie bereits so im Rausch dieser zuverlässig in ihr aufsteigenden Sonne, dass sie das Blut nur als plötzlich auftretende Nässe wahrnahm, nicht als Wunde. Blut ließ sie nicht aufhören. Später gerann es und erhärtete und machte den Augenblick, in dem sie sich selbst überwunden und ihren Körper hinter sich und bei Vetko gelassen hatte, transportabel: Bis die Krusten blätterten, nahm sie ihn mit auf das Mäuerchen im Hof, an Malenes Schulter gelehnt und die Fasern der Pausenmandarine unter den Fingernägeln wegkratzend und dünnen löslichen Instantkaffee trinkend. Sie nahm ihn mit in ihre achtzig Zentimeter Eichenbett ins Haus der Eltern, über dem die Decke noch fleckig war vom Kleber des Sternenhimmels, der sich in der Hitze des vergangenen Sommers endgültig abgelöst hatte, ein Stern nach dem anderen, zuletzt der Schweif der Sternschnuppe.

Das Kind, das sie gewesen war, verschwand in diesem Jahr: eine Kruste, die abgeplatzt war und gespannte Haut zurückließ. Und auch tief unter der Kruste der Erde, unter ihren Holzbetten und Schindelhäusern, begann eine neue Haut allmählich sanft zu jucken und schickte feine, haarfeine Risse an die Oberfläche. Das Dorf und die Kreisstadt und der Landkreis und alles darum herum, diesseits und jenseits des Waldes aber schlief in seinen Betten und Häusern und tat, als könnte man das vernehmliche Knacken unter jedermanns Füßen nicht hören.

IX

WANDELDINGE

Etwas in der Luft über dem Dorf und in der Zusammensetzung der Erde unter den Häusern und Gartenzäunen und Hochsitzpfählen und Karpfenteichfolien hatte sich verändert, und es blieb nicht dort stehen. Es kam näher, es zog immer dichtere Kreise, es zog unter den Leisten der Türen durch und in die Küchen ein, die Kleiderschränke, die Abstellkammern.

Was Mina früher harmlos umgeben hatte als Nutzgegenstand des Haushalts, bekam wie ihre Sprache mit Vetko einen immer länger werdenden Schatten. Bald war der Schatten so lang, dass sie sich nicht mehr von dem Gedanken befreien konnte, Eltern und Freunde bemerkten ihren veränderten Blick auf diese Dinge, auf die Holzklammern an der Wäscheleine im Garten, die baumelnde schwarze Reihe der Ledergürtel in der Männerabteilung des Kaufhauses, die achtlose Hand des Vaters, die kurz den Hals der Mutter streifte, als sie im Flur aneinander vorbeigingen.

Sie lernte in der Kapelle, dass nur Kinder von reinem Schmerzgefühl weinen müssen. Der Erwachsene beantwortet Schmerz mit Wut oder sogar Raserei, aber niemals weint er, nur weil ihm etwas wehtut. Erwachsene weinen aus Angst. Angst davor, dass der Schmerz nicht aufhört; Angst davor, dass die Welt, die sie so mühsam geordnet haben, sich ihrer Kontrolle entzieht. Angst vor Demütigung und Gesichtsverlust. Und am Ende: Sie weinen aus Angst davor, wirkliche, wahre Angst spüren zu müssen; die Angst, die dir über die Knochen schabt und dir den Tod auf die Zunge legt und dich irgendwann, in der Schlussfigur jedes Tanzes, zum Schlucken zwingen wird.

Vetkos wirksamstes Mittel aber war nicht die Angst, und es steckte auch nicht in seiner Sporttasche.

Mina atmete flach durch die Nase. Es war anstrengend, es ging langsam, und sie bemühte sich, nicht schneller zu werden, obwohl sie bei jedem Einatmen das Gefühl hatte, dass noch eine kleine Menge fehlte, um ihre Lungen ganz zu füllen. Im Gegenlicht der Kapellenfenster hatten ihre Augen zu tränen begonnen und das Gelb, Blau und Violett des Buntglases zu schillernden Punkten an der Kuppeldecke verschwimmen lassen. Sie zählte die Punkte, elf waren es, und dann die Sekunden, wieder und wieder bis zehn, jedes Mal ließ sie mehr Zeit zwischen die gezählten Sekunden schlüpfen, bis sie eine Minute brauchte von der Eins bis zur Zehn. Ihr Nacken krampfte und schickte ein Zucken über ihren Kiefer bis zur Zunge. Die Holzklammer auf ihrer Zungenspitze bewegte sich. Ein My nur, aber genug, um sie die Augen zusammenpressen und die Finger in die Oberschenkel graben zu lassen.

Sie schloss die Augen. Eine Sekunde. Zwei Sekunden. Drei Sekunden. Ein gelber Punkt. Zwei blaue Punkte. Acht violette Punkte.

Vetkos wirksamstes Mittel war die Ungewissheit. Nicht

zu wissen, was er tun, wie weit er gehen und wann es enden würde. Die Ungewissheit nahm Mina die überspannte Unruhe, die sie fühlte, wenn sie mit den anderen zusammen war: das Wachsenwollen, aber nicht wissen, wie; das Gehenwollen, aber nicht wissen, wohin. Das Durcheinander der Bilder in ihrem Kopf wurde ein Nebeneinander, ordentlich und in friedlicher Starre, wie es in einer früheren Welt einmal gewesen sein mochte, noch bevor es Vetko und Mina, bevor es Eltern und Großeltern und deren Großeltern gegeben hatte. In der Kapelle hielten die zitternden Bilder eines Planeten mit Unwucht still. Selbst die beiden großen Metallvögel blieben für den Augenblick stehen und verharrten; diese Vögel, die hinter dem Wald, der Kreisstadt und über den Atlantischen Ozean hinweg von ihrem Schwarm abgekommen waren und in zwei gläserne Türme flogen und daumengroße Menschen aus hohen Fenstern fallen und zwischen den Feuern gelbe und graue Staubwolken aufwirbeln ließen, in einer gedehnt wirkenden Zeit wie bei einer Sprengung in der Tiefsee. Diese Vögel, nach deren Bruchlandung die Männer im Ort ihre Fernseher ausgeschaltet hatten und die Feste der Menschen weniger geworden waren und die zutraulich blinkenden Überwachungskameras an Flughäfen und Bahnhöfen sich vermehrt hatten.

Die dünnen Risse im Boden unter ihren Füßen dagegen waren merklich breiter geworden, faserten aus, erreichten den Ort noch vor den Glasfaserkabeln, die der Oberbürgermeister des Landkreises jedes Jahr versprach, und beschleunigten den Schlag ihrer Herzen und die Sprünge ihrer Gedanken.

Der Wandel der Dinge um sie herum beschränkte sich nicht auf Vetkos und Minas Welt. Nicht nur konnten Bambusstöcke für Rank- und Kletterpflanzen noch ein anderes

Blau hervorbringen als das englischer Zuchtrosen und ließen Mina am folgenden Morgen im Stehen frühstücken, die Oberschenkel trotz Spätsommertemperaturen in langbeinigen Hosen, auch Koffer hörten auf, bloße Koffer zu sein. Sie konnten, an Bahnhöfen abgestellt und ohne Besitzer, in Schulfoyers stehen gelassen oder auf Marktplätzen, plötzlich anderes zwischen ihren Schalen verbergen als Kleidung oder Bücher oder Haarbürsten: Sie konnten das Ende von etwas enthalten. Das abrupte Ende der Schulstunde, Blaulicht auf dem Schulhof und zügige Räumung des Gebäudes, bis man entdeckte, dass man einen Schlafanzug, zwei Wechselpullover und einen Kulturbeutel nicht entschärfen konnte und eine weinende Fünftklässlerin den Koffer samt Inhalt mit strengem Verweis beim Direktor abholen durfte. Das Ende einer Reise, wenn der Bahnhof evakuiert wurde und man den Anschlusszug verpasste. Und das Ende eines Lebens, wenn die Schalen ein Ticken, ein mechanisches Herunterzählen zwischen Drahtkontakten verborgen hatten und im Gedränge des Markttages niemand Gepäckstück und Bombe bemerkt hatte. Dasselbe galt für auffällig dick gefütterte Mäntel von Dunkelhäutigen oder Schwarzäugigen oder Vollbärtigen, unter denen Minas Mutter bei Busfahrten Sprengstoffgürtel vermutete, bis der Vater ihr Verfolgungswahn unterstellte. Langsam, Stück für Stück, schien die Dingwelt um sie zu erwachen und sich zu verwandeln, Koffer um Koffer, Klammer um Klammer.

X

ESSIGTAGE

Die Felder waren abgeerntet. Wie Reihen von vertrockneten Gliedmaßen übergroßer Insekten, mal Fühler, mal Bein, ragten die Stoppeln des geschnittenen Weizens in den Himmel, schon schwarzbrandig verfault von der Feuchtigkeit des ersten Bodenfrosts, der hier früh kam, manchmal schon Ende September, spätestens im anbrechenden Oktober.

Vetko und Mina gingen Hand in Hand durch diese Reihen. Sie waren allein. Mina achtete weiterhin darauf, dass man sie in der Schule und im Ort nicht zusammen sah, sie wollte sich die Fragen der anderen ersparen, und vor allem wollte sie ihren Antworten aus dem Weg gehen. Sie wollte nicht wissen, warum sich alles mit Vetko, der Schmerz, seine Ordnung, die er ihr überstreifte wie einen Ring, anfühlte, als gehorche es einer Wahrheit, die wirklicher war als alles, was Mina gekannt hatte. Es musste doch irgendwann wieder aufhören, bitte bald und noch vor den Fragen und am allerbesten weit vor ihren Antworten.

Sie setzten die Füße vorsichtig zwischen die Pflanzenstrünke, selbst unter den Schuhsohlen war die Härte der Stoppeln spürbar. Vetko sah sich den Boden genau an, prüfte mit den Augen die Regelmäßigkeit der Reihen, bis er fand, was er gesucht hatte.

»Hier ist es gut«, rief er ihr zu. Sie hatte sich an den Wegrand fallen lassen, um eine von den dünnen Zigaretten zu rauchen, die Vetko für sie drehte. Mina hatte versucht, das Drehen von ihm zu lernen, aber sie war zu ungeschickt. Immer wieder war ihr beim Einschlagen der vom Speichel durchweichten und eingerissenen Blättchen der Tabak in den Schoß gerieselt, bis sie es aufgab.

Vetko winkte sie ungeduldig heran.

»Hier«, sagte er. »Knie dich vor mich.«

Ihre bloßen Knie lagen auf dem, was der Sommer in den Feldern übrig gelassen hatte, wie auf einem Nagelbett. Die trockenen Stängel bohrten sich in ihre Kniescheiben und ratschten ihre Haut auf. Sie atmete tief, als Vetkos Hand auf ihren Schultern sie tiefer in den Boden hineindrückte, der Schärfe harter Spitzen und der Bodenkälte entgegen. Über ihr sprühte ein Schwarm Gewitterschwalben knapp unter den bleiern herabhängenden Bäuchen der Wolken, ungewöhnlich für diese Jahreszeit, und mit ihrem Flügelschlag fühlte sie ihr Blut flirren.

»Mach die Augen zu«, sagte Vetko, »und bleib so, bis ich wieder da bin. Genau so. Augen geschlossen, nicht schummeln.«

»Und wann bist du wieder da?«

»Bald.«

»Was, wenn einer vorbeikommt?«

»Dann siehst du ihn ja nicht.« Er lachte leise.

Seine Schritte entfernten sich, klar und fest, in eine unbestimmbare Richtung. Ihr Kleid hatte er mitgenommen.

Zwischen den Schulterblättern begann sie, perlte leicht

wie Sauerstoff durch die Adern und kam ihr die Luftröhre hochgestiegen wie ein Korken auf einer zu lang geschüttelten Sektflasche: die Ungewissheit. Da war jemand. Sie hörte Stimmen über dem Feld, die Stimmen einer Frau und eines Jungen. Sie kannte diese Stimmen. Aber woher?

»… und dann sag ich dem Taubner, ich kann Ihnen ja gerne beweisen, dass das nicht mein Hund war, der Ihnen da in Ihren Garten geschissen hat. Wenn Sie es wirklich wissen wollen, dann messen Sie einfach den Durchmesser von der Scheiße in Ihrem Weißkohlbeet, hab ich ihm gesagt, und dann können Sie von mir aus den Durchmesser vom Arschloch von meinem Hund nachmessen und vergleichen, hab ich ihm gesagt. Da hat der Taubner aber geguckt, sag ich dir …«

Die Frauenstimme plapperte in einem fort, und sie näherte sich. Mina brach trotz der Kälte der Schweiß aus. Ein Mädchen, das in verwaschener Kaufhausunterwäsche in einem Feld kniete. Kurz kam ihr der Gedanke, sich aufzustellen wie eine Vogelscheuche, steif und auf einem Bein. Sie musste aufstehen, wenigstens das, sie musste irgendetwas tun, die Augen aufmachen, sich umdrehen oder sich auf den Boden kauern und hoffen, dass man sie nicht entdeckte.

Sie zögerte. Dann öffnete sie das eine und dann das andere Auge, doch vor ihr war niemand zu sehen. Die Stimmen waren verstummt, und Mina atmete aus. Wer auch immer über das Feld gelaufen war, sie waren weg.

»Mina?« Die Jungenstimme hinter ihr kiekste beim I nervös. »Bist du das?«

Mit gesenktem Blick drehte sich Mina langsam um und blickte auf weiße Turnschuhe mit silbernem Markenlogo.

»Ist sie«, sagte eine andere Stimme freundlich. Vetko, der neben ihr aufgetaucht war, warf Mina lässig das Kleid zu.

Mina hatte sich die Arme vor die Brust geschlagen und immer noch nicht aufgeblickt.

Als sie nach dem Kleid griff, hörte sie die Frauenstimme keifen. »Lars! Glotz da nicht so schamlos hin!«, und Lars, der offenbar nicht allzu oft Mädchen in Unterwäsche in Feldern sitzen sah, schnaufte hörbar auf, und dann klatschte es.

»Mutter?«, stammelte Lars, und Mina, jetzt im Kleid, stand auf und sah Lars mit seiner hochgewachsenen Mutter vor sich, die breiten Handgelenke abgeschnürt von den eng geknöpften Ärmeln einer rosa und weiß gestreiften Bluse, die Mina an Zahnpaste erinnerte. Einer von Frau Denners Blusenärmeln war aufgeplatzt, die Handinnenfläche rot wie die Wange ihres Sohns.

»Ihr wisst wohl nicht, was sich gehört«, zischte sie Mina und Vetko zu. »Eure Derbheiten könnt ihr von mir aus sonst wo betreiben, aber nicht auf unserem Land! Das ist Privatbesitz! Schreibt euch das hinter die Ohren!«

Frau Denner war dafür bekannt, dass sie das Kümmelbrot in der Bäckerei ihres Manns noch am fünften Tag als frisch verkaufte und dafür, dass sie in der Stille der Samstagnachmittage ausdauernd Geige übte. Sie hielt dann auch die Geige wie einen Laib Brot und hobelte mit dem unnachgiebig gespannten Bogen mit ausholenden Bewegungen über die Saiten, als würde sie gewaltige Stücke davon abschneiden. Die Geige kreischte selbst über das Gedröhne der Rasenmäher hinweg, über die Hochdruckreiniger auf vermoosten Gartenwegen, über jedes zugehaltene Ohrenpaar und jede Beschwerde kreischte sie. Vielleicht, dachte Mina nun, konnte Frau Denner gar nicht anders, vielleicht ließ sich mit solchen Handgelenken auch nur auf diese eine Art Geige spielen.

Lars hielt eine Hand fest an seine knallrote linke Wange

und sagte nichts. Seine Augen glänzten wässrig. Erst jetzt bemerkte Mina den graubraunen Feldhasen, der vor seinem Oberschenkel baumelte. Am Rücken des Tiers sickerten mehrere rote Rinnsale aus dem Fell über den Bauch und die Läufe und sammelten sich zu zähflüssigen Nasen. Die Löffel wischten über Lars' Schienbein.

»Schrotschuss?« Vetko nickte Lars zu.

»Sein erster.« Frau Denner hatte den Stolz sofort schaumig um den Mund stehen. Sie grapschte nach dem Hasen und zerrte ihn an den Läufen hoch. »Und schon ein Treffer!« Unter ihrer Bluse schien die Mutterbrust mit einem Mal zu spannen; sie drückte den Rücken durch und öffnete den obersten Kragenknopf. Sie ließ den Hasen wieder fallen. Er schlenkerte brettstarr gegen Lars' Hüfte und Handgelenke. Sie waren breit wie die seiner Mutter. Er kräuselte die Lippen und wischte hastig beide Hände an seiner Hose ab, an seinen Unterarmen hatten sich zarte blonde Härchen aufgestellt wie zur Abwehr.

»Glückwunsch«, sagte Vetko trocken.

Lars wich Vetkos und Minas Blick aus und ließ sich von seiner Mutter abführen, die Schotterwege entlang Richtung Dorf. Mina konnte in der Stille ihres Kopfes nur noch das Summen des eigenen Bluts hören, als hätte jemand eine Muschel um sie gestülpt, die ihr viel zu dünnes Kleid und ihre Kaufhausunterwäsche und ihre Angst vor Lars' großem Mund einfach aufnehmen konnte, wegschlucken von draußen.

»Lass uns kurz hierbleiben. Ich will noch nicht zurück«, sagte sie zu Vetko.

Über dem Feld standen noch immer die Schwalben, formierten sich, stoben auseinander und sammelten sich über immer demselben Fleck Acker. Der Himmel hatte sich zugezogen. Vetko legte ihr den Arm um die Schulter. »Soll ich dir zeigen, wie man im Dunkeln raucht, ohne dass einen jemand sieht? Soldaten machen es so, in den Schützengräben.« Er hielt ihr eine frisch gedrehte Zigarette hin und ließ, als Mina nickte, das Feuerzeug schnappen. Die Glut leuchtete auf. »Jetzt die Zigarette umdrehen«, sagte Vetko. »Die Glut nach innen, den Filter nach außen, ist ganz einfach. Hab ich von Miro.« Er nahm ihr die Zigarette aus der Hand und machte es vor. »Traust dich nicht, was?«

»Klar traue ich mich!« Sie wich mit der Zunge vorsichtig dem heißen Glutpunkt aus, den Vetko ihr langsam zwischen die Zähne und weiter in den Mund schob. Unter ihrer Zunge schwemmte Speichel hoch und füllte die Zahnreihen. Ihre Zunge war fleischiger als sonst, ein vollgesogener träger Lappen in ihrer Mundhöhle, viel zu dicht an der Glut. Sie versuchte zu schlucken. Es ging nicht. Mina zog kurz und kräftig an der Zigarette. Ihre Wangenhöhlen wurden warm. Sie mochte das Gefühl, es war fast heimelig, als hätte sie einen kleinen Kachelofen im Mund. Sie drückte den Rauch aus den Nasenflügeln und zog noch einmal, diesmal lang und tief. Mina lehnte den Kopf an Vetkos Brustbein. Sie reichten die Zigarette hin und her, bis sie aufgeraucht war.

Mit dem ersten heftigen Windstoß schoss der Schwarm der Schwalben davon. Was für den Moment in Minas Kopf blank und leer gewesen war, füllte sich wieder mit Worten. Schneller, als ihr lieb war, schwirrten sie wie die Vögel und kündigten ein Unwetter an: eines von denen, die man weder sehen noch hören konnte, und die doch heller blitzten und lauter krachten als jedes der Gewitter über dem Wald.

Sie setzte sich auf, Blut kreiselte fühlbar beschleunigt unter der Haut zwischen den Schultern und die Wirbelsäule herunter in die Scharten und Schrunden auf ihren Knien, warm gegen die kalte Luft. Sie hatte geblutet, ohne es zu bemerken, und die Stellen begannen bereits zu verschorfen. Ihre Brust war hart vom Wind, hart vom Wollen: das unbedingte Wollen der Abwesenheit dieser Härte in sich, die umfassende Weichheit von Gewebe und Gefühl, jedes Mal, wenn Vetko sie losließ, der Schmerz aufhörte und angehaltener Atem weiterströmte.

Sie konnte danach Vetkos Hände halten und ihn ansehen ohne den Zweifel, der sie sonst schnell den Blick wandern ließ über die zu hakenartige Nase, die großen Zähne, denen man beim blakenden Grinsen die Kieferknochen und das Skelett schon ansah, in dem sie steckten, all die Unbehaglichkeiten an Vetko, die es schwer machten, Zeit mit ihm zu verbringen. Ohne die Unsicherheit darüber, was die anderen denken würden oder was sie selbst wirklich von ihm hielt, von diesem achtzehnjährigen Schlaks aus der ersten Reihe, von dem sie Pausen brauchte und den sie nicht ganz umarmen wollte oder jedenfalls nicht so, wie sie Malene Fabian im Arm hatte halten sehen, der nach den Kiefern an der Talsperre schmeckte, unter denen sie sich im Sommer angesehen und umarmt hatten und als Paar zu den anderen am Wasser zurückgekommen waren, die Münder größer und röter als zuvor, wie aufgegangen in der Hitze.

Zu Hause war niemand, auf dem Küchentisch ein Zettel mit einem Gruß und etwas Geld für einen Einkauf in den großen, ordentlichen Blockbuchstaben ihres Vaters, daneben ein Teller mit einem Viertel Fladenbrot. Sesampaste, Rucola und Tomate mit Salz, die Mutter war beim einzigen Türken im Ort gewesen, sie biss hungrig in das Brot und spuckte fast aus. Der Sesam, den sie nussig kannte, war so bitter, dass sich ihr Mund zusammenzog.

Sie setzte Teewasser auf, das im zu vollen Kocher überlief und ihr brühend heiß auf die Füße tropfte. Die Tasse fiel ihr aus der Hand und zersplitterte auf dem Steinboden, und Mina fühlte neben der Nase Tränen hochprickeln. Verwirrt und wütend darüber setzte sie sich auf den Fußboden neben die zerbrochene Tasse und sammelte ihre versprengten Teile auf.

Die Tränen der Mutter an einem zurückliegenden Abendbrottisch. Eine Karaffe mit Wasser, die sie neu gekauft hatte, bestellt in einem ihrer Kataloge für teure und bruchsicher verpackte Gegenstände, die mit matten Umschlägen und gedämpften Farben auf dem Wohnzimmertisch lagen. Die Karaffe war aus Kristallglas, nicht blind von der Spülmaschine wie die Trinkgläser. Ihre Mutter hatte das Wasser gekühlt, bevor sie es in die Karaffe gefüllt hatte, und das Gefäß war beschlagen, matt wie der Katalog, aus dem sie stammte. Die Mutter hatte viel gelächelt beim Abendbrot und fragte irgendwann, ob einer denn noch Wasser wolle, und niemand sagte etwas. Mina schüttelte den Kopf, und der Vater sägte mit seinem Messer angestrengt durch die Fasern des Kasseler Fleischs, bis das Messer mit einem spitzen Quietschen auf den Teller traf und wegrutschte und braune Soße auf der Tischdecke landete. Er sah die Mutter dabei nicht an, er aß weiter, die Faust um die Gabel. Da fing die Mutter an zu weinen. Sie war nicht aufgestanden vom Tisch, Mina hätte das richtiger gefunden, sie saß nur da und weinte.

Als Mina sie später am weit aufgerissenen Küchenfenster stehen sah, eine von Vaters Pfeifen in der Hand, der Vater im Bett, berührte sie ihren Oberarm.

»Ob er die Karaffe schön findet, habe ich ihn gefragt«, setzte die Mutter mit müder Stimme unvermittelt an. »Er hat die Hände von meiner Hüfte genommen und gesagt:

›Welche Karaffe.‹ Er hat gesagt: ›Ich finde den Arsch meiner Frau schön.‹ Ich hätte ihm antworten sollen: ›Welche Frau.‹«

»Und was *hast* du geantwortet?«, fragte Mina.

Ihre Mutter zog an der Pfeife, der Pfeifenkopf glühte auf, und es roch nach verbranntem Pflaumenmus. Sie stieß mit einem Ruck den Rauch durch die Nase, durch das Fenster Richtung Gartenzaun und auf den Wald zu, doch der Rauch kam trotz des entschiedenen Hinausschnaubens der Mutter nur zentimeterweit und hing in der Luft und löste sich rasch in dünner werdenden Schlieren in der Nacht auf. Sie verzog das Gesicht.

»Es schmeckt ja nicht mal«, sagte die Mutter. Sie schloss das Küchenfenster und drückte ihre Stirn für einen Moment gegen die Scheibe, verharrte. »›Danke‹«, sagte sie. »Ich habe Danke gesagt.« Sie sagte es gegen die Scheibe, es klang dumpf. Sie sagte es auf ihr eigenes Spiegelbild zu.

Am nächsten Morgen fuhr sie zur Post und nahm eine Retoure mit, sauber zugeklebt und bruchsicher verpackt. Danach schichtete sie die Pfeifensammlung des Vaters in die Ofenröhre des Kachelofens im Wohnzimmer, eine nach der anderen, die Meerschaumpfeife mit dem geschnitzten Löwenkopf zuletzt, der Großvater hatte sie ihm geschenkt. Sie strich mit dem langen Kaminstreichholz über die raue Schachtelfläche, sie öffnete die Ofenklappe. Sie warf das brennende Streichholz hinein und wartete, dass genug Luft in den Ofen strömte. Sie angelte den neuen Einrichtungskatalog aus dem Briefkasten, sie schloss sachte die Ofenklappe. Sie setzte sich bedächtig auf das Sofa und schlug den Katalog auf.

Es knackten leise die Scheiben der Schindelhäuser im Ort von der Kälte an diesem Nachmittag, und im Ofen knackte es laut und klar, als ein Löwenkopf aus Meerschaum in zwei Hälften zerbrach.

Mina hätte sich über das leere Haus freuen sollen, stattdessen fühlte sie, wie sich eine Abwesenheit von hinten an ihren Rücken drückte und die aufgerissenen Stellen auf ihren Knien brennen ließ. Sie betrachtete sich im Ankleideraum der Mutter, die Kniescheiben, die unter ihrem Kleid herausguckten und aussahen wie die einer Vierjährigen, aufgeschürft vom Baumklettern. Als hätte ihre Mutter sie je auf Bäume klettern lassen, geschweige denn auf die, die »wackelten wie ein Lämmerschwanz«. Mit einem Mal fühlte sie sich übersäuert. Nicht mit einer Säure im Magen wie manchmal nach einem zu fetten Essen, wenn die Mutter Tonerde in einem Glas verrührte und Mina in einem langen Schluck austrinken ließ, um die Verdauungssäfte zu binden; ihre Säure saß in den Brustwarzen, in ihrem Schoß und zwischen den Augen, eine gerade ansteigende Falte bis hinauf zur Stirn.

Es war keine stechende Säure wie der Geruch des Sauerteigs, den Vetkos Mutter an Samstagen ansetzte und eine Woche unter einem feuchten Stück Leinen stehen ließ neben der alten Gasheizung in der Bibliothek und der nach drei Tagen seine Gärung mit dicken platzenden Blasen an die Heizungsluft verriet wie ein vulgäres Geheimnis. Die Säure schmeckte nicht wie das schale Sauerbier, das Miro den unter Sechzehnjährigen im Ort an Wochenenden aus dem Supermarkt mitgebracht hatte, bevor er wegzog, nicht wie Vetkos Mund am Morgen, sie hatte weder Würze noch Duft, aber sie zog Mina in den Rachen, hängte sich an ihre Mandeln und füllte ihren Hals aus.

Sie tippte Malenes Nummer und das grüne Telefonsymbol, sie nahm nicht ab. Mina dachte an das Wasser, das niemand am Tisch getrunken, und die Tränen ihrer Mutter, die sie alle gesehen hatten, sie wusste, dass sie Malene von dieser neuen Säure nicht erzählen konnte und auch nicht der Mutter.

Die Säure war kein Überschuss an etwas: Verdauungssäfte, Hefebakterien, Gärstoffe. Sie war der Mangel an etwas. Mina hatte den jähen Umsprung ihrer Stimmungen nach Treffen mit Vetko immer bemerkt, doch nie so deutlich, so wenig wegzuerklären wie jetzt. Ihr Gehirn, das im Feld seine Botenstoffe verschenkt und verschossen hatte, um sich aus der Bedrängnis ihres Körpers durch Vetko freizukaufen wie eine Geisel, war trockengelegt. Jedes Endorphin war ausgegeben. Sie hatte sich selbst überschuldet und musste im Verlauf der nächsten Stunden den geliehenen Sturm der Körperchemie zurückzahlen, Botenstoff für Botenstoff.

Statt Malene oder der Mutter half Mina eine Internetsuche: Sie war hormonsauer. Das Forum, in dem diese und andere Belange um etwas diskutiert wurden, was sie dort »Lustschmerz« nannten, ein Begriff, der ihr viel zu hochtrabend erschien für das, was sie mochte, war bestückt mit Bildern, die Mina befremdeten. Schwarz und rot glänzten Leder und plastikartige Stoffe, ähnlich den Wachstuchdecken ihrer Großmutter, an Körpern, die nicht waren wie Minas Körper, sondern größer, ausladender, tuben- und strahlungsbraun. Gesichter gab es keine, manche trugen Masken, die aussahen wie Hundeköpfe oder keine Öffnungen für Nase und Augen hatten. Mina wollte sich ihren Kopf nicht auf einem der eingeschnürten, glanzverpackten Körper vorstellen, nicht unter den spitzen schwarzen Lederohren des Hundes. Sie schloss die Seite und fühlte sich, als hätte sie selbst im Versagen am Gewöhnlichsein versagt.

Es dauerte zwei volle Tage, bis sie sich nicht mehr elend fühlte. Es waren Essigtage. Jeden Abend sah sie ihren Rücken im Ankleideraum blasser werden, wickelte fest das Badetuch um sich, wenn sie aus der Dusche kam und ihre Eltern zu Hause waren, und dachte immer matter an Vetko, nicht milde geworden, sondern gleichgültig. Seine besorgten Textnachrichten beantwortete sie teilnahmslos und ohne Aufmerksamkeit und fragte sich, ob der Preis für eine Handvoll leuchtender Minuten nicht zu hoch war: die Säure, das Versteckspiel vor Malene und der Klasse, ihre nicht verstummenden Fragen nach Gründen, Ursachen, Diagnosen, die sich bald darauf zu einer einzigen Frage verdickten, gärten und Blasen warfen: Konnte sie es lassen?

XI

FALSCHGELD

Auf den niedrigen Sitzbänken mit Resopalplatten in Schullandheimorange und mit Körpern, deren unkontrollierbare Achsenverschiebungen die Mädchen und Jungen über den Herbst in eine Schieflage gebracht hatten und sie unsicher schwanken ließen wie kleine Betrunkene, war eine neue Währung im Umlauf. Sie hatte die Größe eines Flaschendeckels und einen Wert, der täglich stieg, und Malene hatte sie zuerst.

Für sein Experiment dunkelte Hagekrauth den Naturkundesaal dramatisch ab und schwitzte sich feinperlig im Spot einer den gesamten Raum erhitzenden Bauleuchte durch seine Vorführung. Der Physiklehrer senkte den Kopf mit den schütteren, aber sauber gekämmten Haarreihen über das Katzenfell und rieb eifrig über einen Luftballon, den er statisch aufzuladen versuchte, doch seine Hände waren so feucht, dass er das zottig gewordene Fell durchweichte. Irgendwann gab Hagekrauth es auf und setzte eine körperübergreifende Welle des Aufatmens unter den Zuschauern frei. Lars öffnete Rollos und Doppelflügelfenster. Mina hatte sich seit dem Tag auf dem Denner-Feld nicht getraut, Lars auch nur anzusehen, während Vetko gleichgültig geblieben war. »Der wird nicht reden«, sagte er. »Der hat viel zu viel Angst, dass wir es ihm heimzahlen. In fünf Minuten wüsste die ganze Schule, dass er unter Mamas Pantoffel steht.«

Lars ließ das letzte Rollo hochschnalzen und setzte sich. Er warf einen gelangweilten Blick auf seinen Arm. Um das breite Handgelenk trug er seit Neuestem eine noch breitere Uhr, silbern und weiß. Sie passte zu seinen Turnschuhen.

Im hinteren Teil des Raums gab es ein plötzliches Zucken und Schlängeln. Hagekrauths Nilhechtpärchen im Eckaquarium neben dem Diaprojektor flüchtete sich vor der Helligkeit hinter eine Wand aus Schlingpflanzen. Nur ihre rüsselartigen Nasen blitzten heraus, und ein schlammtrübes Fischauge glotzte aus einem Winkel in Minas Richtung. Sie kaute am Bleistift und starrte zurück.

Malene neben ihr griff großzügig in ihre Locken und raffte sie am Hinterkopf zusammen. Die durch Lamellen einfallende Nachmittagssonne stocherte in dem freigelegten Nacken, und zwischen ihren schmalen, leuchtenden Pinzettfingern lag etwas Rundes. Es grenzte an die erste Erhebung von Malenes Wirbelsäule und war unregelmäßig rot gemasert, als hätte jemand mit einer Zahnbürste Karmin über ein Sieb gerieben und sie auf ihre Haut spritzen lassen.

Malene lehnte sich zurück und meldete sich so, dass sie den Hals zusätzlich durchstreckte, den Hinteren den Fleck entgegen, und als sie sprach, konnte Mina die hochgezogenen Winkel ihres kleinen, runden Mundes, rund wie der Fleck, aus ihrer Stimme lächeln hören. Selbst die Nilhechte schienen ihre großen blinden Augen auf Malenes Hals zu richten. Sie drängelten an der Aquariumscheibe und wischten mit ihren Nasen Bahnen in den grünen Algenteppich wie Sichtfenster. Fabian im hinteren Teil des Raums setzte sich aufrecht hin und fing die Blicke der Umsitzenden entspannt auf, wie gut geworfene Pässe auf dem Sportplatz.

In den folgenden Tagen und Wochen verbreitete sich die Währung. Man bekam sie nicht an einer zentralen Stelle ausgehändigt; man stellte sie selbst her. Wie man das tat, bestimmte maßgeblich ihren Wert. In der neuen Währung konnten nur die Mädchen zahlen. Je deutlicher die Negative der Küsse auf der noch sommerwarmen Haut zu sehen waren, desto mehr bekamen sie dafür: die guten Plätze in der Aula bei Filmvorführungen über den Blutkreislauf oder Osmose; die Einladungen zu den richtigen Partys mit blauem Dunst im Rahmen zu kleiner Badezimmerfenster, gezogen zwischen zusammengedrängten Köpfen mit Steckfrisuren, in der Badewanne dahinter Bierflaschen mit fleddrigen Etiketten, dümpelnd vor dem Fettrand auf weißer Emaille.

Bei einer dieser Partys schließlich zog Malene sie zu ihrem Cousin Niklas. Sie sagte, zu Mina gewandt: »Der hat auch noch nie.« Mina hatte Malene gegenüber weiterhin hartnäckig geschwiegen über das, was sie mit Vetko tat, obwohl sie es gern losgeworden wäre; die Essigtage, die Armee der Kopflosen im Internet, die nicht auszuhaltende Widersprüchlichkeit, von Vetko angezogen und gleichzeitig abgestoßen zu werden. Sie wünschte sich Malenes Rat, ihren Blick, irgendeinen anderen Blick als den eigenen, der ihr unscharf vorkam und eingetrübt. Aber sie behielt alle Fragen eingerollt unter der Zunge, wo sie stießen und drückten, sie dachte: besser keine Antworten als die falschen, und Malene schob sie mit einem ungeduldigen Stoß zwischen die Schulterblätter Niklas entgegen.

»Ich bin Mina«, versuchte sie es schließlich, als Niklas seine Bierflasche nicht absetzte und die Augen weiter unbestimmt durch den Raum schweifen ließ, wo sie nichts fanden als Dreier- und Vierergruppen Sechzehnjähriger, die nur noch aus Mündern zu bestehen schienen: Mündern, die Flaschen ansetzten, Mündern, die Sprach- und Lachbewegungen formten, Mündern, die sich auf andere Münder drückten.

Als wäre Mina vorher gar nicht da gewesen, ließ Niklas plötzlich die Flasche sinken. Sein Mund war breit und geschwungen, mit Mundwinkeln, die immer ein wenig spöttisch nach oben zeigten. Er war unbestreitbar anziehend und trug ganz neue Schuhe aus blauem Leder mit kleinen Schmucklöchern an den Seiten.

»Und was hast du nach der Schule so vor? Reisen? Studieren?«, fragte Mina nervös, weil er weder Anstalten machte, sich vorzustellen, noch selbst eine Frage zu stellen. Er sah sie nur an, abschätzig und so, als würde er sich jeden Augenblick umdrehen und einen interessanteren Gesprächspartner suchen, sobald einer der Münder um ihn herum frei würde.

Aber ihre Frage schien ihm zu gefallen. Sein Gesichtsausdruck sprang unerwartet in eine unerschütterliche Selbstsicherheit um. »Erst mal reisen natürlich«, sagte er großspurig. »Mein Vater bezahlt mir eine Weltreise, wenn mein Abschluss einen Einser vorne hat, aber das ist ein Klacks bei dem lahmen Haufen … Danach irgendwas studieren, hat aber keine Eile. Jura oder BWL, Medizin ist mir zu krass, Nachtschichten beim Lernen und so, und die nehmen alle Upper, damit sie es schaffen … Lohnt sich nicht, wenn du mich fragst, Ärzte verdienen heute nichts mehr, sagt mein Vater …«

Er redete weiter und weiter, vom Surfen in Australien und Trekking in Neuseeland und Segelschein auf Sylt und von der Kanzlei seines Vaters in der Kreisstadt, die er dann vielleicht übernehmen oder einfach nur erben und verkaufen wolle, das wisse er noch nicht, aber er habe ja alle Möglichkeiten, und nur weil sie ihn am Reden hindern wollte, beugte sie sich vor und besetzte seinen Mund mit ihrem, wie man den Hörer auf ein Telefon legt. Niklas roch kräuterig und scharf, wie die Männer des Dorfs nach den Stammtischrunden in der Wirtschaft, und das Gefühl an ihrem Hals, als sein großer Mund sich daran festsaugte, war nass und weich und passte nicht dazu. Mina dachte an Nacktschnecken, die sie nach dem Regen im Garten mit einer Baumschere durchzwackte, und an den Blick, mit dem ihre Mutter den Vater ansah, wenn er vom Ausschank nach Hause kam.

Am Morgen im Klassenraum hatte sich der Kreis der Eingeweihten für sie geöffnet, ihr Eintritt hing seitlich an ihrem Hals. Malenes warmer, leichter Vogelkörper drückte sich an ihren und hielt in der Pause auf der einzigen Bank im Hof einen Platz für sie frei. Die, die *noch nicht hatten*, standen drumherum und guckten neidisch auf den Schokoriegel, den Malene genau in der Mitte zerbrach und nur mit ihr teilte. Mit den Augen schweifte Mina über die zusammenstehende Gruppe hinweg und durchkämmte den Schulhof. Niklas konnte sie nirgends finden.

Abseits stand Vetko an der Douglastanne und blies weich den Rauch der Selbstgedrehten in die Baumschatten um den Hof, unbeteiligt und ihnen das schmale Messer seines Rückens zuwendend, mit dem er sich aus ihrer oder Mina aus seiner Welt geschnitten hatte. Ihr fiel das Versprechen ein, das er ihr gegeben hatte: *Ein Weg nur für dich und mich. Wenn ich dort einen anderen treffe, schlage ich dich.*

Vetkos und Minas Zeichensystem, das lernte sie schnell, war außerhalb ihrer gemeinsamen Sprache wertlos. Es war

Teil einer anderen Mundart, eines verbotenen Dialekts, der öffentlich nicht gesprochen werden durfte, den man nur unter gesenkter Stimme flüsterte oder sich stimmlos im Rachen behielt. Sie flirteten mit Drohungen und schmeichelten mit Befehlen. Liebesbriefe schrieb man mit einer Ausholbewegung auf Haut. Die Brennnessel war ihr Vergissmeinnicht. Und Flecken am Hals kamen sicher nicht vom Küssen.

»Ich lasse los, wenn du dich entspannst«, sagte Vetko. Er erwähnte Niklas mit keinem Wort, aber sein Griff um ihren Hals und Niklas' verblassenden Fleck saß unverrückbar fest, ein Gestell aus langen Fingern, das sich bedrohlich kontrolliert nach und nach zusammenzog.

Entspann dich mal, wenn dir jemand die Kehle zudrückt, dachte Mina, ihr ganzer Körper hart und kampfbereit. Sie gab ihr Bestes, den Fluchtreflex zu unterdrücken.

»Das ist eine Übung«, sagte Vetko, »du kannst jederzeit abbrechen. Du weißt, wie.«

Sie wusste es nicht.

Der Griff verstärkte sich noch einmal, sein Daumen auf ihrem Kehlkopf wie auf einem Knopf, um endgültig auszuschalten, was warm in ihr pochte und flatterte, die letzte Luft raspelte aus ihrer Lunge. Die Wand ihres Zimmers war kühl, sie konnte den bald beginnenden Winter draußen spüren, wie er sich um das Haus webte, während Vetko sie in sich einspann, sie stemmte sich gegen die Wand, gegen Vetkos Hand, Vetko stemmte zurück, bis ihre Augen schwammen und das Zimmer undeutlich wurde. Von unten konnte Mina das regelmäßige Rascheln hören, mit dem ihre Mutter die Seiten ihrer Bestellkataloge umblätterte. Sie gab auf, als sich rote Flecken vor ihr in die Luft tupften und aufgingen wie Pfingstrosen, immer dichter wurden wie ein Mandala aus vielblättrigen Knoten, die sich öffneten und wieder schlossen und sich gegeneinander drehten, bis ihr Zimmer ganz dahintertrat.

Vetko ließ locker. Ihr Kopf, zu schwer geworden, um sich selbst zu tragen, fiel nach vorn und neigte sich dem Jochbein zu, bis ihre eigenen Hände an ihre Kehle fuhren und sich auf die Stellen legte, die noch feucht waren von Vetkos Griff und in denen ihr und sein Schweiß brannte.

Als sie Vetko zur Tür gebracht hatte, saß ihre Mutter noch immer im Wohnzimmer vor ihren Katalogen. Sie klopfte neben sich auf das Sofa. Mina blieb vor ihr stehen.

»Ein netter Junge, dieser Vetko«, sagte die Mutter. »Wird er jetzt … öfter hier sein?«

»Mal sehen«, sagte Mina zurückhaltend.

Die Mutter nickte. Die nächsten Worte schob sie so behutsam von ihrer Zunge, als hätte sie Sorge, sie würden sich auf dem Weg verformen. »Und ihr … lasst ihr euch denn genug Zeit für alles?«

Mina stockte. Eine Seite ihres Halses brannte noch immer stark. Ob man etwas sehen konnte? Möglichst unauffällig zog sie die Schultern etwas hoch und senkte das Kinn.

»Keine Ahnung, wovon du redest.«

»Keine Ahnung? Was soll das heißen, Kind?« Die Stimme ihrer Mutter klang alarmiert.

Mina bewegte sich langsam zur Tür, die Schultern weiter unter dem Kinn, den Nacken gesenkt. »Dass ich keine Ahnung habe, wovon du redest.«

Schmerz ist, anders als Liebe, ein sehr ordentliches Gefühl. Es glättete Minas krumme Synapsen, die wild in ihr herumlagen wie verhedderte Kabel, es legte sie nebeneinander und zog sie gerade. Schmerz räumte in Mina auf, Schmerz richtete sie aus und bestimmte ihre Kartografie neu: Wo sie sich befand mit ihrem Kopf und in ihrem Körper, zeichnete der Schmerz hilfsbereit für sie ein, mit farbig leuchtenden Orientierungspunkten. Minas Orientierungspunkt saß auf ihrem Hals, in der Nähe von dem Punkt, an dem Niklas' Mund gewesen war, und später betrachtete sie das Würgemal im Badezimmerspiegel. Sie fühlte ihre Brust anschwellen mit dem, was sie im Physiksaal in Malenes Augen gesehen hatte, als der Vorhang sich geteilt und den Blick auf ihren Hals freigegeben hatte: Stolz. Sie drehte den Kopf im Spiegel hin und her und fand sich schön.

»Wer hat denn den gemacht?« Malene tippte mit dem Zeigefinger auf Minas Fleck wie ein Lehrer, der missbilligend an die Tafel klopfte.

»Der ist ja blau«, stellte sie fest, und ihre glatte Stirn legte sich in Falten. »Bei mir sind die nie blau. Rot oder lila. Höchstens.«

Die neue Währung war in allen Taschen und blitzte von den Lippen und Hälsen ihrer Freunde, und an Mina blitzte es auch, es blitzte nur nicht, wie es sollte, blitzte falsch, ein Falschgeldblitzen, eine Handvoll Katzengold, mit dem sie nicht bezahlen konnte. Sie schwieg unbehaglich und betrachtete das Nilhechtbecken. Ein Aufkleber mit der steilen Handschrift von Hagekrauth warnte davor, in das Becken zu fassen: *Vorsicht, elektrisch.* Nilhechte kommunizierten mit elektrischen Impulsen, Hagekrauth hatte es eine Art Walgesang mit Strom genannt. Besonders zur Paarungszeit schickten sie sich gegenseitig Impulse durch das Wasser, umwarben sich mit Stromstößen und flirteten in einer Voltstärke, die ein ausgewachsenes Nilkrokodil für Tage außer Gefecht gesetzt hätten. Zur Paarungszeit hängte Hagekrauth ein Fahrradschloss an den Deckel und kontrollierte es täglich. Nilhechte jagten und betäubten auch ihre Beute mit Strom. Das Experiment, das Hagekrauth ihnen vorführen wollte, war wieder einmal gescheitert: Die Hechte glitten uninteressiert um den panisch flitzenden kleinen Salm herum, den Hagekrauth ins Becken warf, bis er Wochen später an Flossenfäule einging. Vielleicht waren sie satt gewesen.

Die Nilhechte, dachte Mina, hatten ihre Ordnung, die für Mina unsichtbar war, die summte und zappelte und ihr einen Schlag versetzen würde, wenn sie die Hand ins Aquarium steckte. Der Ort um das Aquarium herum hatte seine Ordnung, die man an Verbotsschildern erkannte und in Gesetzestexten und an der Verlässlichkeit, mit der man freitags die Treppenhäuser kehrte und sonntags Frikadellen für die Woche vorbriet und seine Kinder erzog und Flecken auf Hälsen machte. Und der Boden unter dem Aquarium und um den Ort herum und unter dem Wald hatte seine Ordnung, die unterirdisch verlief, die Sporen der Pilze fädelten sich von oben herab, wo nur ihre Köpfe aus der Erde guckten, sie flochten sich durch die Zehengelenke der Toten vor der Kirche und schlangen sich um die Abflussrohre der Papierfabrik im Tal, und obwohl auch diese Ordnung für Mina unsichtbar war, bestimmte sie doch still und unnachgiebig, was im Dorf und im Wald wuchs und lebte und was zersetzt wurde, ob Pflanze oder Tier oder Mensch.

Vetko und sie hatten über den Sommer mit für die anderen nicht sichtbaren Verästelungen unter ihren Füßen eine Ordnung aus Wurzeln ausgebildet, ein System, das sich autark versorgte, codierte Zeichen über diese Leitung schickte und über das sie dasselbe Wasser tranken. Mina wurde klar, worauf es am Ende ankam: dass die eigene Ordnung dort aufhörte, wo die der anderen anfing. Dass man einander in dem großen Nebeneinander eines Wusts von Ordnungen nicht in die Quere kam und die Hände nicht in die Becken der anderen steckte. Vor allem nicht zur Paarungszeit.

XII

DUNKLER ALS ERLAUBT

Der See war nicht groß, aber tief. Wie gewaltsam in sich verdrehte Baumwurzeln, die seine Ränder säumten wie Trauerränder, bluteten ganzjährig ein rötliches Braun in das Wasser. Jetzt, im Spätherbst, fiel das von Trockenheit geraffte Laub hinein, sog sich mit Wasser voll, sank und legte das Ufer mit einer dicken, glitschigen Schicht dunkler Blätter aus.

Sie waren in der kleinen Holzsauna von Minas Vaters gewesen, Mina, Vetko, Malene und Fabian, und dann dampfend und barfuß über die Wiesen und matschigen Waldwege zum See gerannt. Sie hatte schließlich nachgegeben. Tagelang hatte sie nach Niklas' Kuss eine feuchte Fingerspitze in den kalten Wind zwischen sich und Vetko gehalten, wollte wissen, aus welcher Richtung er blies. Am Ende war es die Fingerseite gewesen, die in ihre eigene Richtung zeigte, die Innenseite: Es war ihr eigenes schlechtes Gewissen gewesen, das Mina vor sich hertrieb und sie frösteln ließ. Vetko verhielt sich nach dem Griff um ihren Hals, als wäre nichts gewesen. Niklas hatte sie erst in der

Woche darauf wiedergesehen: Über den Schulhof hinweg hatte er zögernd gewunken, mit unruhigen Augen, die in den Schatten der Douglastanne zu flitschen schienen, zu der hellgrauen Rauchspur, die sich zwischen den dichten dunklen Etagen der Tannennadeln nach oben schlängelte.

Sie nahm Vetko jetzt gelegentlich mit zu ihren Freunden, das war der Kompromiss; solang Lars sie beide nicht verriet, blieb alles andere ihr Geheimnis. Vetko machte sich nicht schlecht in der Gruppe, vielleicht, weil er hauptsächlich zuhörte, was die anderen sprachen, entgegenkommend die Mundwinkel hob, wenn sie Witze rissen, und manchmal die süßen Gewürzkekse seiner Mutter mitbrachte, die sie alle gern aßen.

Der freie Nachmittag lag ihnen wohlig um die Schultern. Fabian lehnte sich an Malene. »Lasst uns ins Wasser gehen. Es ist vielleicht das letzte Mal in diesem Jahr.«

Malene öffnete umstandslos ihren Bademantel und lief mit Fabian zum See. Vetko machte keine Anstalten, aufzustehen.

»Sollen wir?«, fragte Mina. Es war so kalt, dass ihre Streifen unter einer dichten, stacheligen Gänsehaut beinahe verschwunden waren. Heute würde sie nackt sein können wie die anderen.

Vetko zögerte und strich sich über das Gesicht. Seit einer Weile ließ er sich mit dem ersten Flaum ein löchriges Oberlippenbärtchen stehen, zu zerbrechlich und penibel wirkenden Haarschnörkeln aufgezwirbelt. Seine langen Finger angelten nach dem Tabakbeutel in seiner Hosentasche, er hatte sich nach der Sauna komplett angezogen, und er zupfte eines der fast durchsichtigen Blättchen heraus. Die fertig gedrehte Zigarette klemmte er genau in die Mitte des Mundes und paffte. Er rauchte nie auf Lunge. Mina konnte sich auch kaum vorstellen, dass der Rauch in seinem Körper Platz finden würde: Sie sah seine Lungenbläschen vor sich, eine Traubendolde aus chinesischem Porzellan mit einem spitz gepinselten Muster in Rot und Weiß hinter dem Gehege seiner Rippen. Er hatte so eine Art, Abnormität und Delikatesse in einem zu sein, schön und hässlich, wie ein Vexierbild, das so schnell hin- und hersprang, bis es einem vor den Augen flackerte. Drüben im See hörte sie Malene und Fabian lachen, Wasser spritzte, Malene rief: »Kommt rein, es ist ganz warm!«

Vetkos Unsicherheit blies ihr mit einem Mal entgegen wie der Rauch seines Tabaks, grau und schlierig. Er knäuelte sich aus seinem üblichen, zu großen grünen Shirt mit krümeligem Kopfhöreraufdruck, mied ihren Blick auf seinen hageren Körper, die beuligen Knochen der Knie, die schrumpeligen braunen Punkte der Brustwarzen, viel zu nah zusammenliegend auf seiner Brust, deren wenige, verstreute Haarinseln an ein abgeerntetes Feld erinnerten. Er sprang zum See und tauchte sofort bis zum Kinn hinein, machte drei, vier rasche Schwimmzüge und pflügte zu den anderen, an ihnen vorbei, bis zur anderen Seeseite. Er winkte Mina zu. Sie watete durch den mehligen Schlick des Ufers und schwamm ihm nach.

»Atme ein«, sagte Vetko, als sie ihn erreicht hatte.

Mit einem Mal veränderte sich die Luft um ihn. Er drückte sie unter Wasser, und Mina, zu überrascht für Gegenwehr, gab dem Druck seiner Hände nach, bis ihr Bauch in die kühleren Wasserschichten kam. Sie schlug die zusammengepressten Augen auf. Vor ihr schwebte Vetkos Oberkörper, die Adern seines Halses kräftige grüne Stränge im matten Gelb des Seewassers.

Eine Übung. Er würde warten, bis sie es mit der Angst

bekam. Hinter der Angst, ganz kurz vor der Gleichgültigkeit, würde er loslassen. Sie öffnete den Mund. Die letzte Luft stieg gerade hinauf bis zur Oberfläche. Ihr Herz wurde schnell, schneller, pochte die Angst herbei, und in einer unsichtbaren Blase stieg ihre Fassung an ihr vorbei und zerplatzte. Sie hatten nun ein Wort ausgemacht, das alles beenden würde, wann immer sie es wollte, jede Übung konnte von ihr abgebrochen werden, in jedem Moment. Das Wort kroch wie flüssiges Silber in der letzten Luftblase aus ihrem Hals und über ihre Lippen in den See. Es schwebte nach oben und verschwand zwischen den leichten Wellen der Seedecke. Ihre Beine zuckten. Beginnend am Knöchel mit einem Kicken, einem Schütteln, bis zur Hüfte mit einer versuchten Drehung aus Vetkos Griff, ein Ruck der Schultern, ein Reißen dann, wild und ohne Kontrolle, jede Faser gespannt bis aufs Äußerste, verhärtend in der Kälte des Wassers, das weder nass noch schwer war, sie fühlte es trocken und stechend um sich wie Winterluft, sie sah Malenes Beine Meter vor ihr die von Fabian umschlingen, seine Hände streichelnd an ihrem Bauch, das Gelb des Sees wurde rot, dann schwarz. Vetkos Hände hoben sich und zogen sie nach oben.

Die Sonne stand tief hinter ihnen. Vetko und Mina schwammen schweigend zum Ufer, an den Freunden vorbei, die nichts bemerkt hatten, die prusteten und sich bespritzten, ein Werbeplakat in Pastelltönen ohne Schatten. Vetko umkreiste Mina im flacheren Wasser, und seine Augen leuchteten, und sie spürte das Zittern ihres Körpers, ein unterseeisches Beben.

Als sie aus dem See stiegen, hatten sich Partikel der sich im Seewasser auflösenden Blätter zwischen ihrer Gänsehaut verfangen. Vetko stippte in die Mulde an ihrem Hals und nahm ein kleines Blatt auf, lächelte, pustete es von seinem Zeigefinger und streichelte ihr übers Haar. Sie drückte sich an ihn, fröstelnd, froh um seine Wärme. Sie atmete bewusster als sonst, das Aussetzen der Mechanik noch erinnernd, dem Reflex des Luftholens ohne Widerstand noch nicht gänzlich vertrauend.

Dieses Spiel war dunkler als erlaubt.

XIII

INNENSEITE, AUSSENSEITE

Niklas starb noch vor Wintereinbruch. Die Berge dunkelten mit ihren Tannen und Fichten um Dorf und Kreisstadt herum und verweigerten mit ihrem Immergrün jegliches Voranschreiten der Jahreszeiten. Vor dem ersten Schnee schienen sie Mina besonders düster, wenn die Landschaften und Hügel anderswo die saftigen Herbstfarben aufgetragen hatten und die Laubbäume aufflammten, die letzte Kraft aus Luft und Boden saugend und sie mit jeder Blattfaser heraussprühend. Die Tannen und Fichten bis zur Baumgrenze blieben starrsinnig grün, das Geröll darüber war schneefrei. Nur der Berg, ein Haufen Gneisstein, der sich schief und buckelig über den Ort beugte, lag seit November unter Weiß.

Man hatte begonnen, die Douglasien im Wald zu fällen. In ihrer ganzen Länge hingestreckt lagen die Stämme an den Waldrändern, die Besitzverhältnisse markiert mit verschiedenfarbiger Kreide der Sägebetriebe, die jeden Tag bis spät in den Abend ihre Transporter über die Wege rattern ließen, um das Holz einzubringen. Die alte Douglastanne auf dem Schulhof war bisher verschont geblieben.

Als Malene anrief und zwischen tiefen, rasselnden Schluchzern die wenigen bekannten Informationen aus der Leitung bröckelten, legte Mina einen Finger auf ihre Lippen, die warm waren und trocken von der Heizungsluft, und sie dachte an Niklas' Lippen, die warm und feucht gewesen und jetzt kalt waren.

Man ging von einem Unfall aus, hatte Malene gesagt, aber über ihrem vorsichtigen Satz lag wie ein transparenter Überzug eine bittere Andeutung von etwas, das sich Mina beißend in die Kehle legte – wie die Flüssigkeit, die ihre Eltern ihr als Kind auf die Finger gestrichen hatten, damit sie aufhörte, an ihren Nägeln zu knibbeln.

Malene hatte nicht gesagt: Es war ein Unfall.

Man hatte ihren Cousin in seinem Zimmer gefunden, das war alles, was zu ihnen drang. Nicht einmal Malene wusste, wie Niklas verunglückt war, wie sein Körper aussah, ob seine Mundwinkel noch so spöttisch nach oben gezeigt hatten, wie Mina sie vor sich sehen konnte.

Sie tröstete Malene mit ein paar kraftlosen Worten und versprach, bald vorbeizukommen. Dann legte sie auf und lief zum See.

Gerafft und uneben lag das braune Wasser vor ihr, der Wind trieb kleine Wellen hinein, und sie stellte sich vor, sie wäre mit Niklas hier gewesen nach dem Kuss, sie wären zu zweit von der Party verschwunden, Hand in Hand, und beim Schwimmen wären ihre Füße über die mit plüschigen Algen bewachsenen Wurzeln geglitten, die wie Walknochen im flacheren Wasser lagen. Vor ihnen wären Malene und Fabian geschwommen, sie hätten sich eine Decke geteilt, zwei Pärchen, vier Freunde, und in der Nacht wäre sie mit Niklas nach Hause gegangen und sie hätte mit Niklas geschlafen, auf diese helle, freundliche Art, wie Malene es bald mit Fabian tun würde und wie alle anderen miteinander schliefen. Ohne Haut, die sich verfärbte, ohne zusammengebissene Zähne und diesen Film aus Angstschweiß auf dem Körper, ohne dass alles eine Herausforderung war, die man bewältigen musste, von der man überwältigt wurde, bis einem die Sinne verschwammen.

Der Wasserstand des Sees war niedrig, der Herbst war zu trocken gewesen; die Walknochenwurzeln ragten am Ufer aus dem Schlamm. Mina fielen die Pferdeknochen ein, aus deren Fett Vetkos Mutter Seife siedete, aufgekocht mit den Kräutern, die sie auf den Wiesen sammelte, Löwenmäulchen und Kamille, Geißblatt und wilder Thymian. Sie überlegte, wie viel Seife aus den Walknochenwurzeln werden würde, wären sie nicht aus Holz, sie überlegte, was von Niklas übrig bleiben würde, wie schwer seine Knochen waren, wie schwer sein Kuss wog, jetzt, wo er tot war, und warum er sich umgebracht hatte trotz all der Möglichkeiten, von denen er ihr erzählt hatte. Vielleicht konnten auch Möglichkeiten schwer wiegen auf Schultern und einen Jungen mit neuen blauen Lederschuhen in die Erde drücken, wo er am nächsten Freitag liegen und bleiben würde.

Sie dachte an Knochen und an Niklas, an Knochen und an Seife und schmeckte plötzlich Seifenspäne mit Thymian auf ihrer Zunge. »Reinbeißen«, hatte Vetko gesagt und ihr das Stück Seife zwischen die Zähne geschoben, sie hatte gewürgt und gespuckt, der Speichel war ihr an den Mundwinkeln heruntergelaufen. Sie hatte sich zu ihrer Verabredung verspätet, eine ganze Stunde. Er schob ihr das Seifenstück weiter hinein in den Mund und hieß sie zubeißen, »fester«, noch bis zum nächsten Morgen und nach dreimal aufschäumendem Zähneputzen hatte sie Seifenreste zwischen ihren Zähnen gefunden, Wildthymian und Lauge in den Kronen ihrer Backenzähne, bis in den Kopf war der Geruch gezogen, nicht fortzuputzen, nicht wegzulüften, sie hatte Kopfschmerzen davon bekommen.

Vetko. Sie wollte es ihm erzählen. Sie zog das Handy hervor und wählte seine Nummer. Er hob nicht ab, rief nicht zurück, auch Stunden später nicht, sie versuchte es bis in die Nacht, dann schrieb sie eine Nachricht: *Niklas ist tot.* Keine Antwort.

Am Tag von Niklas' Beerdigung bekamen sie schulfrei, wie es auch beim letzten Toten gewesen war, an den sie sich erinnern konnte: Lohwieser junior, der Max geheißen hatte und im Wagen seines Vaters aus der Kurve geschossen war. Die Weide, auf der Lohwiesers schottische Hochlandrinder seitdem standen, war verlassen, als sie mit dem Auto zum Friedhof daran vorbeifuhren. Ihr Vater fuhr langsam, fast Schritttempo. Sie waren die letzten in der glänzenden Kolonne gewaschener Familienwagen, die zum Friedhof glitt, gemessen und behäbig hinter dem vordersten Wagen her, in dessen Heckscheibe man nicht gucken konnte, weil hinter einem weißen Tuch mit steifen Akkordeonfalten Niklas lag.

Der ganze Ort strömte zur Beerdigung, nur einer fehlte: Vetko.

Er ließ sich nicht blicken, als sie in der Kühle der unbeheizten Kirche dem Gottesdienst des katholischen Pfarrers folgten, bei dem Niklas' Mutter in der ersten Reihe, dumpf und schwammig vor Beruhigungsmitteln, jedes Mal von ihrem Mann sanft in die Seite gestoßen wurde, wenn sie im Verlauf der Zeremonie aufstehen oder sich setzen oder das Gesangsbuch aufklappen sollte. Er blieb fort, als Malene ein Segelboot aus Holz in die offene Grube warf und dann davorstand und die Reihe derer aufhielt, die ihre Blumen und Briefe hineinwerfen wollten, und so laut, so fürchterlich durchdringend aufschluchzte, dass Mina ihr sachte eine Hand auf den nassen Mund legte und Malene zu sich und ihren Eltern an den Rand des Kreises um das Grab zog. Zum ersten Mal fand Mina die Freundin nicht schön, nicht souverän, und sie schämte sich dafür, wie gut sich dieser Gedanke anfühlte.

Vetko kam nicht, er kam also tatsächlich gar nicht. Nachdem Malene von ihren Eltern nach Hause gebracht worden war und auf Briefen, Blumen und Segelboot eine Schicht Erde lag, die die Blumen zerquetschte und ein so betäubend parfümierter Duft sich zwischen morastigen Erdgeruch, abklingende Weihrauchschwaden und ihre Atemwolken mischte, dass Mina übel wurde, stapfte sie zu Vetkos Haus. In ihrem Kopf schwollen die Möglichkeiten an und rauschten den Stirnlappen lautstark herab wie das Wasser des Flusslaufs neben ihr. Ihr fielen die Kreisstädter ein, die von der himmlischen Ruhe auf dem Land schwärmten, sie dachte an das Brüllen der Schmelzwassermassen im April. Minas Gedanken wurden mit jedem Schritt ohrenbetäubender und überdeckten alle Geräusche des Ortes, auch die des Flusses. Sie verfiel in einen Wechselschritt: Ein Schritt war der Schritt zum Täter. Vetko hatte ihn umgebracht und war auf der Flucht, und Mina trat mit durchgekühlten Fersen hart auf. Der andere Schritt war ein Hasenfußschritt. Vetko mied große Menschengruppen und hatte sich, wie immer, zu Hause vergraben. Mina setzte die Fußspitze auf die Hauptstraße, deren Pfützen schon umzahnt waren vom ersten vorsichtigen Eis, das im Winter vom Berg gerieselt kam wie im Frühling das Tauwasser, tastend zuerst und dann drangvoll, und Mina rollte den Fuß langsam ab und zog ihren Verdacht zurück, der mit dem folgenden Schritt wieder kam und mit dem nächsten Schritt wieder verebbte, ein Schritt, ein Szenario. Mina ging schneller, und ihr Verdacht hielt mühelos mit und lief neben ihr her und sah stumm zu, wie sie am Hang vor Vetkos Haus eine Hand auf das Ziehen an ihrer Seite drückte und keuchte.

Vetko saß auf seinem Bett und trug Kopfhörer, sie konnte das Schlagzeug seiner Lieblingsband scheppern hören. Er hatte die Beine dicht an den Körper gezogen und die Ärmel seines Pullovers über seine Hände, er kaute abwesend an einem Bändel der Kapuze und bemerkte sie nicht. Mina riss ihm die Kapuze vom Kopf. Darauf nahm Vetko die Kopfhörer ab und legte sie behutsam zusammen, Bügel auf Bügel.

»Du warst nicht da!«, fiel Mina über ihn her. »Nur weil ich ihn geküsst hab, oder was? Bist du bescheuert? Das war nicht sein Geburtstag, verdammt noch mal, er ist tot!« Sie hatte sich vor ihm aufgebaut, die Fäuste geballt, und wartete auf seine Verteidigung, eine Erklärung, irgendwas.

Er fuhr sich durch das Haar, das, gegen den Strich gestellt und wie immer fettig, seine Form behielt; selbst nach dem Waschen fühlte es sich an wie Eselshaar. Wenn sie es berührte, war es, als tauchte sie talgbestrichene Finger in einen Haufen Mehl: Es blieb ein Pelz zurück, der nach Wild roch und mineralisch, wie nach dem abgestreiften Bast der Hirschgeweihe im Frühjahr. Sie mochte den Geruch, aber jetzt war sie bereit, alles an Vetko widerwärtig zu finden, wie die anderen es auch taten. Er war einfach nicht normal, nichts an ihm stimmte.

Vetko räusperte sich und steckte die Hände in die Taschen seiner Hose. »Hör mal, es ist meine Sache, aber wenn du es unbedingt wissen willst: Das hatte mit eurem Kuss überhaupt nichts zu tun. Ich gehe nicht zu der Beerdigung eines Typen, der sein Leben hinschmeißt, das ist alles.«

»Man geht von einem Unfall aus.«

Vetko lachte auf, kratzig und unversöhnlich.

»Das glaubst du doch selbst nicht. Sein reicher Anwaltsvater hatte mehr Schusswaffen für die Jagd als der Waffenladen in der Stadt. Er hat sich das Hirn weggeballert, das ist die Wahrheit.«

Mina hielt kurz inne. »Und wenn schon!«, stieß sie aus. »Wieso ist es so wichtig, wie er gestorben ist? Jedenfalls ist er tot, und du hast ihn gekannt, und du hättest da sein sollen!«

Vetko seufzte überdrüssig, als *wollte* sie nicht verstehen, was doch für jeden klar auf der Hand lag. »Mina, für Selbstmörder habe ich keinen Respekt übrig, verstehst du das nicht? Es ist gegen die Natur. Wann und wie wir den Löffel abgeben, haben nicht wir zu entscheiden. Wir werden krank und sterben. Wir werden alt und sterben. Wir haben von mir aus einen Unfall und sterben. Aber wir sterben nicht mit einem gesunden, fortpflanzungsfähigen, sechzehnjährigen Körper, weil wir Langeweile haben und Papa ein paar hübsche Spielzeuge im Waffenschrank. Es bringt alles durcheinander.«

»Ach, und was tun wir mit unseren gesunden, fortpflanzungsfähigen Körpern?«, schnappte sie. »Wir suchen doch auch Tod und Teufel, wir beide, wie oft habe ich gedacht, dass ich ersticke, dass du etwas kaputt gemacht hast an mir. Wir haben längst eine Grenze überschritten –«

Über Vetkos Augenbrauen brütete mit einem Mal eine Wut. »Du willst es doch so, oder nicht? Wer sagt, dass alle Leute sich genau gleich lieben müssen? Dass man sich nur mit weichen Händen nah sein kann? Alle wollen sich unterscheiden von irgendwem, von den Nachbarn, den Freunden, den Eltern, alle sind so wunderbar einzigartig, aber sich lieben, das geht nur auf eine Art, und alle anderen Arten sind falsch …«

»Lieben?«, sagte sie. Nur das, eine einzige, akkurat gesetzte Frage, genau eingepasst in eine Pause seines Monologs, und er holte aus, das erste und das letzte Mal schlug er ihr ins Gesicht, mit der Außenseite seiner Hand.

Wenn Mina bisher die helle, die Innenseite seiner Hand gesehen hatte, hatte sie sie angezogen wie der Mond das Wasser, und sie hatte sich hineingeschmiegt; und was in ihr dunkel und warm und salzig war, war angestiegen, und was an ihr Muschel war, war überspült worden. Die dunkle Seite seiner Hand war etwas, dem sie ausgewichen wäre, wäre sie schnell genug gewesen, und alles in ihr zog sich zurück: fort. Und doch war es eine Geste von so großer Zärtlichkeit, wie Mina sie niemals zuvor erlebt hatte.

XIV

DAS FLECHTEN DES ZOPFES

Man kann flechten. Schuhbänder, zwischen vier Mädchenhänden, zwei gehören zu Mina und zwei zu Malene, sie sind acht Jahre alt, sie teilen eine Schulbank. Sie legen ihre Hände und Bänder über Kreuz und führen sie parallel, bis all ihre Finger eingesponnen sind und die Glocke läutet und sie über verwischte Straßenkreide durch den Hof ins Gebäude laufen, Finger und Bänder ineinander verschränkt, dass es den Mädchen das Blut abdrückt und die Fingerspitzen weiß werden und zwei Mädchenherzen in vier Händen gleich schnell puckern.

Flechten kann man: das Haar, zu zwei Teilen oder einem oder vielen kleinen mit farbigen Gummis. Die stehen dann weit ab vom Kopf wie mit Draht verstärkt und ziepen scharf auf der Kopfhaut, und wenn die Sonne scheint, fühlt es sich an, als dränge sie durch diese Haut, die frei liegt und gespannt ist, hinein in die Hirnschale: Zöpfe wie Fühler, mit denen wir wahrnehmen können, was uns sonst verborgen bliebe.

Flechten kann man auch: die Wirklichkeit, dass sie uns

gut in der Hand liegt. Dazu bürstet man die Mähne der Tage, die einem lang und strähnig in den Nacken wachsen und morgens verknotet sind und aus der die Nacht die Nester für die Albträume baut, streng und eng anliegend über den Kopf.

Man teilt sie in Stränge, jeder gleich groß. Dann legt man sie übereinander und untereinander und bindet ganz unten eine Schleife darum. Der Zopf hält das Gewirr von Strähnen aus dem Gesicht und aus den Augen, die jetzt ungehindert sehen können. Man kann gut auf dem Zopf schlafen, er ringelt sich über das Kopfkissen und liegt nebem dem Schläfer wie ein Löwenschwanz, er lässt kein Gewölle am Hinterkopf entstehen, in dem schlechte Träume nisten können.

Der erste Strang des Zopfes, an dem Vetko sie packte, indem er Minas Wirklichkeit auch jenseits der Kapelle, jenseits der Essigtage verflocht und ordentlich machte, war der Geruch.

Beim Sport ging von den sich vergrößernden dunklen Flecken unter den Achseln der Mädchen in diesem Winter ein gemeinsamer Duft aus, den sie sich aus gelben Sprühflaschen in die haarlosen Höhlen ihrer Arme zischten, morgens in Bädern, mittags auf der Schultoilette, vor dem Sport und nach dem Sport und abends, wenn sie sich trafen vor dem Gemeindezentrum oder beieinander, so große Mengen, dass sie ihre Zimmer in einen süßen Sprühregen nebelten und ihre Köpfe davon dröhnten. Hatte die eine ihr Fläschchen einmal vergessen, reichten hilfsbereite Hände von allen Seiten ihr ein identisches herüber, und sie sprühte, die Arme nach oben gestreckt und für diesen Moment schutzlos die feuchte Beuge ihres Armes der Gruppe präsentierend, bis sie und ihr Geruch in einer Wolke von

Zischvanille nicht mehr zu unterscheiden war von den anderen. Welches Fläschchen sie alle benutzten, ein gelbes mit Vanilleduft oder ein rosafarbenes mit Beerenduft oder ein grasgrünes mit Apfelduft, wechselte jedes Jahr, wie genau und welche von ihnen damit anfing, das wusste keine. Wichtig war vor allem, dass der ganze Schwarm Mädchen des Gymnasiums zu jeder Zeit gleich roch. Mina kannte nicht den Schweißgeruch der anderen, wusste nicht, ob die eine mild roch wie eine Milch mit Stich und eine andere roh und zotig wie Sauerkrautsaft. Manchmal vergaß sie fast ihren eigenen Geruch, den sie immer nur roch, wenn sie aus dem Duschwasser kam und sich ihr ganz neuer, feiner Schweiß, eine dünne Spur nur, in den Dampf mengte.

Vetko nahm ihr Haar am Hinterkopf zusammen, er teilte es in Stränge, der erste Strang war der Geruch, er verbot ihr das gelbe Fläschchen. Es war das erste Mal, dass sie die reine Körperlichkeit verließen: Er hatte seine Hand jetzt an ihrer Kehle, auch wenn er am anderen Ende des Klassenzimmers saß, sie nicht in der Kapelle waren, sie bei den anderen stand, mit der Mutter einkaufen ging, in den Urlaub fuhr.

»Die Natur macht Unterschiede, mit Absicht, es kostet sie was, sie strengt sich an damit, lässt sich etwas einfallen, erfindet Formen und Gerüche und Farben«, sagte Vetko. »Und der Mensch ist dumm genug, sie zu überdecken, bis wir alle gleich sind. Bis alle in dieselbe Hosengröße passen, jede Haut denselben Ton hat, jede Nase gleich gerade ist, die Nägel gefeilt und sauber und cremeweiß wie Mandeln ohne Haut, bis jeder Körpergeruch unter Tiegelinhalten verschwindet, unter Dosendüften und so starken Aromen auf einem Quadratzentimeter Mensch, wie sie eine tausend Hektar große Pfirsichplantage oder, apropos Mandeln, die gesamte Weite der Mandelbaumfelder Kaliforniens nicht erzeugen könnte. Ich will nicht wissen, wie du duften kannst. Wie du stinkst, will ich wissen.«

Und damit verschwand die gelbe Flasche, und Vetkos erste Regel, sein erstes Verbot zog Mina aus dem wabernden Sprühnebel, in dem Malene und die anderen standen und sich Döschen reichten. Sie versuchte, sich im Sport so wenig zu bewegen, wie es nur ging, sie verdoppelte die Duschen und trug Baumwollpullover. Als ihre Regel kam, meldete sie sich krank, weil sie meinte, der Rostgeruch, der von ihren Beinen heraufzog und ihr um die Brust wallte, ließe sich unmöglich verstecken, Bewegung würde den Geruch im Raum verteilen. Sie ging abends nicht aus, sie ging zu Vetko, und Vetko sagte: »Jetzt rieche ich dich. Du riechst wie Bockshornklee, auf den ein Hund gepinkelt hat, und bald riechst du nach mir.«

»Ich blute«, sagte Mina, »heute kann ich nicht«, und Vetko ließ sie den Mund weit öffnen, ihre Hände an seinen Fußknöcheln, sie roch den Schweiß zwischen seinen Schenkeln. Er schmeckte nach milden Zwiebeln.

Der zweite Strang des Zopfes, den Vetko ihr band, waren der Flaum und die Stoppeln auf ihren Armen und Beinen, unter den Achseln und um ihre Scham.

Mit vierzehn waren die Härchen noch weich gewesen und blond, in der Sonne hatten sie geleuchtet, waren im Sommer fast unsichtbar gewesen. Mit fünfzehn wurden sie kräftiger, und sie begann, sie mit dem Metallrasierer des Vaters zu entfernen, und bald schenkte die Mutter ihr einen eigenen, aus Hartplastik, violett und mit Klingen, die viel stumpfer waren als die des Vaters und Minas Haut reizten und hässlich großporig schabten. Sie lernte schnell, den Rasierer des Vaters nach der Rasur am Waschbeckenrand auszuklopfen, damit ihre schwarzen Härchen zwischen blonden Bartstoppeln unbemerkt blieben. Mit sechzehn war der Wuchs der Haare so borstig geworden, dass sie täglich rasierte. An die Stelle der Haare traten rote Pusteln.

Vetko sagte: »Ich will nicht wissen, wie weich deine Haut sein kann, wenn sie nackt ist, ohne jedes Haar, ohne Schutz vor meinen Händen oder der Kälte. Ich will nicht wissen, wie deine Scham aussieht, wenn sie keinen Pelz und keine Wuchsrichtung hat und kein Alter. Ich will, dass hundert Haare jeden Luftzug auf dich übertragen, den ich um dich mache, ich will sehen, ob der Bewuchs deiner Achseln glänzt, wenn du schwitzt. Ich will das Zittern der Härchen auf deinen Armen sehen, wenn du frierst, ein winziger wogender Geisterwald aus Haaren auf Hügeln aus Haut.«

Die Arme nicht mehr zu rasieren fiel Mina am schwersten. Keines der Mädchen hatte Haare auf den Armen, wenigstens nicht solche wie sie, dunkel und lang, fast hätte man sie scheiteln können. Sie beneidete Robert um seine Arme und Beine, die voll von Sommersprossen und ohne jedes Haar waren, er hatte nur Haare an den richtigen Stellen, der Bartschatten, der über seine Wangen leckte, und ein seidiges Kräuseln, wenn er den obersten Knopf seines Hemdes öffnete.

Vetko hatte überall dichtes, dunkles Haar, nur auf der Brust nicht und im Gesicht wenig, es reichte für sein dürres Oberlippenbärtchen und schien ihn darüber hinaus nicht zu kümmern, wie es die wenigsten Jungen kümmerte. Solang nur einige Haare zwischen Mund und Ohren zu finden waren, war alles erlaubt.

Am dritten Tag ohne Rasur hatten sich die schwarzen Punkte auf Minas Armen in Stacheln verwandelt, die sich unter ihrem Fingerstrich sträubten. Im Winterhalbjahr gab es Schwimmen und Gymnastik im wöchentlichen Wechsel, und im Hallenbad, in der Schlange vor dem Dreimeterbrett, trug sie einen Ganzkörperanzug: Die Körpermitte bedeckte ihr schwarzer Badeanzug, die herausstehenden Gliedmaßen hingen, so fühlte sie sich, voll von nassen Fransen, die Wasser aufgesogen hatten und schwer geworden waren und grauenhaft sichtbar, und sie wurden immer schwerer, je länger sie dort stand und je mehr Augen sie auf ihnen zu kleben glaubte. Als Mina endlich an der Reihe war, die Leiter heraufkletterte und sprang, war sie so schwer geworden, dass sie im Wasser hätte sinken müssen wie ein Stein, auf den Boden des Beckens gezogen von wilden schwarzen Zotteln. Aber sie tauchte wieder auf, und unter dem harten Prasseln der Schwimmbaddusche reichte ihr Malene später erst ihren violetten Rasierer und darauf ihr gelbes Sprühfläschchen herüber, und Mina tat, als hätte sie Malenes Hand nicht gesehen. Sie drehte den Strahl stärker auf und blieb so lang unter der Brause stehen, bis alle, selbst die Freundin, aus dem Duschraum in die Ankleide getropft waren, das Wasser sich allmählich in ihre schon krebsrote Haut nagelte und sie nicht mehr spürte, ob es kalt oder warm war. Unter Hose und Pullover spannte die Haut und kratzten die Stoppeln und Vetkos Verbot, und es kam noch ein letztes dazu.

Der dritte Strang ihres Zopfes waren die Farben.

Malene und die übrigen Mädchen, sie alle hatten Farben, die ihnen eigen waren, und Farben, die sie sich aneigneten. Die eigenen Farben waren ein angelaufenes Nebelblond auf dem Kopf, das mit jedem Jahr stumpfer wurde, so oft sie auch Apfelessig und geschäumtes Eigelb und Bier aus dem Gemüsefach des Kühlschranks darübergossen, das am Freitagabend einem Vater oder Bruder fehlen würde.

Die Farben der Haut unterschieden sich nur durch die Muster von geplatzten roten Äderchen und dicken blauen Aderschnüren voneinander, die durch ihre Blässe schienen. Wald und Berge hielten das Licht zurück, das sich manche in Pillenform in den Mund steckten oder in Wassergläsern lösten, besonders im Winter, wenn nur senkrechte nasse Striche die Landschaft schraffierten und bald zu rundem Weiß wurden, das aus dem Himmel stürzte, massenweise nicht mehr schmelzende Lautlosigkeit über Dorf und Felder und Wald. Keiner und keine, die an das Ersticken aller Geräusche und Farben nicht ihre eigene Farbigkeit verloren hätte. Ende April sahen sie alle aus wie wässrige Milchsuppe, in die einer gespuckt hatte.

Mit zwölf hatten sie die erste Fahrt gemacht. Sie stiegen in den Bus und fuhren in die Drogerien der Kreisstadt, tauchten Pinsel und Stäbchen in loses und festes Farbmehl, schimmernd und matt, nahmen schwarze Schmiere mit Bürstchen für Wimpern und Bäusche, die rot aufstäubten über den Wangenknochen.

Mit elf hatten sie noch die Farben der Mütter versucht, viel zu dunkle Pflaumentöne, die ihre kleinen Kinderlippen schrumpfen ließen, und braune Stifte mit weicher Mine, mit denen man sich schräg über die Oberlippe ein Mal setzen konnte. Sie malten ganze Kreise in ihre Mundwinkel, die ihre Mütter später mit feuchten Waschlappen wegwischten und weglachten.

Mit vier hatten sie sich Schürzen umgebunden wie ihre Mütter und die harten Köpfe ihrer Puppen an ihre flachen Brüste gelegt und sie geküsst, bis die Farbe der Puppenlippen abgeschürft war wie die Schienbeine der Mädchen, auf denen beim Rennen und Stürzen das verschwundene Rot wieder auftauchte. Die Mütter nahmen Mullbinden und wickelten sie um die Mädchenbeine und schimpften, und sie lernten, was sie niemals wieder vergaßen: Mädchen durften fallen, und Mädchen durften bluten und weinen. Aber Mädchen durften keine roten Narben an Schienbeinen haben.

Mit elf hatten sie das Rot der Lippen ihrer alten, längst auf Dachböden modernden Puppen auf den Lippenstiftmündern der Mütter wiedergefunden und es in ihre eigenen Gesichter gebracht, und es war ihnen nicht aufgefallen, dass Mütter und Puppen und Mädchen etwas gemeinsam hatten: dass sie rote Lippen haben mussten. Mütter hatten auch rote Nägel, und wenn sie Karotten schälten unter fließenden Küchenwasserhähnen, trugen sie grüne Handschuhe darüber, und die Hände, mit denen sie den Mädchen später die Mullbinden um die Knie banden, waren immer weich und rochen nach Plastik, ein bisschen rochen sie wie die Puppen der Mädchen.

Mit sechzehn schminkten sie sich schon jeden Tag. Rot war eine dringliche Farbe, die gesehen werden wollte. Es gab sie wenig im Ort, nicht auf den pastellfarbenen Schindelhäusern und im Wald nur zur Warnung: Hagebutten waren sauer und juckten, wenn man sie trocknete. Feuerwanzen spritzten einen ätzenden Gestank aus ihren Drüsen, wenn man sie in die gehöhlte Hand nahm. Fliegenpilze führten zu verworrenen Tagträumen und grünem Erbrechen.

Rot war auch die Farbe des Feuers, die den Wald fressen konnte mitsamt allen Wanzen und Pilzen und Hagebutten, Rot war die Farbe von Fieberwangen und Entzündungsherden um Küchenmesserschnitte, wenn man vergessen hatte, die Zinksalbe aufzutragen. Rot waren Minas Dehnungsstreifen und die Striemen nach der Kapelle: das für Mädchen verbotene Rot vernarbter Schorfknie.

Vetko sagte: »Ich will nicht wissen, wie groß und tief du deine Augen schminken kannst. Ich will nicht die Form der Lippen sehen, die du gerne hättest und wie du sie dir jeden Morgen zeichnest, und mich nicht belügen lassen mit falschen Konturen, aufgemalt mit braunen Schatten. Ich will wissen, wie speckig dein Kinn ist, wenn du am Morgen aufstehst, das Muster deiner Träume noch auf dir wie ein Kissenabdruck und nicht verdeckt von Puder und Make-up. Ich will sehen, wie spröde deine Lippen werden können in der Heizungsluft und mit Rändern von Salz und Spucke in den Mundwinkeln, die der Schlaf an ihnen ablagert wie eine zurückweichende Flut. Keine Farben mehr, kein Betrug mit kleinen Flaschen und Pipetten und Pinseln und Dosen. Lass die Luft an deine Haut, die Luft und mich und nichts anderes.«

Nach Vetkos neuer Regel trug Mina das Rot im Geheimen, unter ihren Kleidern, aber für sie war es dasselbe Rot, das ihre Mutter in Hülsen und Glasfläschchen kaufte. Sie trug es nur an anderer Stelle. Es war ein Rot des Kampfes und des Widerstands, eine Kriegsbemalung. Doch so grell und zornig die Farbe auch leuchtete, wurde sie immer den Männern untergeordnet, ja, am Ende doch von ihnen hervorgerufen: Rote Kussmünder schminkten die Mütter für die Männer, vor dem Abendessen nachgezogen und betupft mit dem Taschentuch, damit an den Weingläsern nichts hängen blieb und der Mund nicht verschmierte, wenn die Lippen des Manns am anderen Ende des Küchentischs zum Angriff übergingen. Das Rot der Mütter unterschied sich kaum von Minas Rot: die roten Abdrücke eines präzise gesetzten Schlages, den ein behaartes Handgelenk mit gestrecktem Arm aus der Luft zog, dass es zischte.

Lidschatten, Lippenstift und Puder fehlten Mina wenig,

sie sparten ihr Zeit vor der Schule, und sie konnte länger schlafen. Ohne die klumpigen Fliegenbeine der Wimperntusche, die bei Schneefall und Regen, also an den meisten Tagen, sowieso nur schuhcremeschwarze Ringe unter ihre Augen drückten, fand sie sich beinahe schöner. Malene reichte ihr in der Sportumkleide und beim Schwimmen noch ein oder zwei Mal ihr Parfüm, ihre Lidschattenpalette, ihre Puderquaste, dann ließ sie es sein und steckte ihre Fragen zusammen mit ihrem Klappspiegel zurück in die Tasche. Mina kümmerte sich nicht darum.

Erst als um Weihnachten herum Minas gebleichtes Haar so weit nach unten gerutscht war, dass es den Haaransatz freigab, ein graubrauner Zentimeter Mäusepelz, haderte sie mit Vetkos Regel. Sie hasste ihre Haare, ihre kabeligen Strähnen voll Talg, den die Bleiche für sie herauszog, ihr schlappes Herumhängen, das Haarspray und Wasserstoffperoxid gestrafft und gepolstert hatten. Mina ließ sie in Zöpfen verschwinden und in engen Knoten und wand die bunt bedruckten Tücher der Mutter drumherum und stopfte sie unter Mützen, aber bei Vetko musste sie das Haar offen tragen und hasste jede Sekunde, sie mäkelte und brummte und verweigerte sich ihm, ließ sich die Haare ins Gesicht fallen und versteckte sich hinter ihrer mausfarbenen Indifferenz, bis Vetko genug hatte.

»Gut«, sagte Vetko, ohne sie anzusehen, »hier ist eine Wahl. Pass auf, ich biete sie dir nicht zweimal an. Du behältst dein Haar, wie es ist. Oder ich nehme es dir. Es ist Zeit für einen Schritt nach vorn, meinst du nicht?«

Sie saßen in der Küche seiner Eltern, und er sammelte Tabakkrümel aus seinem Lederbeutel, füllte sie auf ein zerknittertes Blättchen und rollte schweigend mit unsicheren Händen.

»Ist das so?« Mina zog ihm die unfertige Zigarette aus den Fingern und drehte sie in aller Ruhe zu Ende, mittlerweile konnte sie es, nicht nebenbei und ohne hinzusehen wie Vetko, aber es klappte. Jetzt, spätestens jetzt wäre der Moment, ihn auflaufen zu lassen. Es musste ihm doch klar sein, dass nicht sie es war, die er in eine Zwangslage gebracht hatte, sondern sich selbst. Auch wenn sie sich der Wahl entzog, wäre die Wahl getroffen: eine Absage an seine verrückte Ordnung und diesen Zopf, den er ihr aus ihrer noch ungekämmten Wirklichkeit ohne Scheitel und Bürstenstrich geflochten hatte mit drei Strängen, drei Regeln, die sie dann brechen und wirkungslos machen würde. Vetko wäre mit einem Schlag keiner mehr, der bestimmte und führte, sondern wieder ein sonderbarer Junge ohne Freunde, mit struppigem Haar und spärlichem Bart und Oberarmen wie dürres entlaubtes Geäst, die immer ein Stück zu weit in den Raum hineinragten und jedem im Weg waren.

Mina klopfte mit der Zigarette zweimal auf die Tischplatte, zündete sie an und drehte die Glut in den Mund, ohne zu zögern. Es klappte gut, es gab kein Zischen an den Wangeninnenseiten oder der Zunge. Nur der freiliegende Hals eines Backenzahns pochte empfindlich. Mina ließ sich nichts anmerken.

Vetko starrte über ihre Schultern hinweg auf einen gelben Fleck an der Wand über dem Gasherd, als gälte es herauszufinden, was das für ein Fleck war. Auf dem Herd hatte er Minas Milch erwärmt und manchmal seine Finger langsam durch die Gasflamme geführt und mit dem Ruß den Höcker auf Minas Nase oder die keilförmigen Katzennarben auf ihren Unterarmen oder ihre linke, kleinere Brust eingekreist, brandschwarze Hinweise auf Merkmale an ihr, die sie nicht mochte und er immer wieder ansah mit einer

Wärme in den Augen, die Mina schlecht aushalten konnte. Lieber war sie die Weiche und gab, wenn sie geben wollte, und ließ sonst ihn geben, was sie vorgab für ihn zu ertragen und er vorgab für sich selbst zu tun und von ihr zu nehmen, dabei war es doch andersherum, oder nicht? Wer gab, wer nahm? Gab sie ihre Haare, oder nahm er sie? Wollte sie geben, wollte sie zum Geben genötigt werden, oder wollte sie, dass alles blieb, wie es war – ihre farblosen Haare, die zum ziependen Zopf geflochtenen Tage in Vetkos Hand? Wollte sie gehen und ihn ins Leere greifen lassen mit seiner Schere, seinen Händen und einer Liebe zu ihr, die Mina nicht erwidern wollte?

Vetkos Augen standen wie über den Fleck genagelt. Er hielt seinen Lederbeutel umklammert mit Fingern so steif, als würden sie bei der ersten Bewegung brechen wie trockenes Holunderholz, innen hohl und ohne einen Widerstand der Fasern. »Also«, sagte er, und seine Augen blieben dabei auf dem Fleck über dem Herd. »Haare oder keine Haare? Was willst du, Mina?«

XV

DU MUSST

Vetko ließ Mina eine Woche Zeit für ihre Wahl. Sie verbrachte diesige Dezembernachmittage mit Früchtetee und Lebkuchen bei Malene, wie es früher gewesen war, früher: noch letztes Jahr, bevor Vetko und Fabian, Streifen auf Hüften und Schenkeln und Flecken auf Hälsen gekommen waren, ohne dass sie sie eingeladen hatten. Die steifen Oblaten der Elisenlebkuchen schnitten ihnen die Mundwinkel auf, weil sie die Lebkuchen quer in den Mund schoben. Der Zitronensaft im Früchtetee brannte in den Schnitten, und am Ende des Nachmittags hatten sie beide breitere Münder mit ausgefransten roten Ecken und freuten sich darüber, weil ihre Lippen größer wirkten und weil sie nicht lernen wollten, die Lebkuchen nicht am Stück zu essen, auch wenn es wehtat. Sie lachten über die Mütter und ihre schmalen Schälmesser, mit denen sie täglich alles, das ihnen zu groß erschien für die Münder ihrer Töchter, in harmlose kleine Schnitze schnitten, Apfelschnitze und Orangenschnitze und Käseschnitze und Schwarzbrotscheiben, die in noch kleinere, noch mundgerechtere Schnitten unterteilt wurden und in hübschen bunten Brotdosen in den Taschen der Töchter landeten.

Mina hatte sich zurückgezogen in den vergangenen Wochen. Es war, als hätten Vetko und sie im August hinter den Streuobstwiesen in der pelzigen Fäulnis der Pflaumenbäume, deren süße blaue Schimmelhärchen sie aus der Luft schmecken konnten, den Waldrand in den Ort mitgenommen: Die Fichten und Tannen und Kiefern und auch der Ginster und das Moos waren neben ihnen hergegangen, hatten angehalten, wenn sie anhielten, und sich, als sie die Türen ihrer Häuser hinter ihnen ins Schloss schnappen ließen, davor postiert. Die Bäume hatten sich aufgereiht, der Ginster die Lücken zwischen den Stämmen geschlossen und das Moos sich in die zugigen Ritzen der Türschwelle gedrängt und hatten Vetko und ihr den Weg nach draußen verstellt, zu den anderen. Jetzt lähmte Mina nur der Gedanke daran, die Schwelle freizukratzen, das Gehölz zurückzuschneiden; dabei wurde das Licht, das hereinfiel, jeden Tag magerer. Sie hätte nicht mehr gewusst, wo anfangen mit dem Aufräumen, Erklären, Rechtfertigen von etwas, dessen Gründe ihr selbst nicht klar waren.

Mina suchte in den eingetrockneten Ringen von rotem Tee auf dem Grund ihrer Tasse nach einem letzten Rest Flüssigkeit, auf dem ihr Satz zu Malene schwimmen konnte. Sie begann einen Strauß loser Versuche, ein paar »Ich hätte viel früher« und zwei oder drei »Wir sollten viel öfter«, sie setzte an und brach ab und setzte wieder an, die Fingerspitzen auf die geröteten Mundwinkel gelegt. Schließlich zog sie mit beiden Zeigefingern die Mundwinkel weiter auseinander, als stecke ihr etwas im Mund, das sperriger war und eine größere Lippenöffnung brauchte, um herauszukommen.

»Du fehlst mir«, sagte sie leise, und der Punkt hinter diesem Satz war groß und schwer, größer und schwerer als die Punkte hinter allen anderen dahingesagten Sätzen zwischen Tee und Lebkuchen.

Aber Malene wedelte den großen schweren Punkt mit einem nachlässigen Wisch ihrer Hand durch die Heizungsluft weg, als stünde er dort unpassend und wäre Malene ein Hindernis auf dem Weg irgendwohin, sie schien es plötzlich eilig zu haben und rutschte unruhig herum und streckte sich und ließ ihre Finger einzeln knacken, und Mina wurde plötzlich bewusst: Malene war selbst verstellt. Mina hatte es von ihrer Warte, vor der ein vorrückender Waldrand erste Wurzeln wie Späher durch Fugen und Spalten ins Innere zwängte, nicht sehen können.

Malene ließ ihre Tasse von einer Hand in die andere wandern, sie angelte den Teebeutel mit dem Löffel heraus, das Schildchen daran war ganz durchgeweicht und tropfte auf den Zimmerboden. Sie wickelte sich den Bindfaden des Beutels um ihren Mittelfinger, immer enger, Mina dachte an die Rindsrouladen, die es sonntags immer gegeben hatte, über Jahre ein kompliziertes Gewickel aus Bindfäden. Ihre Mutter hatte sich früher ganze Vormittage lang über braune Fleischfladen gebeugt und sie mit scharfem Senf bestrichen, von dem sie rote Augen bekam und den der Vater später von seinem Stück, das er dazu auf dem Teller ausrollte, gemeinsam mit der Gurke und dem Speck säuberlich herausschaben würde. Irgendwann gab es dann keine Rouladen mehr und keine Sonntagsessen, und die Mutter packte die metallenen Rouladenspieße in eine Schachtel und verstaute sie im Keller. Vetko hatte sie gefunden auf der Suche nach Brauchbarem für die Kapelle und gelacht, als Mina sehr hastig den Kopf schüttelte, ihm einen Vogel zeigte und die

Spieße hinter die Strohsterne und die alte Filterkaffeemaschine schob, aus seiner Reichweite.

Der Bindfaden um Malene Mittelfinger riss. Sie sah auf, ließ Beutel und Faden los. »Ich hab mit ihm geschlafen«, sagte sie. »Wir hatten Sex, ich und Fabian hatten Sex. Es war total schnell vorbei, es tat nicht weh, ich glaube, ich war gar keine Jungfrau mehr, ist vielleicht beim Sport mal passiert oder so, im Internet steht, das ist heute nicht selten, es hat sich okay angefühlt, am Anfang sogar ganz schön. Ich bin nicht gekommen, glaube ich. Aber ich weiß auch nicht genau, woran ich das merken soll. Er ist gekommen. Das war letzte Woche.« Malene wand sich sichtlich, doch Mina wollte sie nicht erlösen. Zögernd fuhr sie fort. »Jetzt habe ich meine Tage und Fabian hat gefragt, ob ich es ihm mit dem Mund machen kann. Findest du, ich kann Nein sagen? Meine Hand riecht, wenn ich ihn angefasst habe. Und ich will nicht, dass er es den anderen erzählt. Dass ich es mit dem Mund mache. Dann bin ich die, die es mit dem Mund macht, weißt du? Meinst du, ich kann Nein sagen?«

Sie ließ den Teebeutel zurück in die leere Tasse fallen, sodass er auf den Tassenboden klatschte, zerpflückte das aufgeweichte Schild mit den Fingern und rollte die nasse Pappe zu kleinen Würsten. »Kann ich Nein sagen«, fragte sie beinahe tonlos. »Kann ich bitte Nein sagen.« Ihre Unterlippe mit den ausgefransten roten Mundwinkeln, die ihren Mund noch breiter machten und noch auffälliger in ihrem winterhellen Gesicht, durchlief ein Zucken.

Mina dachte an das Lied, das die Frauen und der Vater, wenn er gute Laune hatte, bei Feiern im Gemeindezentrum gesungen hatte: *Rote Lippen soll man küssen, denn zum Küssen sind sie da.* Die rote Farbe machte die Lippen größer, leichter zu finden vielleicht, sie vergrößerte die Münder, aber betonte nicht das, was zwischen den Lippen herausgeschoben werden konnte: Weigerungen, wie die von Malene.

Sie tat ihr leid, und trotzdem wurde Mina wütend auf sie: wütend, dass Malene all diese aufgeräumten, freundlichen, gewöhnlichen Fragen und Sorgen hatte, über die an jeder Ecke gesprochen wurde, in der Schule, auf irgendwelchen Hilfeseiten für Jugendliche im Internet, in den Zeitschriften, sie hätte zur Not selbst ihre Eltern um Rat fragen können. Sie brauchte Mina dafür nicht, niemand hätte sich über ihre Fragen gewundert, und wenn sie sie in ein Suchfenster eintippte, würde sie nicht auf Menschen ohne Köpfe stoßen, deren Aufzüge den verschnürten Rindsrouladen ihrer Mutter erschreckend ähnelten.

Malenes Mundwinkel rissen, wenn sie sich ganze Elisenlebkuchen in den Mund schob, rissen bei Kälte, rissen vielleicht beim Küssen und dem, was sie mit Fabian machen sollte, wenn sie ihre Tage hatte. Und wenn Fabian es herumerzählen würde, würde sie ein paar Tage so tun, als wäre es ihr peinlich, und dann würde der Stolz überwiegen, dass sie sich getraut hatte, und mit demselben Mund, mit dem sie in ihrem Kinderzimmer mit Mina heißen Früchtetee mit Zucker und Zitrone trank und ihren Eltern einen guten Morgen wünschte und auf den sie im Winter den Kamillenpflegestift ihrer Schwester schmierte, weil sie ihren eigenen immer verlor, würde sie es Fabian machen und sich abends mit Elmex die Zähne putzen, gewissenhaft drei Minuten lang mit der Sanduhr. All das passte nebeneinander zwischen ihre regelmäßigen Zähne, der Tee mit der Freundin, die Eltern und die Schwester, die Zahnpflege und Fabians Penis.

Minas Mundwinkel rissen aus anderen Gründen.

Wenn Vetko ihr den Mund aufzwang, ihn offenhielt, bis

ihre Nackenmuskeln krampften; sie rissen davon, dass sie so viel hinter ihren Zähnen behielt, was sie nicht aussprechen konnte, und jeden Tag musste sie ihren Ober- und Unterkiefer auf der unzerkauten Masse ihres Schweigens fester zusammendrücken, damit es ihr nicht aus dem Mund fiel.

Sie sah ihre beste Freundin von der Seite an, wie sie eine runde Oblate von einem Lebkuchen schälte, sich die Scheibe in zwei Hälften brach und je einen Halbmond auf Ober- und Unterlippe klebte. Sie öffnete ihren weißen Entenschnabel. »Was meinst du, Mina?«, wiederholte sie und flappte die beiden Scheiben auf ihrem Mund nachdenklich auf und zu.

»Ich glaube«, sagte Mina, »du kannst nicht Nein sagen. Ich glaube, du musst das machen. Alle machen das, Fabian wird eher darüber reden, wenn du es nicht tust. Mach es einfach. Wenn du gut darin bist, ist es schnell vorbei.«

Malene zog mit einem Geräusch, das klang, als reiße man ein altes Pflaster von einem Arm, die beiden Oblatenhälften von ihrer Lippe. Sie krauste die Nase, sie sah süß aus. Mina wollte, dass sie nur ein einziges Mal die Art von Widerstand in sich spürte, die alles an Vetko und ihrer gemeinsamen Sache in ihr auslöste, einen inneren Widerspruch, dem sie irgendwie begegnen musste. Malene wollte es wirklich nicht tun, Mina spürte ihre Angst davor, ihre wirkliche, nackte Angst, nicht nur vor dem Geruch, dem Geschmack, Fabians Hand in ihren Haaren, die sie vielleicht ruckartig und dann rhythmisch zu sich ziehen würde – sondern die Angst davor, zu versagen.

Mina wollte, dass Malene litt, nur zu ihrem Vergnügen. Sie wollte, dass nichts für Malene übrig blieb als Zweifel an sich selbst und ein verstocktes Schweigen, das sich an

Malenes Mundwinkeln festbeißen und Malenes Lippen steif machen würde, wenn sie den Nächsten küsste.

Malene senkte den Kopf und nickte langsam, hatte sich einer schlaffen Hilflosigkeit unterworfen und warf ihr einen letzten Blick zu, von unten nach oben, ergeben.

»Du musst«, sagte Mina noch einmal und strich ihr über die Locken. Sie waren ungebürstet, und auch ihre Augen wirkten ohne blaue Lidfarbe ein bisschen verloren, wie zufällig und unvorbereitet von weit oben in dieses Mädchengesicht gefallen. »Malene, du musst.«

Auf dem Heimweg lief Mina auf dem überfrorenen Grünstreifen neben der Hauptstraße, jeder ihrer Schritte knasterte in den starren Halmen und hinterließ ein zögerliches weißes Nachbild ihrer Schuhsohlen im Gras. Es war niemand zu sehen, neuer Schnee war nicht gefallen, nur der alte hart geworden. Sie bog ab auf die Streuobstwiesen zu den Pflaumenbäumen. Die knotigen Stämme waren feucht, und in den Zweigen hingen noch alte Früchte, eissteif baumelten sie im Wind, manche von der Blitzkälte der letzten Nacht komplett unter Glas. An einem Ast fand sie eine leere Eiskugel in Form einer Pflaume. Wie ein transparenter Christbaumschmuck schwankte sie vorsichtig hin und her; der Frost musste die Frucht, die darin gewesen war, zu Mus gekühlt haben, sodass sie in der Mittagssonne aus ihrer zerbrechlichen Hülle herausgetropft war und nur ihre Form zurückgelassen hatte, eine glasige Pflaume wie ein verbliebener Sommergeist, der vergeblich darauf wartete, dass neues Fleisch in ihm wachsen würde.

Wie sehr es Malene auf diesen Sex ankam, auf diesen Dies-in-das-Teil des Miteinanderschlafens, während es für Vetko und sie selbst nicht mehr war als Beiwerk zu etwas, das sich über Betten hinausstreckte und überall, wo sie gingen und standen und redeten und atmeten, ständig seinen Raum zwischen ihnen beiden beanspruchte.

Sie wünschte sich nicht einmal, keine Fragen zu haben. Sie wünschte sich bloß, die richtigen Fragen zu haben: Auf Malene-Fragen gab es übersichtliche und klare So-macht-man-das-Antworten, keiner weinte, keiner wurde verletzt, und dann nahm sie Fabian in den Mund oder auch nicht, und auch das würde sie allen und Mina erzählen können, zwischen zwei Lebkuchen und einer Tasse Tee.

Sie streckte den Zeigefinger aus und versetzte der Geisterpflaume einen Stoß. Ihre Fingerwärme schmolz ein Loch in das Eis, aber die Hülle fiel nicht herunter. Im Licht der Laterne, das vom Weg herüberschimmerte, glänzte sie wie feuchtes Messing, die Eisschicht war dicker, als sie erwartet hatte. Sie streifte ihren fingerlosen Handschuh ab, atmete noch einmal ein, kurz und ruckartig, streckte ihre ganze Hand nach der Pflaume aus, sie schloss die Finger, jeden einzeln. Zum Schluss legte Mina den Daumen auf und verengte ihre Faust, ganz leicht nur, bis in ihrer Handfläche lautlos etwas nachgab.

XVI

KLINGE ODER KLINKE

»Klinge oder Klinke«, sagte Vetko, »das ist das Prinzip.«

Er hatte sie in die Mitte des Badezimmers geführt und hielt ihre Hand. Mit seiner freien deutete er auf die geschlossene Tür. »Klinke«, sagte Vetko. Er zeigte in die andere Richtung. An der Badezimmerwand, neben dem im dünnen Dezemberlicht gelb werdenden Feigenbaum, stand ein Hocker, darauf ein Rasierapparat und eine Flasche Rasierschaum. »Klinge«, sagte Vetko.

Wie würde ihr Hinterkopf aussehen, wenn er erst nackt war? Flach oder rund, bullig oder mit fein geschwungenen Linien, die sich vom Nacken über den Ansatz der rasierten Haare bis über die Ohren zur Stirn ziehen würden? Würde die Kopfhaut rot pusteln von der Schärfe der Messerblätter, die nachwachsenden Stoppeln in die Hand pieken, wenn man darüberstrich? Würde sie sich verletzbarer fühlen, so freigelegt für das Starren und den Wind? Oder stärker, weil sie keine Kraft mehr brauchte für das Versteckspiel, fürs Kieferzusammendrücken und Zähnemalmen, damit das, was sie nicht sagen konnte, im Mund blieb?

Am Waschbeckenrand lag eine Haarbürste, Birnenholz und Wildschweinborsten, Staub hatte sich darin verfangen, Talg und zarte weiße Schuppen. Das würde sie vermissen: Mit einer Bürste durch die gesamte Länge der Haare zu fahren, die ihr bis auf die Mitte des Rückens fielen, nicht glänzend, aber ganz glatt und mit einer schützenden warmen Schwere zwischen den Schulterblättern.

Mina zögerte. Wenn Vetko ihr die Haare nahm, würde das bedeuten, dass Mina sie ihm gegeben hätte: Es wäre eine große Ernte. Er würde ernten, was sie angebaut hatte, Jahr für Jahr mit Geduld, Wasser und gelbem Klettöl, in das ihre Mutter ihre Haarspitzen getaucht hatte. Das Öl hatte die Haare zu Strähnen zusammengeklebt, und die fettigen Enden hatten auf Hemden, Pullover und Kissenbezug Flecken hinterlassen. Ihre Mutter nannte den Vorgang *versiegeln*, ein Verschließen der Haarstruktur. Eine Glatze wäre das Gegenteil davon, es wäre ein Aufmachen, eine Öffnung der Schädelporen zum Himmel, es würde Welt in sie hineinregnen und Wetter in sie wehen, sie würde frei sein, leichter.

Mina betrachtete die Birnenholzbürste, und ihr fiel ein Spiel ein, das sie mit Malene gespielt hatte, als sie Kinder gewesen waren. Mina hatte Malene auf den Boden gedrückt und auf den Bauch gedreht und hatte sie mit der Rückseite einer Haarbürste auf den Rücken geschlagen, bis er ganz rot war. Sie hatte das nicht gern getan, bloß gehofft, Malene würde den Spieß herumdrehen und Mina auf den Rücken schlagen und ihr helles Kinderblut unter der Rückenhaut nach oben kochen, bis die Haut spannte. Malene hatte die Dringlichkeit des Spiels nicht verstanden, aber es einfach mitgemacht, weil Mina ihre Freundin war. Vielleicht auch nur, weil Mina dafür am Kiosk saure Bänder für sie mitgehen ließ. Malene. Sie schluckte trocken.

Manche Entscheidungen griff man aus der Luft, man griff beherzt zu, eine Handvoll, und wenn man die Finger aufbog, lag dort die Entscheidung. Noch etwas zerknautscht war sie dann, und entknittern würde sie sich erst, wenn man sie einsetzte, wo sie gebraucht wurde.

Die meisten Entscheidungen ließ man so lang herumstehen, bis alle Möglichkeiten, die man gehabt hätte, gerannen und klumpten und ihre Formbarkeit verloren, hart wurden.

Malene hatte angerufen, und Malene hatte geweint. Sie wollte Fabian nicht wiedersehen, der über ihre erst zusammengepressten, dann widerwillig halb aufgesperrten Lippen mit einer dahinter ängstlich wartenden Zunge laut gelacht hatte, der sich rückwärts und von der vor ihm am Boden hockenden Malene weg auf das Bett hatte fallen lassen. Mit ihren Schluchzern durch die Telefonleitung drückte sich Minas Herz zusammen, und Minas freie Wahl, Klinge oder Klinke, hatte sich zu einem festen Klumpen zusammengebacken. Sie hörte Malenes Verzweiflung am anderen Ende des Hörers des Familientelefons, sie beschlug Minas Ohrmuschel schwül und unangenehm von innen, als würde jemand hineinatmen, und sie wischte sich Malenes Verzweiflung mit einem Finger aus ihrem Ohr und legte den Hörer bald neben das Telefon.

Malene war ihr abhandengekommen in dem Unkraut aus halb geschluckten Sorgen, ungesagten Sätzen, weggedrückter Angst, das in ihr gewachsen war, ihre Herzkammer erreicht hatte und dicht und dichter wurde. Aus dem Telefonhörer tropften weiter Malenes Schluchzer. Sie würde, dachte Mina, für Malenes Schluchzen einen Preis zahlen müssen. Das wäre nur gerecht.

Sie schluckte. »Klinge«, sagte sie zu Vetko, der neben ihr stand, die Arme verschränkt und die Schuhspitze unruhig auf den Badfliesen auftupfend im Rhythmus seiner Angst, dass Mina sich dagegen entscheiden würde: gegen ihn, den Zopf, seine Ordnung.

Das Tupfen setzte einen Takt aus, sein Fuß hing in der Luft dicht über dem Boden, er sah sie an, prüfend und ziemlich überrascht. Er ließ den Fuß sinken und die verschränkten Arme und hob sie dann wieder, um Mina fest zu umarmen. Er sah glücklich aus.

Sie setzte sich auf den Hocker, er schob zwei Finger unter ihr Kinn, drückte ihren Kopf nach oben und legte den Elektrorasierer noch ausgeschaltet an der Schläfe auf, und kurz bevor er auf den Knopf drücken konnte, ruckte Mina weg. Einem plötzlichen Impuls folgend stand sie auf und sah Vetko herausfordernd an. Sie wartete auf eine Reaktion, den sicher gelingenden Versuch, sie einzufangen, und so fror sie unentschieden in einer Halbflucht ein. Er stand ebenfalls nur da und sah ihr zu, den Rasierer noch in der Hand.

Mina zögerte das Beenden ihres Schrittes zur Tür hinaus, bis sie auf einem Bein fast die Balance verlor, da musste sie den anderen Fuß nachziehen und stand schon bei der Tür. Sie sagte: »Warum nimmst du mich nicht?«, und er sagte: »Warum gibst du dich nicht?« Und ihr wurde klar, dass sie es nicht nur nicht wollte: Sie konnte nicht. Nicht ohne einen letzten Beweis seiner Überlegenheit, der Grundlage seiner gesamten Ordnung – dass er sie jederzeit überwinden konnte, wenn es nötig war. Aber er tat es nicht. Vetko stand da mit dem Rasierer und einem leer gefegten Gesicht, und Mina machte ihren Schritt zu Ende, Tür, Klinke. Und drückte sie herunter.

XVII

FEHLERZELLEN

Es hätte schnell gehen sollen. Sie hätte die Brotdose aufgeklappt, die Schnitten mit Butter und Löcherkäse und Kressesträußchen herausgenommen. Das Kompostquadrat im Garten geöffnet, ein hüfthoher Verschlag aus Sperrholz. Das Brot hineingewühlt und locker krümeligen Kaffeesatz und schlapp gewordene Möhrenschalenspiralen darübergehäufelt. Das Kompostquadrat und die Brotdose und danach die Terrassentür hinter sich geschlossen. Bis zum Frühjahr wären die Schnitten zu einer vom Kaffeesatz nicht mehr unterscheidbaren Erde zerfallen, zusammen mit allen anderen Schnitten, die mit Salami und Edelschimmel, die mit Kochschinken und Tomaten und dem bissigen Rouladensenf ihrer Mutter, die mit Frischkäse und sauer eingelegten Radieschen, die verräterisch pink unter dem braunen Kaffee hervorgeblitzt hatten.

Der Kompost war leer. Auf rohen Holzbohlen krümmte sich ein Regenwurm wie ein Stück fleischige Lippe und zog seine unruhig pulsierenden Segmente in die Dunkelheit der Ecken.

Mina wog das Brot in der Hand und sah sich um. Es war früher Nachmittag, der Parkplatz der Nachbarn frei, die Gärten und Häuser verlassen. Sie holte aus und ließ die Schnitten flach durch die Luft fliegen, wie man Steine auf dem Wasser zum Springen brachte. Sie rauschten über den Zaun und in die immergrünen Hecken des Nachbargrundstücks, blieben im Gestrüpp hängen und rutschten durch die Zweige dem Boden zu.

Sie hörte es rascheln. Eine grau gescheckte Dohle zwinkerte hinter der Hecke hervor und ließ sich, dem Brot hinterher, ins Beet fallen; sie stöckelte vorsichtig auf die Schnitten zu und begann, der Kopf auf und ab gehend wie ein flinker Hammer, am Brot zu zupfen. Als Mina ins Haus trat, hing der Dohle ein großes Stück Löcherkäse aus dem Schnabel, den sie mit einem energischen Schütteln des Kopfes zu verkleinern versuchte.

Durch das Geäst konnte Mina Taubners Vogelhaus sehen, das aus Taiwan, die Fensterscheiben klar und ohne jeden Straßenstaub, dahinter ein penibel weißer Innenraum, den Taubner im Herbst noch einmal frisch gekalkt hatte. Die Metallstange für den Futterring war leer und schimmerte matt im abebbenden Nachmittagslicht, das sich bereits ab vier zwischen die äußeren Fichtenstämme des Waldes verzog und immer weiter zurückwich. Erst spät am nächsten Morgen würde es sich wieder regen, sich langsam strecken und die vom Frost noch ungelenken Finger zwischen den Bäumen hervorkriechen lassen, auf die Häuser und das Vogelhaus zu, es würde die Metallstange aufglänzen lassen und vielleicht eine übrig gebliebene Käseschnitte im Heckenbeet auftauen, die über Nacht dort eingefroren war.

Am Abend rief sie der Vater in die Küche. Als Mina den Raum betrat, drückte er ihr eine Servierplatte in die Hand, mit Silberfolie abgedeckt, Teller, Messer, die Butter unter eine schwere Tonglocke gesetzt statt im verschmierten Verpackungspapier. Die Mutter hatte wieder in einem ihrer Kataloge bestellt.

»Hilf mir decken, ja?«, sagte er.

Sie trug alles ins Esszimmer und zog die Silberfolie ab. Ein modriger Geruch schlug ihr entgegen. Auf der Servierplatte lagen, gewissenhaft nebeneinander aufgereiht, zahlreiche Überreste von Schnitten mit verschiedenem Belag. Mina erkannte Fetzen von Kochschinken, der sich kaum verändert, und Gouda, der beim Austrocknen einen alarmierenden Orangeton angenommen hatte, die Brotränder waren gespickt mit Schimmelblumen. Eigentlich sah es hübsch aus, ein flaumiges Feld in silberhellem Birkenblattgrün und wolkigem Rauchblau wie die Schwaden über der Papierfabrik. Ihr Pausenbrot seit Beginn des Schuljahres. Sie hielt sich die Hand vor die Nase und deckte die Platte wieder zu.

Der Vater war hinter sie getreten.

»Es ist angerichtet«, sagte er, und dann: »Erklär mir das.«

»Hatte nicht so Hunger in letzter Zeit«, murmelte Mina und hörte den Schlüssel der Mutter in der Haustür, der Vater stellte sich aufrechter hin und drehte sie an der Schulter zu sich herum. Im Flur scharrte der Kleiderbügel mit dem Mantel der Mutter über die Garderobenstange, ihr Vater sagte: »Deine Mutter steht jeden Morgen um sechs Uhr auf, Mina, um sechs Uhr macht sie Kaffee und legt drei Eier in Kochwasser und stellt die Butter in dieser albernen Glocke auf den Frühstückstisch, und dann, Mina, nimmt sie ein großes Messer mit Sägeblatt«, der Vater hob eine Hand und legte sie auf seiner Gürtelschnalle ab, »und schneidet zwei Scheiben vom Brot herunter, es ist gutes Brot, haltbares Brot, das beste im Ort, im Brotkasten hält es sich ewig, so gut ist es.« Der Vater schob seinen Zeigefinger unter den Dorn der Schnalle und hob sie leicht an. »Deine Mutter belegt jedes einzelne Brot mit frischem Aufschnitt vom Metzger und mit Gemüse, Gurke und Tomate, Kresse, Radieschen und macht Schnitten daraus. Für dich, Mina. Nur für dich macht sie das alles. Morgens um sechs.«

Der Schlüsselbund der Mutter klirrte in der Keramikschale auf der Anrichte, doch der Vater verbiss sich weiter mit den Augen in Mina. »Das Brot haben wir bezahlt, Mina, ich und deine Mutter, wir haben dafür gearbeitet, wir arbeiten jeden Tag dafür. Mir ist es wirklich scheißegal, Mina, ob du Hunger hast oder nicht, wenn du das Brot am Mittag in der Schule nicht isst, dann packst du deine ganze verdammte Tupperbox in den Kühlschrank und isst es am Abend oder in der Nacht oder am nächsten Morgen, oder du nimmst genau dieses Brot so lange noch einmal mit in die Schule, bis du es gegessen hast, bis es dir den Magen von innen zementiert und du es wieder ausgeschissen hast. Habe ich mich klar und deutlich ausgedrückt, Mina –«, und da ging die Tür zum Esszimmer auf, und er hob die Gürtelschnallenhand in sein Haar und glättete es mechanisch. Er trat einen Schritt von seiner Tochter zurück und verschwand mit der Platte in der Küche.

Was einer einem anderen zu essen gibt, dachte Mina, das ist eine Macht, die von der Servierplatte herunter und aus der Brotdose heraus, unter Katalogtonglocken hervor sich an den Mandeln entlanghangelt, das Zäpfchen umschleicht und durch die Röhren des Halses in den Magen einzieht. Dann steigen die Magensäfte an, bis alles darin schwimmt und zischend zergeht und Blasen wirft. Ein eintopffarbiger Urschleim füttert die Zellen um den Magen herum, und sie blähen sich und teilen sich: Der Körper wird gebaut aus dem, was ihm zu essen gegeben wird.

Ihr Körper, Mina stellte sich das vor und ihr stieg es sauer die Kehle hoch dabei, das waren Vaters und Mutters Graubrote, ihre Zwiebelsuppen und Hackfleischgerichte, Pulverpuddings und Sahnetorten, Reibekuchen fertig vom Supermarkt und Holundergelee aus dem Garten. Nach dem Sommer war ihr Körper Vetkos Zeichen und ihre Streifen und Risse gewesen, ihre Haare an den Armen, ihre zu großen Poren auf der Nase, die sie nicht mehr mit Puder überdecken durfte. Aber woraus würde Mina bestehen, wenn niemand über sie bestimmte?

Sie wusste nicht mehr, wann genau sie begonnen hatte, in den Schulpausen die Brotdose im Rucksack zu lassen und ihre Pausenbrote wegzuwerfen, es war keine bewusste Entscheidung gewesen. Sie hatte sich hungrig um den Getränkeautomaten in der Schulcafeteria herumgedrückt, den polternden Protest des Magens mit buntem Zuckerwasser und Kohlensäure geflutet und die Geräusche in Flüssigkeit erstickt. Im Herbst war Mina auf Heißgetränke umgestiegen: hellbraune Instantkaffees, deren verbrannt riechende Crema in der Sonne schillerte wie Spülwasserschaum, und dickliche Vanillemilch, deren künstlicher Geschmack sie an die gelben Deosprühflaschen der anderen Mädchen erinnerte.

Die Wärme färbte ihr die Wangen, ohne dass sie hineinzwicken musste, und der Zucker der Getränke juckte ihr bis zum Nachmittag im Kopf, als hätte jemand Hagebuttenkerne hineingestreut. Abends fiel sie, und sie nahm sich jeden Tag vor, sich zurückzuhalten, hemmungslos über das Essen der Mutter her, die sich freute, ihr große Löffel und zweite und dritte Stücke nachreichte. Nach dem Essen lag Mina im Bett und konnte stundenlang nicht einschlafen, sie stellte sich vor, wie aus dem gluckernden Urschleim in ihrem Magen neue Zellen entstanden; Graubrotzellen und Mandarinenquarkzellen und Spitzkohl- und Chinakohl- und kurz vor Weihnachten Rotkohlzellen mit Nelken und Apfel und Gänsefleischzellen mit Federkielresten, die aus den Zellwänden staken und an den Nachbarzellen kratzten.

Die Zellen, aus denen Mina ganz am Anfang entstanden war, waren Zellen ihrer Eltern gewesen. Sie war aus Brot- und Kohl- und Mandarinenquarkzellen des Vaters und der Mutter gewachsen, und als diese Ansammlung von Zellen groß genug geworden war, um über sich selbst bewusst zu werden und sich für Atmen und Essen und Schlafen entscheiden zu können und auch dagegen, da hatte Mina mit allen Zellen von Kopf bis Fuß noch immer ihnen gehört. Es waren also die Zellen ihrer Eltern gewesen, über die Vetko gestrichen und seine Ordnung gestülpt hatte, das Verweigern ihres Pausenbrotes ein Versuch, ihre Eltern und Vetko auseinander- und voneinander fernzuhalten: Aber Mina wollte nun ihre eigenen Zellen produzieren, die nur ihr gehörten und deren Unversehrtheit sie ihren Eltern nicht schuldete. Frische Zellen, die sie selbst besaß und bewohnte und die sie Vetko oder einem anderen zumindest frei übereignen könnte, anders als diese Graubrotsenfundgurkenzellen, die nicht ihre eigenen waren und nie werden würden, niemals ganz und gar.

Und doch: In einer unverfugten Stelle, einem Spalt im Gespinst der Zellen ihrer Eltern, war *er* entstanden. Der Defekt. Eine eingebaute Selbstzerstörungsmechanik, die, einmal ausgelöst, die Zellen fraß, aus denen sie gemacht war: Vetkos Arm in der Luft und auf Minas Körper mit dem Schwung, den ihre Oberschenkel und Brüste abfangen und in Blautöne verwandeln würden, dort wo Zellen ihr Blut aufplatzten und ausspuckten. Irgendwo in einem ebenmäßigen Zellteppich aus Kohl und Brot und den Zellen der Großeltern und ihren Müttern und Vätern und deren Müttern und Vätern war eine Mutation entstanden. Sie sorgte dafür, dass Mina Wunde und Weinen suchte und nicht das, was die anderen zärtlich fanden und sie einander ausziehen ließ. Wenn die anderen Selbsterneuerung zwischen Spitzenunterwäsche fanden, sanft verschlungen ineinander, suchte Mina Selbstauslöschung: einen Messerangriff auf alle ihre Zellen, einen Faustkampf um das Unbestimmte, das ihrer Ansammlung von Fleisch im Raum einen Musikgeschmack und eine Einsamkeitsfurcht und eine Schwäche für die duftige Stelle direkt hinter dem Ohr eingeschrieben hatte, wo man oft die braunen Spritzer kleiner Leberflecke küssen konnte.

Wann immer Mina die auf Tastaturen krumm und müde gewordenen Finger ihres Vaters betrachtete, wie sie Besteck hielten, Türen öffneten, auf dem Lenkrad seines Wagens lagen und wie so gar keine Kraft in ihnen zu stecken schien, konnte Mina sich diese Finger nicht im Nacken der Mutter denken. Sie konnte sich nicht vorstellen, wie sie zudrückten, ihre Mutter knapp über dem obersten Halswirbel griffen und durch einen dämmerigen Raum bugsierten, Dingen entgegen, über die Mina gedanklich den Vorhang warf.

Ihr Vater hatte keine starken Hände, ihre Mutter trug ihr Haar glatt über den Schultern, und Mina konnte die Rückseite des Halses der Mutter, das V des Haaransatzes und die erste Erhebung der Wirbelsäule nicht vor sich sehen, vielleicht hatte Mina den Hals ihrer Mutter überhaupt noch nie von hinten gesehen, vielleicht kannte der Vater ihn auch nicht, vielleicht war das überhaupt die Lücke, in der eine Liebe zwischen Mann und Frau nach und nach versickern konnte: Wenn seine Finger nur noch Tipp- und keine Zupackfinger waren und er ihren Nacken nie sah, weil er hinter den Haarsträhnen offen und pochend lag und wartete, auf Hände, die nicht seine waren.

Mina war sich sicher, dass ihr Vater die Mutter nicht schlagen würde, es war eine Grundregel wie »Messer, Gabel, Schere, Licht«: *Frauen schlägt man nicht.* Das hatte er ihr und ihren Freunden gepredigt bei jedem ihrer Kindergeburtstage, wenn wieder zwei heulten und die Zöpfe der Mädchen zerzaust und gelöst waren, *Frauen nicht und Brillenträger auch nicht.*

Auch Vetko musste das gelernt haben, vielleicht war er bei einem dieser Geburtstage sogar dabei gewesen, zwischen verbogenen Gestellen von Jungsbrillen und Jungshänden, die sich um die Unterarme von Mädchen legten und die Haut zu unterschiedlichen Seiten verdrehten, dass es ziepte und brannte: *Brennnessel* hatten sie das genannt, und man bekam knallrote Unterarme davon, als hätte man in die Nesseln am Flussufer gefasst, wo sie besonders dicht wuchsen und besonders gemein brannten. Mina hatte das Spiel immer gemocht. Zwischen ihrem Vater und ihrer Mutter konnte Mina nichts von dem erkennen, was zwischen Vetko und ihr war, so genau sie auch hinsah. Und doch mussten Versatzstücke, fein stäubende Sprengsel ihres Defekts auch in den Eltern liegen, schlafen, warten, lauern.

Mendels Erbsen waren Mina eingefallen. Mendel, ein Mönch, hatte beim Erbsenpulen gelbe und grüne Samen aus den Schoten geschält. Er hatte sie miteinander gekreuzt und gewartet, bis daraus wieder Schoten mit Samen gewachsen waren, und als er ihre safthellen Hüllen mit ungeduldigen Fingern der Länge nach geschlitzt und aufgerissen hatte wie Briefkuverts, hatte die darin enthaltene Nachricht einer wundersamen Natur nur eines gebracht: Samen, gelb wie die Frühjahrssonne über den Beeten, sobald nur eine der beiden miteinander vermengten Erbsätze Gelb trug, das Gelb deckte das Grün, eine dominante Farbe, ein Gewinnergen. Minas Biologiebuch sprang an dieser Stelle übergangslos von den Erbsen zu den Menschen und von den Farben zu den Fehlern im System.

Mina flog mehrfach über die Zeilen und Absätze, aber da war nichts, was ihr weitergeholfen hätte. War sie zur Welt gekommen, wie sie war und ohne eine Wahl? Und hatten der Vater und die Mutter selbst keine Wahl gehabt, wie und was und wen sie einmal begehren würden? Oder war Mina geworden, wie sie nie hätte sein sollen – Feindin ihres eigenen Körpers, dem sie das Leben unter den Fingernägeln hervorpresste und dabei schrie und sich wand und es mehr als alles andere genau so wollte?

Das Lieben sollte das Leben möglich machen, das glaubte selbst Vetko als Teil seiner unbeugsamen Ordnung der Natur, und handelte doch anders. Das Lieben sollte das Lebendigsein bestätigen, indem es über unversehrte Körper strich und die Vielfalt ihrer Formen bewunderte allein mit dem Insektenkörpergewicht, das in einer Fingerspitze steckte und ohne die Finger zur Faust zu formen oder um Hüftfleisch zu klammern. Das Lieben war dazu da, neues Leben hervorzubringen, so hatte es doch auch sie und Vetko aus den Eltern hervorgebracht. Das Lieben und das Leben waren kein Steinbruch, an dem man sich bedienen konnte. Man durfte nur davon nehmen, wenn man die herausgebrochene Stelle wieder auffüllte, wie man den Wald aufforsten würde, wenn alle Douglastannen abgeschlagen waren.

Vetko war ihr Instrument geworden, mit dem sie sich zertrümmerte, bis sie aufhörte, sich die Frage nach dem *Woher* ihres Systemfehlers zu stellen. Bis sie vielleicht sogar aufgehört hätte, es einen Fehler zu nennen: Ein begangener Fehler und eine verstrichene Zeit ergeben eine gute Geschichte, und wer seine Geschichte erzählen kann, schließt seine Verletzung. Er erzählt seine Geschichte so lang, bis der Fehler eine helle Stelle geworden ist, die nur wenige überhaupt bemerken werden. Bis man sie selbst übersieht und sie eines Tages vergessen hat, als hätte es nie eine Stelle gegeben.

XVIII

WAS WIR TRAGEN

Das Gefühl, Vetko zu vermissen, erinnerte Mina an das Weiße Rauschen im Nachtschlaf der Fernseher in den Wohnzimmern des Dorfs: Helle und dunkle Punkte kribbelten in ihr herum, kaum je greifbare Gründe für oder gegen Vetko. Wenn Mina einen Finger spitz darauflegte, um einen Punkt zu fixieren, blitzte es unter ihrer Fingerkuppe, ein kurzer Schmerz wie ein Stromschlag, der Sommerbilder zurückbrachte: Vetko mit seinen zuckenden Hüften am Waldsee, Vetko und die Tanne im Hof und der kalte silbrige Speichelfaden aus seinem Mund in ihrem, Vetko und die Kapelle, ihr Nacken nach unten gebeugt und das Kribbeln im Gesicht von einer gierig eingeatmeten Überdosis Sauerstoff im Blut: ein Weißes Rauschen auf dem leeren Sender, wo vorher Vetko gewesen war.

Er stand vor ihrer Haustür nach Neujahr, sie schüttelte den Kopf, er sagte: »Bitte komm raus. Nur ein paar Minuten, ich zeig dir was, dann kannst du wieder gehen, wenn du willst.«

Sie trat vor die Tür ohne Mantel, eine Schranke aus Armen und ein vergittertes Gesicht vor sich hertragend. »Zwei Minuten. Mir ist kalt«, sagte sie.

Vetko öffnete eine Hand: die weiße Flasche, der letzte verbliebene Zaubertrick aus seiner Sporttasche. Er schüttelte sie sachte. Seine braunen Augen waren warm und versöhnlich. »Mina. Tut mir leid, das mit den Haaren. Das war Unsinn«, sagte Vetko.

»Allerdings.«

»Du warst noch nicht so weit.«

»Das werde ich auch nie sein.«

»Ich hätte mir das nicht wünschen dürfen. Ich habe mir was Neues überlegt. Ein besseres Ritual. Wir opfern etwas, das die anderen nicht sehen werden. Niemand muss es sehen außer uns.«

»Und dann?«, schnappte Mina. »Dann was? Machen wir so weiter wie vorher? Rumgefummel in der Scheißkapelle? Wochenlang Angst davor haben, dass Lars den Mund aufmacht und herumerzählt, dass ich halb nackt in irgendwelchen Feldern herumknie? Was stimmt nicht mit dir, du dämlicher Freak?«

»Dasselbe, was mit dir nicht stimmt«, sagte Vetko ruhig.

Die Sonne war herausgekommen. Vetko reckte das Fläschchen hoch, gegen einen lichtmürben Fleck in den Schneewolken. Am transparenten Flaschenrand schwappte eine Flüssigkeit, und auf dem Etikett war eine chemische Strukturformel abgebildet, einige schwarze Striche wie Zacken, auf denen Os und Hs balancierten.

»Du gibst mir dein Bewusstsein, nur für ein paar Stunden.« Er sagte es, wie man über einen unbekannten Gegenstand tastete, der bei Berührung zischen konnte vor Hitze oder an einem festfrieren, mit scharfen Kanten in die Finger schneiden konnte oder aus der Hand rutschen.

Sie hatte ihm schweigend zugehört, den Blick gesenkt, die Arme nicht gehoben. Unter ihnen saugte der Schnee das blässliche Hungerleiderlicht der Wintersonne in seine Harschdecke. Schnee war ein Wandelding, wie Rankstöcke und Paketseil, wie vermeintlich herrenlose Koffer an Bahnhöfen: Er konnte wie Spritzer von Eischnee aus dem Himmel fallen, mehr Luft als Form und Gewicht, und er wurde zu Regen, wenn er auf einen Puls traf und auf Blutwärme. Er konnte hart werden, wenn er sich zusammenklumpte, und Menschen die Beine brechen, wenn sie auf ihm ausrutschten. Er konnte als Lawine Bäume entwurzeln und gewaltige Breschen in den Wald schlagen. Der Schnee, das Wandelding, war wie das, was Mina ohne Vetko vermisste, was immer es war. Liebe war es nicht, oder nicht die Liebe, die sie sonst kannte: Die Liebe der Eltern mochte eine eingespielte Lieblosigkeit sein, aber sie war vorhersehbar und, wenn der Zigarettenrauch am Rücken der Mutter sich verzogen hatte, doch nie zu Ende gedachter Zweifel, und Schlafzimmertüren öffneten sich jedes Mal wieder einen Spaltbreit, und der Fernseher im Wohnzimmer blieb in der Nacht aus. Das mit Vetko war unbeständig und flackerte in ihr auf und wieder ab. Es war weder auf Weichheit noch auf Festigkeit festzulegen, war weder verlässlich harmlos noch verlässlich gefährlich. Und es war notwendiger, als sie sich eingestanden hatte.

»Ich trinke das und werde ohnmächtig?«, fragte sie.

»Ja«, erklärte Vetko, plötzlich geschäftig, »das ist Gamma-Hydroxybuttersäure, habe ich aus dem Internet. Es ist nicht schlimm, du wirst ein bisschen euphorisch sein und dann dösig.«

»Und dann was?«, fragte Mina in scharfem Ton. »Ich gebe also mein Bewusstsein. Und was zum Teufel gibst du?«

Vetko ließ die Flasche sinken, sie sahen beide seinem Arm zu, wie er hinabsackte, ein lang gezogener dünner Gedankenstrich in zu kurzen Mantelärmeln, und als er zu Ende gesunken war, antwortete er: »Du kapierst das alles nicht, oder? Du hast das immer noch nicht verstanden.«

Er ließ die weiße Flasche auf den am Straßenrand aufgehäuften Schneeberg fallen, Taubners Schaufel steckte noch kopfüber darin und ein Zettel mit seiner Handschrift am Griff: *Immer wieder gern*, mit Filzer und sieben Ausrufezeichen wie aufgereihte Hockeyschläger.

Vetko umfasste den Griff, zog die Schaufel heraus und wog sie in der Hand. »Gewicht«, sagte er. »Es geht um die Verteilung von Gewicht. Ich trage etwas für dich, und du trägst etwas für mich. Wenn du die Tropfen nimmst, trage ich die Verantwortung für dich.«

»Und was trage ich?«, fragte sie.

»Das Gewicht, mir zu vertrauen«, erwiderte Vetko und lächelte ein knappes, geducktes Lächeln. »Aber du willst das ja auch alles nicht verstehen, nicht wahr? Weil du gar nicht weißt, ob du mich willst, so seltsam, wie ich bin. Dabei bin ich der Einzige, der ein bisschen was verstanden hat davon, wie die Dinge laufen. Der Einzige hier.« Seine schmale Oberlippe war beim Sprechen so steif vor Wut und Kälte, dass er die Laute nicht mehr ordentlich modulierte und verwischen ließ. Eine Kapitulation. Vetko gab auf. Er steckte die Schaufel zurück in den Schneehaufen und wandte sich zum Gehen. »So geht doch Liebe«, rief er über die Schulter zurück und am hochgeklappten schwarzen Mantelkragen vorbei. »So ist es immer schon gegangen: Einer fügt zu, und der andere nimmt auf. Sie müssen sich«, und hier bog er um die Kurve und Mina konnte ihn kaum noch hören, »nur einig sein.«

Als Mina zurück ins Haus ging, stutzte sie. Auf dem schneehellen Boden stachen ihr Zeichen entgegen: Hs und Os und schwarze Striche auf dem Etikett einer weißen Flasche.

XIX

DER PUNKT, UM DEN WIR DREHEN

Das Tier würde sich nicht mehr bewegen. Ein Huf hing, gestreckt zur Flucht, in der Luft. Die beiden waren so nah herangekommen, dass sie die Feuchtigkeit auf dem Rand seines Unterlids schimmern sahen, aber es bewegte sich nicht. Robert fluchte.

Für jede Lücke hatten sie ein Wort gefunden. Der Berg an der Stelle, wo Stein fehlte? Höhle. Der Teil der Wälder, wo kein Wald wuchs? Lichtung. Der Zustand der Oktobernüsse vom Walnussbaum neben dem Gemeindezentrum, die eine schwarzschrundige Schrumpelfrucht enthielten anstatt fettiger Nusshirne und kein Geräusch machten, wenn sie sie schüttelten? Taub. Der Ort, wenn man aufgehört hat, an einem Ort zu sein? Tod. Sie hatten jede Leere aufgefüllt, indem sie sie bezeichnet hatten: Eine Handvoll Silben hatten sie wie Gipsmasse in die Leerstellen der Welt gedrückt und erhärten lassen. Den Abdruck hatten sie sich auf ihre Schreibtische gestellt wie Briefbeschwerer und hatten seine Umrisse in Wörterbücher übertragen und sich wegerklärt, was gefehlt hatte.

Mina sah die Lückenwörter in einem Gitter auf Zeitungspapier, ein Kreuzworträtsel des Verschwundenen und Nie-Dagewesenen. Ihre Ordnung ohne Vetkos Regeln: eine offene Reihe im Gitter.

Nachts lag sie wach und stellte der Zimmerdecke mit den grauen Kleberpunkten abgefallener Leuchtsterne Fragen: Wie sie lieben würde, wenn sie liebte, wie die anderen liebten. Ob sie so lieben konnte, ob das überhaupt ging. Ob die Stelle leer blieb, unbeschrieben und ohne ein Wort der Bezeichnung. Ob sie das Wort nehmen und wie eine Brosche am Jackenaufschlag tragen musste, das man ihr dort in die Hand gedrückt hatte, wo Vetko seine K.-o.-Tropfen bestellt und sie die Armee der Kopflosen gefunden hatte:

P
E
R
V
E
R
S

In der Schule benutzten sie alle – alle, außer Mina – das Wort sehr häufig, mal anerkennend – *Pervers gute Musik hörst du!* –, mal entsetzt – *Pervers schwerer Mathetest.*

In jedem Fall war »pervers« ein verstärkender Zusatz, wie »krass« oder »heftig«. Jedes Mal, wenn sie es hörte, zuckte Mina zusammen, als hätte sie einer ertappt bei irgendwas, einem Gedanken, einem Nachmittag mit Vetko, und sie wusste, dass sie dieses »pervers« anders gebrauchen würden. Sie wollte so gern wissen, wen sie lieben könnte, wenn ihr Defekt aufgehoben war, wenn sie ihn ganz einfach ausgeschaltet hatte. Sie stellte es sich vor und schob den Gedanken langsam über ihre Zunge wie einen Zuckerwürfel, schon weich und angelöst von ihrem Speichel, den die Gier vermehrt hatte: Sie könnte jeden lieben.

Eigentlich war es bis dahin gut gelaufen. Das Fadenkreuz war über ihren Köpfen von Stamm zu Stamm geglitten und hatte sich mit jeder Wendung von Roberts Blick nach rechts oder links bewegt: der Punkt, um den sie beide drehten. Dicht neben Robert, ihre Hüfte an seinem Ellenbogen, hatte sie gesehen, dass das Flattern seiner Nasenflügel beschleunigte, je weiter sie in den Wald vordrangen.

Die Anspannung hatte sich in Roberts schönem Gesicht gesammelt, über den dichten, zusammengezogenen Augenbrauen, und seinen großen Mund halb geöffnet hängen lassen. Ganz hinten, weit, weit hinter den Bäumen und dort, wo meerschaumgrüne Roggenfelder sich auf offener Fläche hoben wie Wellen, hatte Mina dann den Hirsch gesehen. Sie hatte Robert auf die Schulter getippt, ein Fingerzeig in Richtung des Tiers.

Robert hatte stumm genickt, sie waren vorangeschlichen, das Fadenkreuz vor ihnen schwebend wie ein rotes Spinnennetz. Sie hatten hinter einer Gruppe von niedrigen Tannen gekauert und gewartet. Der Hirsch tippte unschlüssig mit den Vorderbeinen, wandte ein vielendiges Geweih an den bulligen Muskeln seines Halses hin und her. Mina drückte sich an Robert, dessen Nasenflügel sich nicht mehr bewegten, seine Augen festgesogen an den Flanken des Tiers. Er legte an.

Der Hirsch brachte sein Geweih zum Boden, die Schnauze fast über dem Gras, da ging der Schuss, ein rundes Loch im braunpelzigen Hirschbauch, vier Beine knickten weg, und ein massiger Rumpf brach darüber zusammen und sank zur Grasnarbe. Robert hechtete aus der Böschung: Es zählte doppelt, wenn man das Geweih mitnahm, doch da blieb der Wind in den Zweigen der Tanne hängen, die sich hinter Robert nicht mehr zurückbogen, und das Bild stand fest. Nichts rührte sich mehr: nicht der Hirsch, nicht die Zweige. Und besonders nicht die Reihe von gelben Zahlen am rechten Bildrand. Der Hirsch, den Huf in der Luft, lag direkt vor ihnen, und die hundertzwanzig Punkte, die zwischen den Ästen seines Geweihs blinkten, wurden mit dem Bildschirm schwarz.

Robert stöhnte auf und ließ die graue Plastikniere los, mit der er gesteuert hatte. »Nichts zu machen«, brummte er resigniert. »Ich hab Lohwieser schon hundert Mal gesagt, er soll die Technik auswechseln, die taugt nicht mehr. Macht er aber nicht. Lohnt noch nicht, hat er gesagt, frühestens nächstes Jahr. Dabei hat er mit der Halle schon letzten Sommer alle Kosten eingespielt. Geiziger Hundesohn.« Er reichte ihr die Wasserflasche. »Willst du den letzten Schluck?«

Mina schüttelte den Kopf. »Nimm du, ich glaube, du solltest mal besser.« Mit dem Zeigefinger malte sie eine Brille um seine Augen.

Er lachte. »Habe ich wieder halb China da drin? Wie fürsorglich. Danke.« Er kippte den Kopf zurück und schüttelte den letzten Tropfen aus der Flasche.

Nicht China, dachte sie. Für sich hatte Mina das immer *die Wüste* genannt: Wenn Robert zu wenig trank, wurde das Weiße in seinen Augen gelb, wie der Klebereis bei Lu's Asia-Imbiss, oder eben wie Wüstensand. Roberts Augen jedenfalls ließen eine Sahara zwischen sie beide rieseln, über die Spitzenkronen des Schwarzwaldes rieselte der Sand und lag fremd und gelb auf dem deutschen Schnee. In der Fremdheit von Roberts Augen konnte Mina sich wiederfinden. Sie hakte sich bei ihm unter.

Vor der Halle, aus der sie traten, lag eine feine weiße Decke über dem deutschen Moos, und in der Muttererde darunter streuten Hallimasch, Fette Henne und Butterpilz ihre Sporen und umwoben mit unsichtbaren Netzen das ausladende Wurzelfleisch kanadischer Douglasien, deren feste Fasern in diesem Moment von einem Sondertrupp von vierzig Waldarbeitern mit Hacken durchtrennt wurden, die fremden Wurzeln entfernten aus schwarzwalddeutscher Erde. Lu brachte den Arbeitern in den Mittagspausen Klebereis mit Huhn und Bambus, und über den zerhackten Wurzelstücken und umgestürzten Baumkronen am Waldboden duftete es sanft nach Curry. Nur wenige Hundert Meter davon entfernt, bei Lohwiesers Halle am Waldrand, verdünnte Robert das seltene Defektgelb in seinen Augen mit Sprudelwasser, und Mina hoffte, bald mit Roberts durch all das Sprudelwasser sehr flüssigem Speichel in ihrem Mund ihren eigenen Defekt so sehr zu verwässern, dass seine Spuren sich irgendwann verlieren würden.

Lohwiesers Jagdsimulationshalle hatte Robert vorgeschlagen. Eine Woche darauf standen sie nebeneinander in Taubners Bogenschießanlage. Mina zielte mit dem Bogen, der sehr viel schwerer war, als er ausgesehen hatte, auf ein Rad aus Stroh. Sie hatten sich noch immer nicht geküsst, der Pfeil segelte in einer ungeraden Schliere durch die trockene Hallenluft, die Minas Lippen bröselig machte. Mina spürte ihre Lippen deutlicher, je mehr Robert sie nicht küsste. Sie versuchte, nicht auf seinen Mund zu starren während all dieses Nichtküssens, sondern konzentrierte sich auf die

Zielscheibe vor ihr, rot und rund wie Roberts voller Mund. Sie spannte einen neuen Pfeil ein und zog den Oberarm zurück, bis er schmerzte, den Punkt fixierend, um den sie beide, Mina und Robert, sich drehten: Der Pfeil sirrte, hielt seine Bahn und steckte im äußeren Ring der Zielscheibe, das Zittern ihres Arms darin gespeichert und im unruhigen Nachbeben des Pfeilfederschweifs wiedergegeben. Diesmal würde sie ihn küssen.

Robert nickte anerkennend. Sein Arm, ruhig und kontrolliert, zog in einer fließenden Bewegung seinen Pfeil an der Sehne weit zurück, viel weiter, als Mina es geschafft hatte. Er schloss beide Augen, atmete. Öffnete das rechte und verlängerte den Sehstrahl seines Blicks so exakt mit dem Flug des Pfeils, dass er beinahe genau in der Kreismitte landete, steckte, nicht nachzitterte. Robert legte den Bogen zur Seite und streckte sich, der Brustkorb unter dem Hemd ließ die Knopfleiste spannen. Unter den Armen färbten Schweißkreise den Stoff dunkel und rochen nach etwas, das nicht in Taubners Bogenschießanlage gehörte. Roberts Kreise rochen wie der Schweiß von jemandem, der Knopfleistenhemden zum Bogenschießen trug und mit sechzehn Sandelholzöl für sein Brusthaar benutzte: frisch und nach Frucht, wie reife Zitronen, die am Markttag unter einen der Tische gerollt und dort liegen geblieben und später auf dem Pflaster von Füßen in Sandalen zertreten worden waren. Es war ein südlicher Schweiß, der nichts gemein hatte mit den Gerüchen dieses Ortes und mit dem, was hier von Sandalen zertreten wurde: bissiger Sauerampfer und bitteres Springkraut in den Wiesen um den Fluss und kalte Hundekotschnecken unter dem Schnee an der Bushaltestelle, wo man frierend eine Dreiviertelstunde auf und ab hüpfte bis zum nächsten Bus. Sie stellte sich vor, wie sie einen Finger auf Roberts Kreise legen würde in die warme Nässe, wie ihr Finger nach Zitronen schmecken würde, wenn sie ihn ableckte. Sie konnte nicht aufhören, Roberts Achselhöhlen anzusehen.

Taubner hatte sich nach Kräften bemüht, Lohwiesers Jagdsimulationskunden in seine Halle zu locken, die genau neben Lohwiesers Halle stand: ein großer Blechcontainer mit Welldach, fensterlos und künstlich beleuchtet. In der Mitte der Halle standen die Zielscheiben aufgereiht, dazwischen hatte er mit oranger Leuchtfarbe die Schussbahnen markiert. An den Hallenwänden entlang zog sich eine Galerie von starren Zuschauern: Bergziegenköpfe, das Sägemehl, mit dem sie gestopft waren, noch in den Ohren, längliche Wiesel mit blassen, wässrigen Glasaugen, vier Rehe, zu einer Herde um den Getränkeautomaten gruppiert, und schließlich, neben Roberts und Minas Bahn, ein Eber, dessen Stoßzähne zur Hallendecke gerichtet waren und so seinen Nacken in ein ledriges Feld von Speckwülsten legten.

Robert ließ die Arme sinken und begutachtete den Eber. »Mit Miro habe ich mal so einen geschossen«, sagte er. »Dabei wollten wir den gar nicht richtig treffen, wir wussten überhaupt nicht, wohin mit dem Vieh. Wir haben versucht, wenigstens die Hauer abzusägen, mit so einem winzigen Taschenmesser von meiner Schwester, es hatte einen glitzernden Plastikgriff und ist dann abgebrochen. Zwei Typen neben einem toten Wildschwein mitten im Wald mit kaputtem Kindertaschenmesser, wir haben es mit der Angst gekriegt, dass uns einer sieht, und wollten das Schwein ins Unterholz zerren. Wir konnten es nicht bewegen, keinen Millimeter. Also sind wir abgehauen und haben gebetet, dass die Marder und Füchse die Ersten sind, die es entdecken.«

»Ich wusste gar nicht, dass du mit Miro befreundet

warst«, sagte Mina, die der Name mehr aufhorchen ließ als irgendein toter Eber. »Kanntet ihr euch gut? Hörst du noch von ihm?«

Robert sah Mina aufmerksam an, vielleicht zum ersten Mal, seit sie ihre Treffen angefangen hatten, in diesen Jagdsporthallen und manchmal im Anker an Spätnachmittagen, wenn dort nur die Früchte und Kronen und Rosen und gekreuzten Pistolen der Spielautomaten ihr Licht durch die abgestandene Dunkelheit hinter den Kneipengardinen pumpten und der Wirt Polierpaste auf die Zapfanlage drückte und verrieb und mit vom heißen Putzwasser geröteten Fingern Wechselgeld aus seinen Papierröllchen schälte, bevor er Robert und Mina und sich Anislikör in Fingerhutgläser schenkte. Die je drei Kaffeebohnen darin zersplitterten zwischen ihren Zähnen und blieben hängen, bei Mina jedenfalls, nicht bei Robert. Seine Zähne behielten ihre weiße Glätte und spiegelten die Lichter der Früchte, Kronen, Rosen und Pistolen, die hinter Mina blinkten.

»Das wollte ich dich fragen«, sagte Robert und versenkte seinen Blick in den Nackenwülsten des Ebers. »Du und Vetko, ihr seid doch …«, er streckte den Satz in eine Pause und sah zu ihr, »… Freunde«, und stolperte dann übereilig weiter, auf irgendein Ziel zu, das Mina noch nicht sehen konnte. »Ich wollte nur wissen, ob du was von Miro weißt, über Vetko, meine ich.« Als er Miros Namen nannte, zog er die Augen von Mina ab und bohrte sie wieder in den Ebernacken, so tief, wie es ihm möglich war, ohne dass die Augäpfel ihre Höhlen verließen und Roberts blickloses Gesicht vom Taubner mit Glausaugen bestückt und der erstarrte gesamte Robert neben der Rehherde aufgestellt werden würde.

»Vetko und ich sind keine Freunde.« Minas Antwort war

noch steifer und von der Lüge mottenzerfressener als jedes Reh, Schwein und Wiesel um sie beide herum. Sie versetzte Robert das schussschnell und bleikugelendgültig, und Robert setzte sich schwer auf den Boden vor den Eber und fing das Schluchzen an.

Da verstand sie. Roberts Tränen spülten ein unsichtbares Beweisstück nach oben, das er mit sich herumgetragen hatte. Die Erschütterung seines Körpers ließ die vielleicht zwanzig Dosenlaschen aus Aluminium klimpern, die an einem Schlüsselring an seiner ledernen Geldbörse befestigt waren und aus seiner Hosentasche herausbaumelten. Mina kannte diesen Bund, und jetzt fiel ihr ein, bei wem sie ihn zuerst gesehen hatte: Robert trug Miros Geldbörse und Miros Dosenlaschen, an dem angeblich jede Lasche für ein Mädchen stand, mit der er geschlafen hatte – *aufgerissen*, wie er das genannt hatte. Der Schmerz, mit dem Robert Vetko beim Sportunterricht zugesehen hatte, galt nicht ihm, sondern dem, der ihm ähnlich sah, weil er sein Bruder war. Und während Minas Punkt, um den Robert und sie sich drehten, sein voller roter Mund gewesen war und die Kreise unter Roberts Achselhöhlen, die die sie mit dem Zeigefinger, mit der Zunge berühren wollte, war Roberts Drehachse ein kleines O gewesen, das gedehnt gesprochen wurde am Ende eines Namens: Miro.

Teil II

XX

WURMGÄNGE

Malene war die Erste von ihnen gewesen, die ging.

Es war zwei Wochen nach Neujahr, der letzte rote und gelbe Rauch der Silvesternacht stand in der Kälte gefangen noch immer als Nachbild über dem Tal, und die Körper, aus denen er gestiegen war, lagen als nasse Hülsen unter altem Schnee und bleckten die Leuchtfarben ihrer Pappen wirkungslos gegen den grauen Kehricht der Straßenränder. Im Straßenrandschnee auf dem Parkplatz leckte das Streusalz Malenes bunten Rock hoch und fraß weiße Bögen in den dünnen Saum, Malene rieb die Fußknöchel darunter aneinander, sie fror. Im Hintergrund kratzte ihr Vater mit einem Geräusch wie knirschende Zähne das Eis von den Autoscheiben. Mina schluckte. Eine Scheibe blieb noch bis zum Aufbruch, eine Scheibe, dann würde Malene einsteigen, der Vater die Koffer verstauen, den Schlüssel im Zündschloss drehen.

Mina fragte: »Was machst du in Indien?« und »Und die Prüfungen?« und »Bist du sicher?«. Sie sagte nicht: »Bitte bleib doch, bleib hier.« Und Malene sagte und hielt ihre eigene schwankende Stimme dabei so fest umklammert, dass ihre Finger krampften und die Knöchel weiß hervortraten: »Mangos pflücken« und »Ja« und »Hole ich nach«. Dann schob sie hinterher, als wäre es ihr gerade erst eingefallen: »… und Fabian vergessen.« Sie fiel Mina weinend um den Hals, und schließlich war die letzte Scheibe freigekratzt, und Mina sah Malenes Kopf und Malene Minas Kopf durch die Heckscheibe hinterher, durch das freigekratzte Viereck, das nach wenigen Metern von Malenes Atem beschlagen war. Mina zog die eiskalte Hand erst zurück in den Mantelärmel, als sie das Auto auch wirklich nicht mehr sehen konnte.

Fabian hatte Malene verlassen mit der größtmöglichen Grausamkeit: ohne die Angabe auch nur eines einzigen Grundes. Das Fehlen eines Grundes jedenfalls gab Malene Gründe genug: einen Grund für ein Jahr auf einer Mangofarm in Südindien und für alles, was neu und hoffentlich anders werden würde in diesem Jahr; und endlich einen Grund, ganz ohne alle Gründe einfach mal dafür zu sein: fürs Dafürsein im Allgemeinen.

Malene flog von Stuttgart nach Jaipur, One-Way, mit zwei Koffern und einer großen Entschiedenheit. In Jaipur stieg sie in ein Taxi, das die beiden Koffer auf dem Dach und Malene mit vier anderen Passagieren auf dem Rücksitz aus der Stadt hinausfuhr. An einer Haarnadelkurve eines besonders engen Staubsträßchens, wo die Straße, die aus Löchern und Rissen und Spalten bestand, die vom Teer gerade noch zusammengehalten wurden, nahm Malene die beiden Koffer vom Dach des klapprigen Taxis und ging die letzten elf Kilometer zu Fuß, das Leder der Koffergriffe rieb in ihren Fäusten.

Eine Weile stand sie schweigend und erschöpft vor dem weißen Zaun vor dem Hauptgebäude der Farm, der mit krummen Nägeln und Spiegelsplittern und verbogenem Altmetall gespickt war und seine Scharfkantigkeit sehr unversöhnlich und wenig einladend in die heiße Luft stach.

Ich glaube, schrieb Malene im Februar an Mina, *mit der Liebe ist es ein bisschen wie mit dem Reisen. Eine Reise muss man erst ganz zu Ende machen, und ob sie das Geld und das Kofferschleppen und den Durchfall auf der Zugtoilette wert gewesen ist, wissen wir erst, wenn wir wieder zu Hause sind. Wir werden immer erst vom Ende der Liebe aus verstehen, was für eine Liebe es gewesen ist. Die beste Liebe ist die, die beiden das Gleiche antut. Die schlechteste die, die keinem etwas tut.*
Hier rauchen sie gezuckerte Zigaretten mit Gewürzen Die Lippen werden ganz taub davon. Die Frauen dürfen nicht rauchen, ich mache es heimlich bei den Kühlanlagen. Nach drei Zigaretten kann ich mir auf die Lippen beißen, bis es blutet, und merke es nicht. Du würdest das mögen: wie die Gewürze knistern, wenn sie verbrennen.

Malene ging auf das Holzschild am Tor der Farm zu. Sie kniff die Augen zusammen und blinzelte heftig, aber die wilden Bögen und Striche aus gelber Farbe wollten sich auch aus der Nähe nicht zu etwas zusammensetzen, das auf Malene eine einladende Wirkung haben könnte. Sie fühlte sich nicht angesprochen von den Zeichen, sie hätten genauso gut Beschimpfung sein können oder Warnung, *Scher dich weg* oder *Bissiger Hund*, aber die Bögen tanzten weiter durch die schmirgelnde Hitze, ihr Nasenbein entlang auf krummen Beinchen und marschierten über ihre verschwitzte Stirn und den Haaransatz, in den trockene Winde einen Flaum aus roter Erde und Sand geblasen hatten.

All die Bögen auf dem Holzschild klammerten sich hinter Malenes Stirn wie eine Hasenfalle zusammen und drückten ihr von innen den Kopf so auf, dass Malene sich nicht nur vom Kopfschmerz gespalten fühlte. Der Spalt verlief jenseits wilder gelber Bögen auf Schildern an Farmtoren, und sie sah ihn im Zickzack den rissigen Wüstenboden aufreißen und in irrer Geschwindigkeit zum Horizont davonjagen, auf ein Ziel zu, das bunte Holzschindeln um gebückte Häuschen trug und sich im Schattenwurf eines Heers schwarzer Bäume duckte.

Die Zickzacklinie kam an einen Gartenweg ohne Moos zwischen den Natursteinfliesen, sie sprang ihn entlang und in das Schindelhaus hinein, das an ihn anschloss, und kletterte als feiner Haarriss im Verputz die Innenwände hoch bis in ein Zimmer im ersten Stock, in dem Mina saß und die Augen zusammenpresste, eine weiße Flasche mit Zeichen in der Hand.

In der aseptischen Klarheit dieser chemischen Strukturformel schlug ihr Vetkos Vorschlag entgegen wie Kellermoder: K.-o.-Tropfen trinken für die Liebe. Eine Mutprobe wie aus dem amerikanischen Fernsehen. Gern hätte sie das »pervers« genannt, wäre der Begriff noch frei gewesen und nicht so nah an etwas gebunden, dem Mina lieber hakenschlagend auswich.

Sie drehte die Verschlusskappe ab und roch: nichts. Sie setzte die Flasche an den Mund und schmeckte: nichts – ein Nichts, das nach einer halben Stunde raumgreifend wurde und alle Gedanken zur Seite schob, deren Gesamtsumme Minas Bewusstsein ausmachte. Das Bewusstsein saß kurz lose an den Rändern ihres Schädels, hangelte sich an dem Zopf herunter, der nicht mehr der Zopf war, den Vetko ihr geflochten hatte, sondern bloß Haar und Band. Ihr Bewusstsein schaukelte eine Weile daran hin und her und sprang mit einem Satz ab, dessen Nachschwung sie rückwärts auf ihr Bett fallen ließ, die Augen nach innen gedreht, und über dem Weiß der Augäpfel hingen die Lider herunter und schlossen sich flatternd.

Malenes Rechnung hatte so ausgesehen:

Mit dreizehn hatte sie angefangen zu sparen. Für jedes einzelne Mal, das sie sich von zu Hause fortgewünscht hatte an einen Ort, der eigentlich kein richtiger Ort war, sondern eine formbare Ortlosigkeit in einem nur mit Bleistift umrissenen Wunschland namens Indien, hatte Malene ihren Geldbeutel aufgerissen und seinen Inhalt über der Kaffeeblechdose ausgeschüttelt. Und als sie voll war mit nach Kaufhauskaffee riechenden Münzen und Scheinen und Malenes Eltern eine ganze Menge geruchloses Geld von der Bank dazugelegt hatten, schraubte Malene die Kaffeedose auf und drehte sie um und flog vor Fabians fehlenden Gründen davon: auf der Suche nach neuer Erde, noch nicht festgestampft wie die Muttererde unter den Elternhäusern des Dorfs. Eine Erde, die locker auflag und in der sich noch graben ließe. Für jedes Mal, das die Fichten und Tannen zu erbarmungslos schwarz gewesen waren, ein launenhafter Frühling zu lang mit ihr Verstecken gespielt hatte, die Gassen zwischen den Schindelhäusern zu eng zusammengerückt waren, sodass ihr Brustkorb sich beim Luftholen schon am Holz des Nachbarhauses rieb, legte Malene hundert Kilometer zurück, bis sie bei Kilometer achttausend im Sand der Wüste Thar landete und die Muttererde nicht mehr braun und feucht war, sondern rot und staubig wie das Holzmehl, das aus den handbemalten Aussteuerkisten in den Stuben des Schindelhausdorfs rieselte, wenn die Würmer darin für jedes Mal, dass ihre leeren Wurmmägen rumorten, einen Zentimeter Wurmgang in das Truhenholz fraßen. So glich Malenes Rechnung der der Würmer: Man beglich jeden Schmerz, den man fühlte, mit einer zurückgelegten Strecke.

Als Mina wieder zu sich kam mit einer Zunge welk von langem Schlaf und einem Schläfendröhnen, als hätte sie zu viel Kaffeebohnenschnaps getrunken, war ihr kalt. Sie tappte schwindelig zur Heizung und drehte sie auf. Mit den noch schlafstarren Fingern, die im Sommer hitzefett waren und jetzt blaumager im ausgekühlten Zimmer, fuhr sie über die abgesprungenen Placken weißer Farbe am Heizungsrohr, das allmählich warm wurde. Das Heizungswasser gurgelte schwachbrüstig vor sich hin, nur Mina und ein müdes Wasser in alten Rohren und die Würmer im Holz waren wach im Haus, draußen die Nacht.

Das Wasser rumpelte durch seine Rohre, die Holzwürmer raspelten sich durch ihre Gänge, im Gebälk des Dachstuhls und in Minas Kleidertruhe, die ihre Großmutter ihr geschenkt hatte. Sie war mit roten und gelben Blumen bemalt worden, aber es schien egal zu sein, durch welche Blumen die Würmer sich fraßen, übrig blieb immer: roter Staub.

In dieser Nacht, zurück im Bett und nichts gelöst durch den erzwungenen Schlaf von Vetkos Tropfen, sah Mina die Holzwürmer, wie sie durch ein bröckelndes System von Gängen krochen, die Wurmgenerationen vor ihnen angelegt hatten, deren Verlauf sie nicht mehr ändern konnten, nur breiter fräsen, was schon ausgehöhlt war, und ihr Holzstaub, den sie hinterlassen würden, wäre ebenso rot wie er immer gewesen war. Und wenn sich ein Mensch in einer kalten Januarnacht über die Staubhäufchen in den Ritzen ihrer Holztruhe beugen und darauf pusten würde, wären sie mit einem Atemstoß davon und verschwunden.

Frühjahr und Sommer verschwanden wie fortgeblasen von den trommelförmig aufgespannten Backen einer rastlosen Zeit. Mina umarmte Robert, der Miro vermisste, Mina vermisste Malene, die Fabian vermisste, und aß die Schulbrote ihrer Mutter und schrieb ihre Prüfungen, sie übersah Vetko erst bemüht und bald automatisch. Malene schickte Postkarten von der Mangofarm, und in sonnenverblichener Tinte krochen dort Riesenschlagen in die Farmküche und wurden mit Stühlen erschlagen, und Malene schirmte dabei zuerst noch erschrocken ihre Augen ab, und ab April hob sie selbst einen Schemel hoch über ihren Kopf und warf die Schlangenreste den Hunden hin, die sie sich in die Hälse rissen, mit dem Kopf zuerst die Sandrasselottern, mit dem Schwanz zuerst die Vipern, deren Köpfe in den Mäulern der Hunde sperrten. Danach war Papayasaison, und Malene legte sie in Essig und Salzlake und steckte sie in Schraubgläser und fror sie ein, bis das Kühlsystem im schweren Regen ausfiel und im Farmkeller vierhundert Papayas gärten und Sandfliegen anlockten, die Malene an die Fliegenzeit zu Hause erinnerten und weinen ließen, weil sie nicht nur Erinnerungen weckten, sondern auch stachen. Dann begann sie aus den Gärfrüchten Schnaps zu machen und bedauerte, dass Mina ihn nicht probieren konnte, aber die Papayapostkarte, die sie schickte, war ein bisschen klebrig, und Mina stellte sich vor, dass Malene sie mit saftbeschmierten Fingern geschrieben haben musste, eine knisternde Gewürzzigarette in der anderen Hand.

Im September zog der erste verzagte Herbstwind durch die gesträubten Nadeln der Tannenschonung und durch die Douglasie im Schulhof, die letzte, die sie noch übrig gelassen hatten, und pustete schließlich ein Mal kräftig auf Mina und die anderen und die ganze Truppe in alle Winde davon: Robert zu Miro in die Clubs der alten Zechenstädte und in einen Hörsaal, wo er jeden Tag versuchen würde, in den Bänken zumindest aufrecht zu sitzen, während er den Schlaf nachholte, den Miro ihm nicht ließ, und er würde lächeln, sehr breit lächeln, während er immer tiefer in seinen Sitz sank. Er hatte schnell Anschluss gefunden, tanzte mit Miro und seinen Freunden, eine Gruppe von Männern mit Knopfleistenhemden, die sie nach Mitternacht aufknöpften. Auf die Brustbeine tropfte von der Decke die Flüssigkeit, die im Dampf der schwitzigen Körper und in den kalten Wolken der Nebelmaschine nach oben gestiegen war, und die Haut der Männer leuchtete im Schwarzlicht des dunklen Raums auf, in dem es von blau schimmernden Dreiecken geöffneter Hemdausschnitte wimmelte: Haifischflossen, die einander umschwammen, einkreisten, berührten.

Das gleiche Geschlecht zu lieben erschien Mina so viel einfacher als das, was sie liebte: etwas Körperloses, das sich jenseits von Alter und Schönheit aufhielt – Kategorien, die in ihrem Lieben über nichts zu entscheiden schienen. Minas Lieben war weder gleich- noch gegengeschlechtlich, es war geschlechtslos. Es verhandelte einen Gegenstand, der nicht in den Geschlechtsteilen saß: Macht und Disziplin, Befehl und Gehorsam, Schmerz und Ohnmacht saßen im Kopf, und sie ließen sich kaum dingfest machen mit einer bestimmten Art der Kleidung oder einem weichen Hüftschwung beim Gehen. Das, was Mina suchte, konnte sie den Männern von außen nicht ansehen. Sie beneidete Robert, der häufig spät in der Nacht noch anrief. Durch das Telefon klang er außer Atem und gleichzeitig so, als brauche er weder Schlaf noch Atemluft. Immer war er gerade erst vom Tanzen oder von Miro nach Hause gewirbelt und eigentlich nur mit den Beinen durch die Tür und mit den Händen am Hörer, aber mit dem Kopf noch nicht da, und mit den Lippen, die mit Mina sprachen, war er sowieso bei Miro.

Mina wehte es in eine Stadt nicht weit von Roberts entfernt. Es war eine Stadt mit leer stehenden Autofabriken und verlassenen Lackierwerken, in denen Männer Frauen in zerrissenen Kleidchen fotografierten oder man bei sich schnell drehenden Lichtkegeln auf Raubetonböden tanzte, die von vielen Fußsohlen zu rutschigen Flächen geschliffen waren, glatt wie frische kalte Butterblöcke, und die Schallwellen der kühlschrankgroßen Boxen glitten durch die Böden hindurch wie Messer. Die Tanzflächen heilten sofort wieder zu nach dem Angriff der Musik, ganz so, als wären sie mit lebendigem Fleisch belegt, das pulsierte, aufgeschnitten wurde von Bässen und spitzen Absätzen, und Mina spülte die Tabletten mit den keilförmigen Zeichen mit blauen und grünen Drinks herunter und starrte auf diese lebenden Böden, auf denen sie sich alle wiegten.

Um Minas Stadt herum zog sich eine Kette von stillgelegten Brüchen und gefluteten Baggergruben, die im Herbst ihrer Ankunft wie mit Zinn beschlagen dalagen in einem von einer längst nicht mehr abgebauten Kohle getrübten Licht. Das Fettschwarz der alten Kohlen schmierte sich auch ein Jahrzehnt später auf die Scheibe der Sonne über der Stadt und das Licht über den Zechen, Gruben und Tanzhallen blieb diesig, wie es immer gewesen war.

Nur Vetko ging nicht. Vetko blieb einfach dort, als die anderen endlich in die Städte gingen. Während sie mit dem Gefühl des Durchstoßens einer zu niedrigen Decke aus dem Wald traten und die holzbeschindelten kleinen Häuser zurückließen, die in überschaubaren Grüppchen in die schwarzen Hänge hineingekleckst waren und in denen ihre Eltern hinter krausen Spitzengardinen an Eichentischen vor ihren belegten Kümmelbroten mit Blutwurst saßen und sich den Kopf zerbrachen, was man mit Gender Studies im Hauptfach und Amerikanistik im Nebenfach denn anfangen könne, blieb Vetko. Er blieb, wo er war, und saß mit seinem Vater und seiner Mutter am Eichentisch und kaute langsam auf einem Stück Knorpel, das nicht weicher wurde. Aber Vetko schluckte es irgendwann herunter und biss ein weiteres Stück Brot ab und kaute, und sein Vater trank Malzbier in großen, gluckernden Schlucken, sonst war es still.

Vetko stand, vom Wind unbeleckt und weit weg von den neuen Städten und den Reisezielen und WG-Küchen und Mensatischen der anderen, zwischen dem verlassenen Kohlenmeiler im Nordwald hinter Taubners Revier und der noch verbliebenen Douglasie im Schulhof und tat, als würde er nicht hinter ihnen hersehen. Er drehte ihnen den Rücken zu und spazierte mit hochgeklapptem Mantelkragen um den Kohlenmeiler, in dem das Feuer schon lang keine Buchenscheite mehr zu Asche fraß. Irgendwann einmal musste es aus dem Meiler kratzwollegraue Rauchringe um eine blasse Schwarzwaldsonne geblasen haben, aber jetzt wollten sie es hier hell haben und schlugen Douglasienschneisen in den Forst und verscheuchten die letzten Schatten des Rauchs und der Schmiere, genau wie in den Zechenstädten. Man wollte seit Jahren ein Museum aus dem Meiler machen, für das sich aber kein Investor fand, und Vetko schlenderte um die Hütte, er bestellte in weißen Pappschachteln Gemüse und Reis bei Lu, und als er seine Runde zu Ende gelaufen war und auf der Schulhofmauer an den faserigen Sprossen von geschlagenem Bambusrohr kaute, kamen drei Waldarbeiter mit Helmen so gelb wie Lus eingelegte Asiasprossen, und fällten die letzte Douglasie.

Sie zogen mit Kreide einen Kreis um den Baum, in dessen Durchmesser eine liegende Douglasie zweimal Platz gefunden hätte, und weil die Mauer innerhalb des Gefahrenbereichs einer fallenden Douglasie lag, scheuchten sie Vetko dort weg. Er nahm seine Pappschachtel, in der die Bambussprossen inzwischen kalt geworden waren, und verzog sich zur Eingangstreppe. Einer der Männer ließ die Motorsäge an und schnarrte eine Kerbe in den Baum, knapp oberhalb der Stelle, an die Minas Schulterblätter sich gedrückt hatten, sein Speichel in ihrem Mund. Vetko schluckte die letzte kalte Sprosse herunter und sah zu, wie der Arbeiter die Motorsäge erneut ansetzte und die Douglasie vor Vetkos Füßen aufschlug, und der Himmel über dem Ort war um eine Lücke lichter geworden.

Vetko spazierte nach Hause, den Magen voll von kalten Bambussprossen in Austernsoße und den ziemlich unverdaulichen Ästen der letzten gefällten Douglasie, deren Spitzen gegen seine Magenwand kratzten, und setzte sich an den Abendbrottisch zu seinen Eltern. Gabeln schabten über Teller, und im Eichenholz des Tischs unter ihren aufliegenden Ellenbogen schabten unhörbar die Würmer auf hornigen Hautringen durch alte Gänge und ließen die Reste ihrer Würmermahlzeit als roten Staub aus den Tischbeinen rieseln, knapp vorbei an Vetkos Fußgelenken, die unter seiner zu kurzen Hose hervorsahen und auskühlten, während die Butter hart blieb und Löcher in Brotscheiben drückte und sich das Brot zusammen mit chinesischem Klebereis und kanadischen Douglastannenspitzen durch die Gänge seiner Eingeweide schob, zusammengeballt zu etwas Festem in der Größe einer Faust: eine Faust, die sich um etwas klammerte, das sie unter keinen Umständen loslassen wollte.

XXI

ICH BIN NOCH HIER

Der erste Brief von Vetko kam ein Jahr nachdem Mina aus dem Wald und dem Ort verschwunden war. Sie fand den Brief nach einer längeren Reise in ihrem Zimmer der Wohnung, die sie mit zwei anderen teilte, einem Ingenieur für Windkraft und seiner Freundin. Der Ingenieur hätte sich etwas Größeres leisten können als sein spartanisches Zimmer, aber er ging platzbewusst mit seinem kurzen und drahtigen Körper um. An den Abenden schälte er in der Küche Möhren und Gurken, beides verdrückte er täglich in einschüchternden Mengen, ohne jegliche Beigabe und ohne erkennbaren Genuss. In einer Stadt wie dieser, sagte er, könne er als Einzelner doch keine Wohnung für sich allein beanspruchen, bei all dem Mangel an Raum. Mina saß daneben und nickte dazu und wickelte sich die Schalenstreifen um die Finger wie grüne und orange Haarsträhnen und legte sie gelockt auf den selbst getöpferten Teller des Ingenieurs zurück und dachte an den Wald, der groß war, und die Häuser, die darum herum leer standen und deren alte Fenster wie lidlose Augen bloß aufeinanderstarrten, ein

Starren von Unbewegtem, das nur durch die tief vorbeizischenden Fledermäuse im Sommer und den Schneefall im Winter unterbrochen wurde.

Ich bin noch hier.

Das hatte er geschrieben, das und nichts weiter, und Mina stellte ihn sich vor, wie er reglos zwischen dem Schnee und den Bäumen und den leeren Häusern stand. Er stand so reglos, dass die Fledermäuse ihn umflogen wie ein gewohntes Hindernis, das auf ihren zarten, im flinken Herzschlag pochenden Echolotkarten fest verzeichnet war. Dass Vetko da stand, vielleicht immer stehen würde, ließ alles andere in Mina still werden, und sie schlief traumlos.

Wenig später kam der zweite und letzte Brief. Mina fuhr mit dem Fahrrad an einen der Baggerseen und breitete ihr Handtuch aus, etwas abseits von den Studentengruppen mit Weißweinflaschen und Erdbeeren aus Pappschachteln und Gitarren und Mädchen mit geflochtenen Blumenkränzen um die Köpfe. Sie öffnete den Brief.

> *Wie sieht,* schrieb Vetko, *die Zukunft aus? Die Zukunft, wie du sie dir vorstellst? Glaubst du immer noch an das große Alles? Dass du aus dem Vollen schöpfen wirst? Eine Form entsteht durch die Begrenzung ihrer Fläche zum Gesamtraum. Um dir etwas vorzustellen, muss es eine Form haben, Mina: Es muss form-förmig sein, irgendwie geformt, es darf, es kann ja gar nicht ALLES sein, damit es ETWAS sein kann, verstehst du mich. Wie sieht es aus, dein Alles? Kannst du sie mir beschreiben, deine Formlosigkeit? Hat sie wenigstens Koordinaten, wenn sie schon keine Ecken und Kanten hat? Wo liegt sie? Ist*

ihr Anfang und ihr Ende in der Zeit, wenn sie nicht im Raum liegen? Sag mir was über dein Alles, Mina. Ich glaube es dir nicht, dein Alles. Und dein angebliches Nichts, wo dir nichts fehlt und nichts abhandengekommen ist, die Stelle, an der ich in dir gewesen bin und die es jetzt einfach nicht mehr geben soll, die glaube ich dir noch weniger.

Vom Wasser her kam Wind auf, und das Schilfrohr um den See zitterte, es riss die Wärme auf mit seinen scharfen Kanten, und eines der Mädchen mit Blumenkranz stand von der Gruppe der Studenten auf und ging zu Mina herüber.

»Hey«, sagte sie. »Magst du zu uns rüberkommen?« Sie lächelte. Sie zeigte auf die Gruppe, die auf der Decke saß. Zwei der anderen Blumenkranzmädchen winkten und warfen ihr Kusshände zu, eine dritte fotografierte sie dabei mit ihrem Handy. »Würdest du ein Bild von uns machen? Wir haben Erdbeeren und Wein, reicht für alle.«

Das Mädchen, das sie angesprochen hatte, posierte mit Erdbeere im Mund, den Kopf in den Nacken gelegt, sie schüttelte das lange rote Haar mit den Händen auf, und es floss ihr in einer Bewegung, die Mina von Malene kannte, über die Schulterblätter nach unten bis zur Hüfte. Die anderen gruppierten sich um sie herum und strichen sich die langen Haare hinter die Ohren, blond und schwarz und braun und eine mit Haaren so hellrosa und wolkig um den Kopf stehend wie Zuckerwatte. Ein Junge legte einen Arm um das Mädchen mit den Zuckerwattehaaren und ein anderer die Hand auf den geraden, schimmernden Scheitel des rothaarigen Mädchens und ein dritter den Arm um seine Gitarre. Die Mädchen trugen kurze Sommerkleider, die im Sitzen bis zu den Ansätzen der Oberschenkel hochgerutscht waren, sie alle waren einheitlich braun mit einem oder zwei Seemückenstichen dazwischen: nicht ein blauer Fleck, nicht ein roter Streifen. Nicht eine gelbe und grüne Galaxie, wo sich die Spur einer Nacht oder eines geschwänzten Hörsaalvormittags allmählich in die Erinnerung verlor: Die Mädchen trugen ihre Farben auf ihren Kleidern und Augenlidern und Lippen und nirgendwo sonst.

Dein angebliches Nichts, wo dir nichts fehlt.

Dein großes Alles.

Die Sonne bewegte sich allmählich auf die Spiegelfläche des Sees zu. Hellrote und dunkelgelbe Wellen kräuselten sich bis an das Ufer und zwischen das Schilf, gerade so, als würde die Sonne beim Auftreffen auf dem Seewasser vom Schock der Kälte ein wenig zittern. Das Licht kam jetzt fast von unten und färbte die Gruppe auf der Decke ein, die Gesichter orange wie Streichholzköpfe, und alles, was weiß an ihren Körpern war, leuchtete hell auf: die weißen Monde auf den Daumennägeln, die Innenränder der Augenlider und das Augenweiß, die Zähne und die Kaugummis dazwischen, die Hornhäute auf den Sohlen vom Barfußlaufen an Baggerseen und auf WG-Fluren und Clubtanzflächen, wenn die hochhackigen Schuhe morgens um fünf zu scheuern begannen. Und auf der Arminnenseite der Rothaarigen leuchteten in diesem von unten kommenden Licht erhaben auf ihrer glatten braunen Haut viele feine weiße Striche auf, jeder einzelne eine Rasierklinge breit, von stumpferen Klingen der Damenrasierer vielleicht oder von den schärferen für Männer. Mina wusste nicht, was man dafür benutzte, was die Vor- und Nachteile von scharf und stumpf für diesen Zweck wohl waren. Die Striche liefen vom Handgelenk bis über die Armkuhle und hinauf zur Achsel.

Die Rothaarige hielt die Erdbeere noch immer zwischen

den Zähnen und grinste ein wenig angestrengt, jemand rief »Schnell, das Foto, bevor es dunkel wird«, und Mina drückte ab.

Sie drückte auf den Auslöser, während hinter der Gruppe zum vierten Mal ein Jogger vorbeilief. Er umrundete den See, er schwitzte und stöhnte und hatte eine ungesunde Röte auf den Wangen. Ein Knie war bandagiert, und er zog stolpernd einen Fuß nach und kämpfte sich verbissen vorwärts und fuhr sich mit beiden Händen immer wieder über Hals und Arme und Gesicht, um die Stechmücken loszuwerden, die ihn in einer schwarzen Wolke aus Flügeln und Rüsseln umschwirrten. Der Jogger fluchte und spuckte immer wieder auf den Weg, und Mina dachte, dass die anderen sich in nichts von ihr unterschieden: Jeder von ihnen fügte sich den Schmerz der Welt in kleinen Dosen selbst zu. Und ein jeder suchte sich dafür den Schmerz aus, den er am besten ertragen konnte.

XXII

EIN TOD IN DER OHRMUSCHEL

Das Frühjahr im Schwarzwald hatte wenig zu tun mit einem hellen Lindgrün, das über allem zu liegen schien. Die Luft war nicht weich, niemand legte träumerisch den Kopf zurück und hielt der noch zaghaften Sonne die Kehle entgegen, bereit, diesem Moment der Entkrampfung starrer Wintermuskeln alles zu opfern. Selbst zur Pollensaison kam es noch vor, dass der leichte gelbe Staub auf Gartenmöbeln, Autodächern, Fensterbänken im Nachtfrost feucht wurde und einen schmierigen Brei ergab, den Kreisstädter wie eingemeindete Dörfler gleichermaßen verbissen abkratzten und fortwischten, kurze harte Worte ausstoßend, die die Kinder nicht hören sollten.

Der Frühling kam in drei Schüben, und so war es jedes Jahr, auch in diesem, dem zweiten, nachdem sie alle fortgegangen waren. Es war dieser Frühling, in dem Vetko klar wurde, dass kein Sommer mehr kommen würde wie die vorigen. Im ersten Schub, es war März, lag und fiel der Schnee, wie er von Oktober bis Februar gelegen und gefallen war. Die Jacken blieben dick, die Stiefel gefüttert und mit Wollscheiben in Fußform ausgelegt, die Frau Kober zwischen Selbstgehäkeltem und Eingewecktem auf dem Weihnachtsmarkt um die Kirche auf der schwäbischen Seite des Ortes verkauft und so getan hatte, als wären sie genau das: selbst gemacht und regional. So stand es auf den eingenähten Schildchen, dabei waren die verkauften Schuheinleger aus Alpaka und kamen in einer Großpackung mit den Vermerken *Made in Chile* und *Hand wash only*.

Die Spiegelhalderhöfler, die mit dem Hof zur Sonnenseite, merkten den zweiten Schub als Erste: Am wärmsten Fleck der Talsenke des Unterdorfs begann ein Tauen. Das Weiße und Krustige verschwand so flink im Boden, als wäre es nie starr und unbeweglich gewesen. Die vielen Pfützen um den Heuschober, die ein halbes Jahr lang ausgesehen hatten wie von Milchglas überzogene Einzeller, verdunkelten sich wieder und wuchsen schnell. Vereiste Erdschollen um den Hof, übrig von Umgrabung und Bauarbeiten, weichten auf und fingen zu schmelzen an, und zwischen den Brocken rieselten bald die dünnen Strähnen der Tauwasser vom Berg und ließen Beine bis zu den Knien im Schlamm versinken. Alles verflüssigte und roch nach Nässe und kalten Wurzeln, und aus der Schlammzeit half auch der Vierradantrieb nicht heraus.

Im dritten Schub platzte der vom Wasser geschwollene Frühlingskörper endlich auf, und was herauskam, war noch einmal weiß wie der Schnee, nur fleischiger: Kleine Körper krümmten sich aus der Erde und aus den Hölzern, zappelnde Halbmonde mit schwarzen Augen. Es waren die Maden, die später zur Fliegenzeit wurden, und die, die zu den Borkenkäfern wuchsen und den Fichten im Forst die Säfte nahmen und ihr Holz verfärbten. Sie brachten die Fichten nicht um, das erledigte der andere Schädling, der vom Holz lebte: Die

Säger in den Werken sahen die Brutgänge des Borkenkäfers, die sich wie Blattadern unter der Rinde ausbreiteten, und traten gegen die aufgeschichteten Stämme, bis ihre Zehen schmerzten.

Und während in diesem Frühling sich die Borkenkäferlarven in ihren faserigen Kammern verpuppten und ihre Verwandlung gemächlich Schicht um Schicht zu laden begann wie ein ruckeliges Computerspiel, luden Vetkos neue Tage, nachdem der Fortschritt anders als bei allen anderen gehakt, ja schließlich ausgesetzt hatte, mit einem Mal unangenehm zügig, unweigerlich auf eine schmerzhaft scharf gestochene Wirklichkeit zu.

Die einzig breiten Wege waren die auf dem Friedhof der Kreisstadt. Da kamen sie alle unter: die von der badischen und die von der schwäbischen Seite der umliegenden Dörfer, die, die für den Nationalpark waren, und die, die denen, die dafür waren, in schöner Regelmäßigkeit die Autoscheiben einwarfen. Sogar die Türken kamen da unter, die nun wirklich keiner wollte, da war man sich einig, gemessen an dieser Frage lagen sie da alle in Frieden vereint nebeneinander, die Knochen so parallel ausgerichtet wie die Jägerzäune. Nachdem Vetkos Vater die breiten Wege heruntergetragen worden war und die dicklippigen Küsse der Verwandten ertragen waren, kehrte die Trauergemeinde in die pistaziengrün beschindelte Villa zurück zu Kaffee und Kuchen, der zwischen ledrigen Dörraprikosen und Streuseln groß wie Bachkiesel in der Mitte noch gefroren war wie der Boden, in dem sie den Vater versenkt hatten, und ein wenig nach Schnittlauch und altem Kühlschrank schmeckte.

Nacheinander standen die Verwandten, Freunde und Kollegen des Vaters auf und stiegen in ihre Autos und Miro auf seinen Motorroller und fuhren knirschend aus der steilen Einfahrt den Hang hinunter, und es blieben Vetko und all die Gegenstände des Hauses, die Kuchengabeln und der Sekretär und die Durchreiche mit Sträußen getrockneter Blumen in vorzugsweise Altrosa, die Bücher, die Orientläufer voller Katzenhaare in den langen Fluren, der Spiegel mit den angelaufenen silbernen Jugendstilranken im Gästebad.

Alles schwamm und trieb in diesem Haus mit dem Bauch nach oben und dümpelte herum, als wäre das Haus ein mit Wasser vollgelaufener Frachtraum eines Schiffes. Vetko stand dazwischen, mit hängenden Schultern und Höfen um die Augen, als hätte man Schuhcreme darumgerieben. Der Kohlenjunge hatte das Wasser des Schiffsbauchs in den Augen, und es war tatsächlich salzig wie das Meer, und über den Tannenspitzen der das Haus umgebenden Hügel des Waldes brach sich die Gischt dieser schwarzen Woge, die Vetko ins Gesicht geklatscht war, und kam gefroren wieder herunter: In dieser Mainacht begann es, sachte und tröstlich alle störenden Geräusche von Vetkos dann doch tiefem Schlaf fernhaltend, zu schneien. Der Schnee begrub ein letztes Mal Nelkenwurz und Lungenkraut und die grünenden Gräser, und nur die Borkenkäferlarven blieben trocken und warm in ihrer Rinde und verhärteten ihr weiches Fleisch mit Chitin, das bei jeder Ausdehnung knackte wie das Holz, in dem es wuchs.

Grippe, hatte der Oberarzt des Kreiskrankenhauses gesagt, Entzündung des Herzmuskels, er hob die vom Kittelärmel scharf abgeschnürte Faust und zeigte ein wildes Pumpen, ganz unerwartet sei er gewesen, die Faust blieb im Öffnen und Schließen hängen und brachte die Bewegung nicht mehr zu Ende, sehr unerwartet der Stillstand. Vetko starrte auf die zusammengequetschten Finger des Oberarztes. Er streckte der Hand des Oberarztes seine eigene hin, um sie zum Dank für die Bemühungen zu schütteln; eigentlich tat er es nur, damit sich das im Krampf unerträglich unbewegliche Modell des stehen gebliebenen Herzens seines Vaters wieder löste, sich in Fingerglieder zurückverwandelte und in Handballen und weich gefeilte Fingernägel.

»Danke«, sagte er sachlich und spürte jede einzelne der fünf rosigen Fingerkuppen des Arztes in seiner Handinnenfläche und dachte an die fünf letzten Herzschläge seines Vaters, die unter dieser Hand womöglich verpocht waren. Aber vielleicht, und diesen Gedanken schob er in eine Ecke seines Kopfes, in dem auch der blinde Fleck sitzt, waren die letzten Herzschläge seines Vaters nicht einmal gegen eine Hand gestoßen, sondern nur gegen den schon immer sehr schmächtig gewesenen Brustkorb, und kein Ohr war da gewesen, um die Schallwellen des letzten Schlages aufzunehmen und durch den Trichter des Innenohrs ins Hirn zu leiten, wo das Geräusch entstanden wäre.

Akustisch betrachtet, dachte Vetko, haben wir alle ein Leben nach dem Tod, wenn uns nur jemand zuhört. Und er fragte sich, während er in seinem alten Golf die vielschlotige Papierfabrik am Fluss, den Berg und die Hochstraße mit ihren von den Höhenwinden räudigen Tannen zwischen sich und das Kreiskrankenhaus brachte, wo sein Vater denn nun gestorben sein mochte: hinter den eigenen Rippen oder, ein kleines Nachleben später, in der talgglänzenden Ohrmuschel des Oberarztes.

XXIII

DER TEIL, DER NICHT ENTSCHEIDET

Vetkos Mutter zog aus, nachdem sie alle, die Verwandten, Freunde und Kollegen und Miro aus der Ausfahrt gerollt waren. Alle rollten sie heraus, nur Vetko nicht. Sie zog aus, nachdem sie an einem Abend, nicht lang nach der Beerdigung, gegen sechs Uhr aufgestanden und in die Küche gegangen war und Schwarztee aufgesetzt und auf ein Tablett gestellt hatte. Sie hatte das Tablett mit der Teekanne und der feinen Porzellantasse die Treppe heruntergetragen und die Tür zur Bibliothek geöffnet und war im Türrahmen stehen geblieben, unbewegt. Sie hielt das Tablett mit dem erkaltenden Tee in beiden Händen und blickte auf einen Schreibtisch, dessen Drehstuhl an diesem Abend um achtzehn Uhr fünfundvierzig noch immer unbesetzt geblieben war, anders als an jedem Abend in jedem Jahr der dreißig zuverlässig so vergangenen Jahre zuvor, und da hatte die Mutter entschieden, dass es nur folgerichtig wäre, wenn ihr eigener Platz, der hinter dem Tablett, nun auch unbesetzt bliebe. Sie packte einige wenige Kisten und legte Vetko einen Zettel auf den Küchentisch. Ein Taxi holte sie ab.

– *Rosen gießen 1 × täglich abends*
– *bei Läusen Seifenlauge, 2 × täglich sprühen*
– *gilt auch für Grabpflanzen*

Vetko dachte an die alte Lohwieser und wie sie abgehauen war nach dem Tod des Sohns und fuhr seiner Mutter die Dinge hinterher, die zu sperrig waren, um sie quer durch das Dorf zu tragen, und die, die nicht nass werden durften im Mairegen, der auf den letzten Maischnee folgte: Das Weiß dieses Schnees, das den Tod des Vaters fast versöhnlich bedeckt hatte und den Friedhof eine blanke Seite hatte werden lassen, die sowohl die letzte als auch die erste Seite von etwas hätte sein können, war nur Stunden später in den Boden gezogen und hatte alles triefig und schmatzend hinterlassen, dreckig und aufgewühlt von den Wildschweinen, die frühmorgens in der Dämmerung Blumenzwiebeln auf den Gräbern aufstöberten, herauszerrten und fraßen. Dabei scherten sie sich wenig um Frau Denners Kreuzweh, dem zum Trotz sie jede Woche wieder Erde auf neue Anpflanzversuche um den Familienstein häufelte. Größer als Frau Denners Kreuzweh war nur ihre Prinzipientreue, die sich dringlichst verbat, den Säuen das Feld zu überlassen. Alle paar Monate platzte ihr der Kragen, und sie füllte händeweise Schrot in das Gewehr ihres Manns, der die Ladung den Wildschweinen im Wald um die Ohren pfefferte. Mit Viehzeug müsse man ja verfahren wie mit Kindern, Konsequenzen müsse es setzen, das sei das Allerwichtigste. Wie die Schweine, die elenden, den Schrot mit stibitzten Papageientulpenzwiebeln in Verbindung bringen würden, das war nun nicht das Dennersche Problem, davon hatte man ja weiß Gott genug.

Vetko träumte von Wildschweinen mit ausschlagenden Blumenknollen in ihren Saumägen, die flinke, wippende

Stängel von innen durch die Schweinerüssel schoben und sich außen zu Knospen kringelten und in Tulpen- und Maiglöckchenkelchen mündeten; und als er aufwachte, starrte er auf die Steckdose neben seinem Nachttisch und wartete müde und wirr einige Minuten darauf, dass daraus etwas wuchs, bevor er den Denner zum Teufel wünschte, dessen verbotene Schüsse und ihr Nachprasseln auf Wildschweinhaut in der Stille des Nachtwaldes ihn aus dem Schlaf gerissen hatten.

Zu den Gegenständen der Mutter, die nicht nass werden sollten, gehörten ihre Bilder: großformatige Ölbilder, darauf mit dem Pinsel wie aufgestreichelte verschwommene Engelsfiguren in leuchtenden Gebärmüttern aus kornblumenblauen, lavendelvioletten oder maisgelben Strahlen. Vetko hatte oft bei ihrer Entstehung zugesehen: Die Mutter behauptete, ein Bild sei schon auf der Leinwand, bevor man es in die Welt gemalt habe. Man müsse die wie Magnetfelder den Pinsel lenkenden, unsichtbaren Linien nur nachfahren und in Empfang nehmen, was immer entstünde. Und obwohl die Mutter für grundsätzlich alles bereit sein wollte, was auf ihre Leinwand gemalt werden wollte, empfing sie doch ziemlich häufig, eigentlich immer und mit verblüffender Ausschließlichkeit: Engel.

Vetko fuhr diese Heerschar bunter Lichtgestalten, herzlos gestapelt und wenig astral ineinandergeschoben im Kofferraum des Golfs, durch die Hauptstraße und bog links ab. Er hielt vor dem letzten Haus mit Schindeln vor dem Neubaugebiet, ein Mietshaus für Schwarzwaldurlauber, die seit zwanzig Jahren hartnäckig ausgeblieben waren. Das Haus war von außen ganz besetzt mit lachsfarbenen Fischschuppen aus Kiefernholz, die gemächlich vor sich hin bröselten und ganz offenbar wenig zu der allgemeinen Stabilität des

Hauses beitrugen. Mit einem Tritt und einem Haufen Gemälden unter den Achseln öffnete Vetko die Haustür. Seine Mutter schloss niemals die Haustür ab.

»Wovor soll ich denn ausgerechnet hier Angst haben?«, schnaubte sie an ihrer knolligen Nase vorbei, die jedes Jahr, ganz allmählich wie ein Jahresring um einen Baum, ein wenig in die Breite wuchs. »Die Frauen sind zu beschäftigt mit ihren eigenen Häusern und Gärten und ihrem eigenen Unglück, das sie nicht mal mit Bleichmitteln aus der Nachtwäsche kriegen. Die Männer hocken wie die hypnotisierten Kaninchen vor den Bildschirmen ihrer Computer, im Büro und zu Hause, und gucken nie über die Ränder ihrer Kisten hinaus. Und die guten Männer«, ihre Stimme wurde bitter, ein zu lang gezogener Schwarztee, keine Milch und kein Zucker dazu, »die guten Männer landen direkt drin in der Kiste, der endgültigen nämlich. Die guten Männer sterben.«

Seine Mutter schob ihm auf einem Brettchen mit der Anweisung »Fein hacken« den Ingwer hin und stellte Gebäck dazu, dünne runde Plätzchen mit schwarzen Einschlüssen von Pfeffer und Anis. Er nahm sich und ließ kauend den Blick aus dem Küchenfenster fallen, auf die Gartenmöbel, anverdaut von Feuchtigkeit. Ein Napf mit Katzenfutter, das im Regenwasser quoll und sich über die Schale wölbte. An der Gartenhütte stapelten sich Autoreifen.

»Kann ich die haben?« Er zeigte mit dem Kinn auf die Reifen. »Der Golf könnte einen neuen Satz vertragen.«

Die Mutter legte den Mörser zur Seite, wischte sich die Kurkumahände an den Hosenbeinen ab und drehte sich zu ihm um.

»Gut, dass du fragst«, sagte sie. »Ich brauche ihn zurück. Den Golf. Jetzt, wo ich allein bin mit den Einkäufen, die Wasserkästen …«

Vetko fing das Stakkato auf dem Brett an, streng nebeneinandergesetzte Schnitte, *tack-tack-tack-tack*, durchtrennte die Fasern des Ingwers kontrolliert und präzise, eine nach der anderen, den Zeigefinger eng am saftverschmierten Messerblatt. Der alte Wagen seiner Mutter war ein Geschenk zum Schulabschluss gewesen. Einen Moment nur stellte er sich vor, wie sie beide, er und Mina, den anderen hätten davonfahren können in den hellen Monaten, auf diesen besonderen Strecken, die nur im Sommer auf den Karten verzeichnet zu sein schienen. Durch die baumschattigen Hohlkreuze der Alleen, die strahlenförmig von der Kreisstadt wegführten, über dürre Landstraßen im Spalier von gelben und weißen und grünen Feldern rechts und links. Kein Teer, nur Schotter irgendwann und hellbrauner warmer Staub, der sich auf die Frontscheibe und auf die salzige Seide von Minas Nackenhärchen setzen würde.

Wenn er den Golf zurückgab, würde er nicht mehr über den Pass fahren können. Die Schwarzwaldhochstraße entlang, bis das schwarze Gewebe aus Nadeln und Hölzern fadenscheinig wurde und ganz zerriss und nur noch einzelne Latschenkiefern und kleine Fichten und Tannen, krumme Zausel mit sturmverzogenen Rücken zu sehen waren, dazwischen faltige Gesteinsbrocken. Nur dort kam er verlässlich aus dem Nebelband heraus, das wie ein klammer Anschnallgurt die Kreisstadt und die Dörfer umschnürte, sommers wie winters, und alles zügelte und in sicherer Zurückhaltung bleiben ließ: die Temperamente, die Träume, die Säfte, alle maßvoll heruntergekühlt, alle ohne Spitze, Biss und Dringlichkeit. Schäumten sie in den wenigen gewitterlosen Augustnächten einmal auf, drängte ein Klarer sie zurück, mit einem Ruck des Nackens entschieden in die Kehle gegossen, und vielleicht der Besuch einer dieser

Seiten mit rot umrandeten Clips auf dunklem Hintergrund und mit nackten Körperteilen in Farben wie aus dem Würstchenglasregal im Supermarkt.

Etwas brannte an seinem Zeigefinger. Vetko zog die Augen vom Fenster ab und auf seine Hand: ein Scheibchen Haut, dünn und ordentlich abgeschnitten, lag zwischen dem Ingwer. Die Schärfe der Knolle in der offenen Wunde brachte ihn zurück an den Küchentisch. Er steckte den Finger in den Mund und begann, den Ingwer herauszusaugen. Nuschelte, zur Mutter gewandt: »Klar, ich gebe dir morgen die Schlüssel«, und sog noch etwas fester, um das Blut zu stoppen.

»Schön«, sagte sie munter, packte das Brett vor Vetko am Stiel und kehrte mit Schwung Ingwerwürfel und einen kleinen, wohl nicht den entscheidenden Teil von Vetkos Zeigefinger in den brodelnden Linsentopf.

Nach dem Essen vor dem Haus, Schweiß auf der Stirn von der dampfigen Küche und Mutters Gewürzen, klarte es auf. Vetko atmete tief, legte den Kopf zurück. Er sah die fast unsichtbaren Schleier der fortwischenden Wolken um den Berg, eine befriedigend regelmäßige Maserung im dunkelblauen Fleisch des Himmels. Noch war der Nebel weit weg.

Da hörte er die Sirenen. Aus dem Talkessel drehte sich eine Schraube aus Rauch dem Dorf entgegen. Sie kam aus der Richtung des Sägewerks.

XXIV

HORNKÄMME UND BLAUBEEREN

Wer zurückkehrt, ist einer, der zurücknimmt. Er revidiert eine Annahme, die er zuvor über einen anderen Ort getroffen hat: einen Ort, an dem ein neues Leben möglich gewesen wäre, aber nicht gewesen ist. Wer zurückkehrt, kommt nie an den Ort zurück, von dem er aufgebrochen ist. Über seiner Heimat schwebte vor seinem Aufbruch verlässlich wie eine permanente Halluzination der neue Ort. Er blinkte verlockend mit seiner Neonreklame Versprechungen herüber, die sich auf den regennassen Straßen des Heimatortes widerspiegelten und ihn bunter machten und größer. Diese Lichter sind jetzt erloschen, und die nassen Straßen sind nass und sonst nichts.

An die zermalmten Schlangenköpfe hatte sie sich gewöhnt, aber nach dem Kopf des Mädchens kam Malene zurück. Im Spätsommer flog sie, ein Schweigen im Koffer, von dem sie im Garten neben der Wäschespinne gründlich und mit harten Teppichklopferschwüngen den roten Sand der Wüste Thar abschlug und es ohne jede Erklärung auf einen Kleiderhaken zog und in den Schrank hängte zu ihren

Röcken und Blusen, die unter Staubschutzhüllen und von ihrer Mutter alle vier Wochen mit Lavendelkugeln versehen zweieinhalb Jahre auf Malenes Rückkehr gewartet hatten, als hätten sie gewusst, dass sich Malenes runde braune Nasenspitze stumm in sie hineinpressen würde wie in geöffnete Arme. Das ist es, was ich in all dem verflixten Sand hätte tragen müssen, dachte Malene und rollte eine Mottenkugel über ihre Handfläche. Beim nächsten Mal, murmelte Malene für sich, und dann schob sie dieses *nächste Mal* ganz weit hinter die Kleider, bis unter die Schachtel mit ihren Strumpfhosen, und drehte den Schlüssel der Schranktür herum.

Malene erzählte nicht und hatte kein Mitbringsel. Stattdessen legte sie ihre aufgeschobenen Prüfungen ab und ging ihrer Familie aus dem Weg und telefonierte an den Abenden mit Mina. Als die Blaubeerbüsche im Wald sich im milden September die letzten dunkelblauen Perlenketten überwarfen, kam Mina zu Besuch, und sie zupften mit Minas Mutter die Beeren ab. Malene tat das wortlos und geschickt und wischte von jeder einzelnen Beere den matten Überzug und die Fuchsbandwurmeier, bevor sie im Eimer landeten. Bald begannen die Kinne und Wangen der drei zu glänzen wie die blank polierten Früchte. Malene benutzte zum Pflücken einen Hornkamm, mit dessen groben Zinken sie durch die Zweige fuhr und von der Kammfläche absammelte, was hängen blieb: reife Beeren, Käfer, kleine Buschblätter.

Endlich ging über ihren Rücken ein Wind; die fedrigen Silhouetten und buschigen Wipfel der Fichten und Tannen und Kiefern bewegten sich in der Luft wie senkrechte Riesenkämme und zogen die Schwüle glatt. Nur die kanadischen Douglastannen kämmten nicht mit. Sie waren an irgendeiner Verknotung in der dichten Luft über dem

Schwarzwald hängen geblieben und herausgerissen worden mit Stumpf und Stiel, weil sie die Ordnung im Forst gestört und den jetzt sehr sauberen Schwarzwaldwind mit den Zinken ihrer Zweige ganz anders als die anderen – ja: falsch – geordnet hatten.

»Einen schönen Kamm hast du«, sagte Minas Mutter an Malene gewandt. Sie stützte sich mit beiden Händen das Kreuz, der Sammeleimer schlenkerte dabei am blaubeersaftgesprenkelten Unterarm. »Von meinem Vater kenne ich die noch, er hat Hornkämme gesammelt. Dabei hatte er schon mit dreißig keine Haare mehr. Vielleicht war es darum auch egal, wie viele Kämme er hatte, hundert wären nicht nützlicher gewesen als einer und einer nicht unnützer als hundert. Er hatte trotzdem immer einen in seiner Hemdstasche, jeden Tag einen anderen, den hat er am Morgen ausgesucht, dass er zum Stoff des Hemds passte, zum Wetter oder zur besonderen Gelegenheit. Es gab Werktagskämme, die waren grob und aus braunem Horn, und Sonntagskämme, die waren manchmal geschnitzt. Einer war aus weißem Büffelhorn, den trug er zu Weihnachten. Wenn der aber in seinem weißen Hemd steckte auf dem Weg zur Kirche, wirkte er plötzlich so gelb wie alte Hühnerknochen im Sonntagseintopf.«

Mina dachte an die sehr gelben und sehr rauen Wurzeln ihrer Milchzähne in der Dose im Flurschrank, so ein Gelb musste das gewesen sein, so stellte sie es sich vor. Malene hatte aufgehört zu pflücken und hörte zu, auf ihrer Stirn flackerte das Schattenmuster der Buchenblätter.

»Der Kamm war so gelb«, fuhr die Mutter fort, »wie die gelbe und blaue Schwellung, die meine Mutter an manchen Morgen beim Frühstück über ihren Wangenknochen trug und zum Mittag mit drei, vier, fünf Ziegenhaarpinselschwüngen dick bestäubt hatte, damit wir die Schwellung nicht bemerkten. Ihr Rouge hatte die Farbe von reifen Stachelbeeren, ein Hellrot über dem Gelb ihrer Wange, das sie verstecken wollte. Ich habe Stachelbeeren geliebt, als ich Kind war. Ich habe sie vom Strauch gerissen, sie waren ganz prall und warm wie meine Hand, beim Essen habe ich die Augen zugekniffen, so sauer waren sie, und ich bekam Bauchschmerzen und Durchfall davon, aber meine Mutter kochte Salbeitee und streichelte meinen Bauch, der ganz aufgebläht war. Kann sein, dass ich die Beeren nur darum gegessen habe, das kann wirklich sein. Es wurde nicht viel gestreichelt früher, wisst ihr.«

Mina sah auf die Finger der Mutter, die wieder Beeren vom Zweig in den Eimer streiften, das blasse Gold des Eherings war fleckig vom Saft.

»Am Abend«, fuhr die Mutter fort, »nahm mein Vater seinen Kamm aus der Hemdstasche und legte ihn sorgsam zu den anderen in die Kommode im Schlafzimmer. Er strich noch einmal darüber und säuberte ihn, was nicht nötig war, weil er ihn ja nie benutzt hatte. Dann erst setzte er sich zu uns und nannte die Wangen meiner Mutter rosig, und sie sagte Danke und drückte unter dem Tisch die freien Knöchel ihrer Füße unter dem Arbeitskittel an meine Beine. Gesprochen«, und dabei blickte sie Malene und Mina an, die ihr still zugehört hatten, »hat sie nie darüber. Über ihr Gesicht, meine ich. Dabei konnten wir alle sehen, was los war.«

Malene schob die letzten Blaubeeren in den Eimer, der Strauch vor ihr war abgeerntet. Ein paar Beeren fielen in den Sand des Waldbodens, und eine überreife, besonders große zerplatzte dabei und gab ihren blauen Saft frei. Er war, dachte Malene, so dunkel wie das getrocknete Blut auf einem Mädchenkopf. Sie setzte die Fußspitze auf die

Beere und trat leicht darauf, dann fester, drehte die Fußspitze und die Beere darunter in den Waldboden, dass der Saft unter ihrer Sandale heraus und auf ihre Zehen spritzte, bis nur noch Schalenfetzen an der Sohle klebten. Unwillkürlich sprangen ihre Gedanken zu dem allerersten Schlangenkopf, den sie mit einem Stuhlbein zertrümmert hatte. Es hatte länger gedauert, und es war schwieriger gewesen, als sie erwartet hatte. Sie hatte mehr Überwindung gebraucht und mehr Hass, und viel mehr Muskelkraft in ihren Armen. Sie musste den Stuhl beim zweiten Hieb über ihren Kopf heben und die Lehne des Stuhls von ganz oben auf das vor ihr tanzende Kopfdreieck der Schlange schleudern, es gab ein hässliches Spritzgeräusch. Sie fragte sich nachher, eine Woche bevor sie die Koffer wieder in die Hand nahm und das Hoftor hinter sich schloss und das Schild mit den noch immer unleserlichen Zeichen im Rücken hatte, wie viel Hass notwendig gewesen war, um den Kopf des Mädchens zu zertrümmern, das sie auf halbem Weg zwischen der Farm und der nächsten Stadt gefunden hatten. Sie hatten sie nackt gefunden, Malene und die anderen Erntehelferinnen, die Kleider des Mädchens waren verloren oder weggeweht in irgendein mageres Gestrüpp in der Gegend, und zwischen ihren Beinen trocknete ein großer rostroter Fleck in der Sonne. Es hatte dann in der Zeitung gestanden, unter der Anzeige für den Wochenmarkt mit Standkostenangabe, die für die Mangofarmer gestiegen war, seit es dort Touristen gab, die keine Mangos mehr wollten, sie wollten traditionelle indische Saris in Zuckergussfarben, hergestellt in Taiwan auf klapperigen Singer-Nähmaschinen aus Deutschland. In der Nacht hatte es geregnet, das Haar des Mädchens lag, gespalten von der Nässe, in schwarzen Strahlen um seinen Kopf. Aus einem Spalt im Boden quollen Ameisen. Sie strömten in einer geraden Straße kribbeliger Leiber über das Mädchen auf die andere Seite des Körpers – das Mädchen, das, als es noch ein Mädchen gewesen war, Hindernisse umlaufen hatte, Khejra-Bäume, schlafende Hunde, Kühe mit herausstehenden Beckenknochen, und nun selbst etwas war, was man umlaufen musste. Die Ameisen strömten weiter, um die mit rotem Schlammwasser gefüllten Pfützen, die vielen tausend Körper jeder für sich fast gewichtslos und ohne Spur im feuchten Sand. Sie strömten über die Mitte des Mädchens, und für einen kurzen Moment sammelten sie sich in der Kuhle ihres Schoßes und erinnerten Malene an Schamhaar, dunkel, kraus und glänzend: das Schamhaar, das im Schoß des Mädchens nicht mehr wachsen würde.

Die Frauen der Farm trugen das Mädchen zum Waschen in die dämmerige Frische des Kühlhauses, eine von ihnen verständigte die Polizisten, die auf Motorrädern durch den Sand und die mit Wasser gefüllten Schlaglöcher rasten, nicht der Dringlichkeit wegen, sondern weil man nach dem Regen in der Festigkeit des feuchten Sandes besonders gut fahren konnte und die Geschwindigkeit ihnen Spaß machte. Die Frauen führten die Polizisten in den Kühlraum, wo neben geschälten gelben Mangofrüchten das Mädchen lag, und die Männer der Farm standen in weitem Abstand von dem flachen Gebäude im Schatten der drei kratzigen Palmen im Hof und rauchten schweigend ihre *beedis*, und als Malene sich dazustellte und sich trotz des Verbots auch eine ansteckte, sagte keiner der Männer ein Wort.

Für jede schlaflose Nacht seitdem und jedes Stocken ihres Blutkreislaufs kurz vor den Herzkammern, wenn sie an dieses und alle weiteren Mädchen und Schlangen und Regengüsse und verrotteten Mangoernten dachte, hatte sie achttausend Kilometer mit drei Flugzeugen und dann fünfzig Kilometer mit der Schwarzwaldhochbahn von der Kreisstadt bis in das Dorf zurückgelegt, und sie hatte nur Mina davon erzählt und sonst keinem, weil sie die Einzige gewesen war, die nicht gefragt hatte und ihr dabei nicht ins Gesicht hatte sehen können, weil Mina zu weit weg in ihrer Stadt saß und studierte.

Malene fuhr mit dem Kamm in den nächsten Beerenstrauch und sammelte geduldig und schweigend die kleinen Blättchen aus den Zinken und warf die Beeren in den Eimer, jede einzeln, Blaubeere für Blaubeere.

Wie viel wiegt ein toter Mädchenkopf in einer rechten Hand, an der Zucker von Zigarettenfiltern klebt und Mangosaft? Wie viel wiegt ein erster Liebeskummer in der Linken? Malene hatte den Kummer über Fabian fallen lassen, ohne es zu merken: Sie hatte ganz einfach eine freie Hand gebraucht, um das Bleigewicht in ihrer Rechten zu tragen. Nach den Prüfungen und der Blaubeersaison würde sie in die Kreisstadt ziehen und sich einen Job auf dem Wochenmarkt suchen. Sie würde Äpfel sortieren und Birnen und Eisbergsalat, keine Südfrüchte, überhaupt keine Mangos, und sich Zeit zum Nachdenken geben: über Schlangenköpfe und Mädchenköpfe und Salatköpfe, die zu waschen und auszupreisen beim Ordnen der Schlangen und Mädchen hilfreich sein würde.

»Wenn ich du wäre«, sagte Malene am nächsten Tag zu Mina und fuhr ihr vorsichtig über die Haarstoppeln am Hinterkopf. Mina hatte das Haar abgeschnitten und trug es raspelkurz, was ihrem Gesicht die Möglichkeit zu Versteck und Kompromiss nahm, hinter jeden ihrer Gesichtszüge ein Ausrufezeichen setzte und Mina offen aussehen ließ und nackt, der Höcker auf ihrer Nase eine zarte Offensive.

Bevor Mina die Schere angesetzt hatte, hatte sie es immer offen getragen. Sie hatte es nie geschnitten, kaum je gebürstet; in Knoten hing es bis in die Mitte ihrer Wirbelsäule und dünnte an den Enden aus. Aber gewaschen hatte sie es jeden Abend und hatte jeden Abend die nasse Schwere auf den Schultern und um den Hals gespürt. Das Gewicht ihres tropfenden Haars hatte Mina seltsam tröstlich gefunden: wie es an ihr zog, in den Schlaf hinüber, fast wie eine Hand an einem Zopf, den sie einmal getragen hatte. Und dann eines Abends, das Haar hatte Mina nass und lang vom Kopf geklatscht, hatte sie den Schopf in einer Faust zusammengenommen, sie hatte die Küchenschere über ihrer Faust angesetzt, sie hatte abgeschnitten. Der stumpfe Strähnenhaufen war in den Ascheneimer bei den Zigarettenstummeln und angetrockneten Kräuterteebeuteln gelandet, und Mina hatte sich gefühlt, als wäre ihre Kopfhaut ein neues Sinnesorgan, mit dem sie jede Bewegung im Raum spüren, ja, Kälte und Wärme schmecken konnte, jeder Haarfollikel auf ihrem Schädel eine eigene Geschmacksknospe.

»Wenn ich du wäre«, sagte Malene, »was würde ich von dem Mann wollen, der mit mir schläft? Ganz konkret jetzt?«

Malene hatte Mina in ein Kosmetikstudio geschleppt, wo sie im leeren Wartebereich auf klebrigen Plastiksitzen saßen. Mina umschlang ihre Kniekehlen und fühlte kurzes scharf rasiertes Beinhaar schaben. Mein Geheimnis für deines, meine Wunde für deine: Seit Malene aus Indien zurückgekommen war, war es der Silberstreif ihrer frisch vernarbten Stelle in der Brust gewesen, der Mina und Malene als feine Linie dort neu verbunden hatte, genau an der Stelle, wo sie sich mit Vetkos und Fabians Auftauchen getrennt hatten. Malene hatte Mina von dem Mädchen erzählt. Mina hatte ihr von Vetko erzählt: Ich zeig dir meins, du zeigst mir deins. Am Telefon war es leichter gewesen, nur die Vibration von Malenes vertrauter Stimme aus dem Lautsprecher, die Minas Ohr überlief wie ein warmer, angenehmer Schauer und kein Gesicht dazu, kein Ausdruck, der auf eine Meinung deuten ließ, die Mina lieber nicht wissen wollte.

»Was willst *du* von den Männern?«, gab Mina zurück. »Was sagst du zu ihnen? Ich kann mir das genauso wenig vorstellen.«

Malene überlegte. »Schlaf mit mir. Halt mich fest. Tiefer. Langsam. Küss mich. Fick mich. Schmeck mich. Bleib noch in mir.«

»Das ist alles?«

»Ja«, erwiderte Malene. »Das ist schon alles. Langweilig, ich weiß. Ich bin langweilig, schlimmer kann es ja gar nicht werden.« Sie sah gekränkt aus. »Jetzt du.«

»Wenn du ich wärst, würdest du nicht fordern«, sagte Mina. »Du würdest bitten. Du würdest um Dinge bitten, von denen du gar nicht weißt, ob du sie wirklich willst.«

Sie strich mit ihrem großen Zeh über Malenes freien Fußrücken in ihren Sandalen, über die Beule des Knöchels, die brauner war als die übrige Haut und auf der zarte Striche zu sehen waren, wo Malene bei der Rasur abgerutscht war. Ein Strich war noch frisch; ein jodbrauner Blutstropfen war im Herausfließen am aufgeklappten Schlitz der Haut haften geblieben und eingetrocknet und klebte dort wie ein Anhänger eines unsichtbaren Fußkettchens. Mina umkreiste den Tropfen mit dem Zeh. Sie hatte sich so oft vorgestellt, wie sie Malene erklären würde, was sie sich selbst nicht restlos erklären konnte, noch immer nicht. Sie folgte ihren eigenen Sätzen, als wären sie vorgeschrieben.

»Du würdest um Dinge bitten, von denen du genau weißt, dass du sie ab einem bestimmten Punkt ganz sicher nicht mehr wollen, aber ertragen wirst. Weil du nur so bekommst, was du dir eigentlich wünschst: dorthin zu gehen, wohin du allein nicht kommen kannst. Weil es hinter der Grenze liegt, an der du deine Beine nicht mehr weiter von allein spreizen, den Mund nicht mehr von allein am Schreien hindern kannst: Du willst genau da hin, wo dein Wollen aufhört.« Ihre Augen blieben auf Malenes Knöchel. »Erzwungener Zentimeter für Zentimeter, geht dein Wollen im Gleichschritt mit deinem Nichtwollen immer noch ein Stückchen weiter, immer weiter«, sagte sie und führte die Spitze ihres Zeigefingers an Malenes Fuß. Sie wischte den Blutstropfen vom Knöchel und sah Malene an. Die Augen der Freundin waren weit offen trotz der Neonröhren über ihnen, die blonden Wimpern fast nicht mehr sichtbar in der Helligkeit, ein Licht ohne Schatten und ohne Schutz. »Und die Nähte von der, die du zu sein geglaubt hast, öffnen sich für die, die du geworden bist«, sagte Mina, und sie brachte ihren Finger zu ihrem Mund und fuhr mit der Zunge über Malenes Blut. Es schmeckte nach Sonnenmilch, und Malene nahm Minas Hand in ihre und drückte ihre Nägel leicht in Minas Handteller, sie tat das ohne Eile und sorgfältig und sah Mina an, bis sie ihren Finger aus dem Mund zog. »Und danach«, sagte Mina, »ist alles sehr still. Und du bist so wach, als wäre es der erste Tag in deinem Leben, an dem du lang genug geschlafen hast.«

»Das klingt aufregend«, sagte Malene. »Ich habe immer nur Sex. Gewöhnlichen, durchschnittlichen Allerweltssex. Warum jammerst du über deine Sexualität? Das klingt besonders. Irgendwie wichtig. Nicht so ein Rumgevögel, das sich immer gleich anfühlt. Das man mit neunzehn schon auswendig kann, rückwärts und vorwärts.«

Malene streckte ihre Arme nach oben und lockerte ihren

Rücken, sie rückte den tief hängenden Ausschnitt ihres mit großen blauen Kornblumen und grünen Mohnkapseln bedruckten Sommerkleides zurecht.

»Vielleicht sollte ich es auch probieren«, überlegte sie laut. »Nur weil ich es noch nicht versucht habe, heißt das doch lange nicht, dass es mir nicht gefällt. Vielleicht stehe ich darauf und weiß es einfach noch nicht.«

Die Kosmetikerin rief Malene herein und ließ sie auf einer Liege Platz nehmen.

»Ich könnte ja nie so loslassen«, sagte Malene weiter an Mina gewandt, und die Kosmetikerin drückte ihr die Augen zu und bog mit einem Spatel jede einzelne von Malenes langen Wimpern nach oben auf ein Stück Papier auf den Augenlidern und klebte sie fest. Es roch nach Heißklebepistole. Malenes Augen begannen sofort zu tränen.

»Nicht aufmachen, bis ich wiederkomme«, sagte die Kosmetikerin resolut. Sie schloss die Tür, und Malene lag alleine in einem dunklen Hinterzimmer eines Wimpernverlängerungsstudios im Industriegebiet der Kreisstadt und durfte die Augen eine Stunde lang nicht öffnen.

»Also ich könnte das nicht«, rief Malene Mina durch die Tür zu, »so ganz ohne Kontrolle.«

»Hören Sie besser auch auf zu reden«, mahnte die Kosmetikerin. »Wenn Sie das Gesicht bewegen, verrutschen die Wimpern.«

Und Malene passte das Einzige, was sie noch mit der Welt vor ihren Lidern verband, ihren kleberverschmierten Augen an und schloss gehorsam den Mund.

Vor dem Zubettgehen standen sie beide vor Malenes kleinem Waschbecken im Bad und putzten sich die Zähne, Malenes Hand um Minas Hüfte geschlungen.

Malene fuhr sich mit der Holzbürste über die verschwitzten Haare. »Hundert Striche, weißt du noch«, sagte sie. »Fünfzig links und fünfzig rechts. Das hat deine Oma uns beigebracht.«

Mina erinnerte sich an das Gefühl der Bürste auf ihrer Kopfhaut und dass ihr die Handgelenke ab dem sechzigsten Strich so müde geworden waren, dass sie am liebsten aufgehört hätte, aber sie hatte nicht aufgehört, kein einziges Mal hatte Mina vor der Hundert abgesetzt, schmerzende Gelenke oder nicht.

Malene betrachtete sich kritisch im Spiegel, schüttelte den Kopf und setzte eine Pinzette zwischen die blonden Bögen ihrer Augenbrauen. »Aber eigentlich«, spann sie das Gespräch vom Nachmittag fort, »kann ich mir nicht vorstellen, mir wehtun zu lassen. Ich leide doch nicht noch mal für irgendeinen Mann.«

Mina sah Malene, wie sie die Nasenwurzel in Falten legte und sich beim Herausreißen der zarten Härchen zwischen ihren Brauen in ihren Augenwinkeln eine Träne bildete, und sie sah das leuchtende Rot gereizter Haut, wo Malene die Härchen mit der spitzen Pinzette herausgezerrt hatte, gegen die Wuchsrichtung.

In dieser Nacht in Malenes Bett, während Malene neben ihr auf dem Rücken schlief und ihre Nasenflügel von einem sachten, beinahe melodischen Schnarchen zitterten, sah sie das indische Mädchen. Es trug Malenes Sommerkleid mit den Kornblumen, das ihm viel zu groß war und in das seine Hüften dreimal hineingepasst hätten, der Brustraum unausgefüllt. Sein Haar war immer noch feucht. Es setzte sich zu Mina auf die Bettkante und betrachtete eine Weile stumm die schlafende Malene. Bald zog es eine dünne Rolle aus einer Kleidtasche und steckte sie sich zwischen die Lippen. Eine Flamme leuchtete auf, und es begann leise zu knistern und zu knacken, während das Mädchen behaglich an seiner Nelkenzigarette sog und den Rauch durch die gebrochene Nase ausstieß und eine würzige Wolke in den Raum schickte.

»Für tote Mädchen gelten die Regeln nicht mehr«, sagte es schnippisch, als Mina ihm seine *beedi* wegnehmen wollte. Es rauchte in Ruhe zu Ende, dann drückte es den Zigarettenstummel auf der Bettkante aus und ging.

Mina öffnete die Augen und lag lange wach. Malenes Mädchenkopf hatte sie an etwas erinnert.

Als der Vater den gespaltenen Löwenkopf seiner Meerschaumpfeife im Ofen gefunden hatte, hatte er eine Hand neben dem Kopf der Mutter an die Wand krachen lassen. Die Mutter hatte eine Weile einfach dagestanden und sich nicht bewegt. Ihr Kopf blieb vor der Wand neben der Hand des Vaters, als die Hand und der Vater längst nicht mehr im Zimmer waren. Erst später hatte sie ihn wieder bewegt, ganz vorsichtig, als wolle sie die unsichtbare Hand des Vaters nicht stören. Als er am Abend zwischen Mina und der Mutter am Tisch saß, hatte sie ihm die Hand verpflastert. Da hatte Mina die Liebe verstanden oder zu verstehen geglaubt: Liebe war, wenn die Hand eines Manns den Kopf einer Frau an der Wand hält, obwohl sie nicht da ist, und wenn die Hand der Frau die Hand des Manns danach verbindet.

Jetzt wusste sie, dass das Blödsinn war. Und trotzdem: Es hatte, und wenn auch entfernt, mit dem zu tun, was Mina noch immer für die Liebe hielt, die körperliche jedenfalls. Wie kam sie, Mina, dazu, sich eine Gewalt noch herbeizuwünschen, ja, sie zu brauchen? Wie konnte sie nach Regeln und Verboten suchen, wo andere Frauen, kämpferischere Frauen als sie selbst, die alten Regeln und Verbote der

Staatsführer und Väter und Ehemänner und Vergewaltiger für Mina eingerissen hatten?

Malene neben ihr murmelte etwas im Schlaf und drehte sich auf die Seite, das Gesicht zu Mina, zerknautscht vom Kissen, das Haar fiel ihr über die Augen und in den Mund. Mina strich ihr die Strähnen aus der Stirn und dachte: Versuch es ruhig, Malene, und vielleicht hast du recht. Vielleicht gefällt es dir. Und trotzdem wirst du nie sein wie ich: Du wirst es nie müssen.

XXV

MAMMUTBÄUME

Vetko hatte die Idee, als die Mammutbäume kamen: zwei kräftige Exemplare der Gattung *Sequoiadendron giganteum*. Drei Jahrzehnte in Kalifornien gewachsen und in einem Monat verschifft von der Sierra Nevada bis nach Karlsruhe. Dort hatte der Taubner die beiden zwanzig Meter hohen Bäume auf der Ladefläche seines deutlich zu kurzen Transporters geladen und war zweimal die Strecke von Karlsruhe bis ins Dorf gefahren, für jeden Baum ein eigenes Mal. Mit Schrittgeschwindigkeit war er den Berg hochgeschlichen mit einer höchst illegalen Beladungsweise von zehn Metern überstehendem Baum inklusive potenziell tödlichem, wenn abbrechendem, Wurzelwerk, wie der Bürgermeister am Abend, als er das Werk Taubners begutachtete, das mitten auf dem Marktplatz bald alles überragen würde, sogar das Rathaus, mit einem nervösen Zupfen am Backenbart sich anzumerken traute.

Taubner stand nur da, die Schranke seiner Oberarme unbeweglich heruntergefahren und die stämmigen Beine mit vom kalifornischen Großholz herrührenden Schürfwunden an den Waden exakt einen Fußbreit auseinander. Seine acht hastig angeheuerten Transporthelfer, allesamt Nationalparkaktivisten aus dem besetzten Hotel Waldesruh am Nordrand des Dorfs, standen im Kreis um den Taubner herum, und auf Taubners Blick hin kreuzten auch sie, einer nach dem anderen, die Arme vor der Brust und standen stumm, bis der Bürgermeister sich genug Barthaare ausgezupft hatte und den Kampf für Taubner entschied. Er zog ein Bündel Geldscheine aus der Jackentasche und reichte sie Taubner, grummelte ein kleinlautes »Gute Arbeit«, streckte die rechte Hand zu einem jovialen Schultertätscheln in Taubners Richtung aus, ließ sie auf halber Strecke wieder hängen, trabte zurück ins Rathaus und guckte resigniert aus seinem Fenster, vor dem nun zwei schnell wachsende Attraktionen für Touristen ihm die Aussicht nehmen würden, jedes Jahr genau einen Meter mehr.

Taubner winkte mit den Geldscheinen in die Runde und verkündete eine Einladung zum Bier. Es blieb merkwürdig still unter den Helfern, bis einer vortrat und betreten sagte: »Taubner, tut mir leid, genau genommen trinken wir kein Bier, also gar keins, keinen Alkohol«, und, als Taubner verständnislos den Kopf schief legte, als sei der Mann von links aus besser zu verstehen: »Komm doch mal zum Tee bei uns vorbei, wir freuen uns immer über Zuwachs.« Der Helfer hob entschuldigend die Handflächen zum Himmel und zu den ausladenden Ästen der Mammutbäume, in denen sich die Dunkelheit verfing wie blaue Tinte in Watte.

Taubner kratzte sich ratlos das Kinn, verteilte schulterzuckend das Schwarzgeld und ließ in dieser Nacht den Großteil seines eigenen Bündels beim Anker-Wirt. Seine acht Helfer marschierten zurück zum nördlichen Waldrand und brühten in der muffigen Großküche des Kurhotels Tee aus losen Blättern auf und wärmten sich die von Mammutbaumkronen zerschrammten Hände.

Im Nordteil des Dorfs lebten seit dem letzten Winter die Aktivisten der Ja-Nationalpark-Gruppe und die Pensionäre des benachbarten Altenheims nebeneinander. Junge sonnenbraune Häute, sauber getrennt von alten Häuten mit aderdurchzogenem Weiß, beide Lager auf harten Plastikstühlen vor den Gebäuden hockend. Die Frauen und Männer aus den großen Städten jenseits des Waldes musterten die Alten mit Augen, deren Blicke süß waren wie Rosinen und genauso harmlos. Und die Alten musterten die Fremden mit Blicken, die an die gebogenen Spitzen von Vogelschnäbeln erinnerten, die nur zu gern nach Rosinen gehackt hätten.

Dem Moos, das sich auf den Sitzflächen angesiedelt hatte, war es jedenfalls einerlei, ob jung oder alt: Es hinterließ ganz gleichmütig auf beiderlei Häuten und jeglichen Kleidern, ob sie von Großstadtflohmärkten stammten oder von den Stangen des Kaufhauses der Kreisstadt, leuchtend hellgrüne Flecken.

Die Blicke der Alten auf die Aktivisten waren nadelspitz geworden, als im Frühling das Sägewerk vom Achner abbrannte. An einem der ersten Tage ohne Frost, der noch bis Ende Mai mit Einbruch jeder Dunkelheit vom Berg geschlichen war und das ausgelaugte Wintergras eingedrückt und müde in den frühen Stiefelspuren der Morgen zurückgelassen hatte, hatten die Ortsbewohner ihre Fenster geöffnet und die Köpfe mit durchgestreckten Hälsen durch die engen Fensterhöhlen ihrer Schindelhäuser gesteckt. Prüfend sogen sie die Nachtluft ein. In das säuerliche frische Harz der Fichten und Tannen und Kiefern und den stumpfen, felligen Dunst des Morastes, in dem die Bäume des Waldes bis zum Hochsommer stehen würden, mischte sich eine knackende Würze, die ihnen über die Nasenscheidewände schmirgelte. Feuer. Wie schwarzes Öl leckten die Rauchwolken über die Abenddämmerung und erstickten alle Farben der Umgebung.

Die Feuerwehr rückte an mit Wasser und Schaum und Sand, fast zeitgleich mit den Dorfbewohnern. Vetko war einer der Ersten gewesen. Als das Feuer auf das Lager übergriff, gefüllt mit Säcken voll Sägespänen und dem Holztransporter mit Dieseltank, explodierte das Gebäude und spuckte brennende Späne in die Luft wie ein weiß glühender rauschender Regen.

Vetkos Vater hatte ihm einmal, lang bevor die Abende kamen, an denen er nur noch erschöpft in den Sessel fiel und Tee trank, gezeigt, wie man mit Mehl Feuer spuckte. Er hatte auf der Wiese vor der Papierfabrik gestanden und sich eine Handvoll Mehl in den Mund rieseln lassen. Vetko hatte die Fackel halten dürfen. Der Vater holte einmal tief Luft, etwas Mehl stob dabei schon über seine Lippen und sah aus wie Raureif auf seinem schmalen, konzentrierten Mund. Der Vater hatte in die Flamme der Fackel geblasen, ein Feuerpilz wuchs aus Vetkos kleiner Hand in den Himmel, und das Mehl, weiß in die Luft geworfen, sank schwarz und verbrannt auf ihre Schultern und Nasenspitzen.

Vor Vetkos Augen fiel nun eine Vaterhand voll Mehl zwischen die Späne des Achner-Sägewerks und stieg mit den Feuerrädern der Explosionen lichterloh brennend in den Morgen über den Baumwipfeln, warf züngelnde Schatten an die kahle Nordseite des Berges über dem Dorf und zerstob über der Bergspitze.

Es fehlte jeder Beweis dafür, dass die Ja-Nationalpark-Gruppe den Brand gelegt hatte, aber im Ort wurde der Bogen, den die Einheimischen um die Männer und Frauen aus dem Waldesruh schlugen, merklich größer. Niemand traute sich, eine offene Anklage auszusprechen, selbst die Denner verspritzte ihr Gift nur unter der Ladentheke. Aber sie hob den Preis für das fünf Tage alte Kümmelbrot, das einer der Männer der Gruppe wöchentlich im Leinenbeutel abholte, um siebzig Cent an und hängte an die Restetonne hinter der Bäckerei ein dickes metallenes Vorhängeschloss, nur zur Sicherheit.

»Im Regionalfernsehen haben sie junge Leute aus der Kreisstadt gezeigt, die schlappe Salate und abgelaufene Milch aus den Containern hinter dem Biomarkt stahlen, nachts und mit Gesichtsmasken, wie die Waschbären!«, sagte die Denner und stemmte die breiten Handgelenke in die runden Hüften. Taubner und Lohwieser und Achner nickten zustimmend und folgten mit den Augen dem Weg der Handgelenke der Denner und griffen nach den Probierplatten auf der Theke, auf denen die Denner Apfelkrapfen und Zimtschnecken von letzter Woche mit dem groben Brotmesser in mundgerechte Happen gesäbelt und auf Zahnstocher gesteckt hatte.

Vetko bemerkte die fremde Frau im Supermarkt neben dem Dosenkohl. Die Frau hatte sehr schmale Handgelenke und einen sehr schmalen Hals, beides guckte weit aus ihrem haferflockenfarbenen Strickpullover heraus. Mit einem Schlag ließ diese Frau die anderen Frauen mit ihren an den Händen baumelnden Einkaufskörben und Taschen halslos und armlos aussehen, als hätte die Natur ein paar Mal stümperhaft die Formen einüben müssen, bevor sie an der Frau im Pullover den Dreh richtig herausgehabt hatte.

Sie bummelte durch die Regalreihen und blieb lange vor den Konserven mit Brechbohnen und geschälten Tomaten stehen. Als sie weiterging, rieselte aus dem groben Profil ihrer Stiefel braune Spreu und zog eine Spur durch den Markt, von Regal zu Regal. Vetko sammelte die trockenen Lindenblüten mit der Hand auf, sie klebten von dem Saft an seinen Fingern fest. Es gab nur einen Ort im Dorf, an dem Linden wuchsen: vor dem alten Waldesruh.

Als er diese junge Frau zum ersten Mal gesehen hatte und die kalifornischen Mammutbäume auf dem Marktplatz angekommen waren, hatte also Vetko seine Idee. An den Abenden, die jetzt so früh kamen wie die Morgen spät, als müsste der Herbst dem Wald das übermäßige Licht der Sommermonate kalt entziehen, trank er schwarzen Tee mit Kandis aus den Sammeltassen seiner Mutter, den Tee, den seine Mutter zuvor gebrüht und gebracht hatte, ihm und dem Vater. Vetko trank den Tee, den er sich selbst gebrüht und gebracht hatte, und der Vater, das Trinken war in seiner Rückenlage wie im Tod überhaupt allgemein unpraktisch, trank gar keinen Tee mehr. Die Mutter malte weiter Engel und schluckte ihre gelben Sonnenvitaminpillen gegen die Traurigkeit selbst im Sommer und zermalmte in ihrem Mörser meditativ Kurkuma, *das Gewürz, das bleibt*, wie sie sagte, und bestreute die eidotterfarbenen Flecken auf ihrer Schürze und ihren Röcken mit Salz und badete sie in den Laugen ihrer selbst gemachten Seifen, was nicht half, nicht gegen die Flecken und nicht gegen das Traurigsein. Vetko hörte die 70er-Jahre-Platten seines Vaters mit Covern, auf denen Männer und Frauen mit langen Haaren zwischen Sonnenblumen und Heufeldern standen und in ihren identischen formlosen Pullovern den Aktivisten aus dem Waldesruh ähnelten, und blickte aus dem Wohnzimmerfenster über den Garten und die Schule und Minas Haus hinweg bis ins Tal. Er wartete auf das Klingeln seines Telefons.

Wenn, so dachte er sich, Mammutbäume und schöne Aktivistinnen in haferflockenfarbenen Pullovern in den Schwarzwald kommen konnten – dann konnte der Schwarzwald doch auch hinaus. Zumindest die beweglichen Teile. Bewegliche Teile, dachte Vetko, bewegliche Teile konnte man zu Geld machen, ohne sich selbst zu bewegen. Wenn man wusste, wie. Und Geld war das Einzige, was er wirklich brauchte.

Er kaufte die URL *schwarzwaldvintage.com* und ging im Ort auf die Suche nach Teilen, die sich bewegen ließen.

XXVI

EIN GROSSES RÄUMEN

Zuerst hatten die Lampenschirme auf den Straßen gestanden wie ein versprengter Trupp orientierungsloser Gardisten, dem das restliche Heer auf dem langen Marsch von den 60er-Jahren bis in die Gegenwart abhandengekommen war. Der Frühherbstregen troff an ihnen herunter und verlängerte ihre brotteigbraunen oder flaschengrünen Fransen nach unten. Auf die Lampen folgten die Apparate. Radios und Röhrenfernseher in Holzmänteln, große runde Drehknöpfe an der Front; durch das vieltönige Summen eines halben Jahrhunderts, den Wechsel der Sender, Lautstärken und Zeiten längst nicht mehr erkennbar, was an ihnen einzustellen gewesen war. Ein großes Räumen hatte begonnen, oder besser: eine Freilegung der Vergangenheit unter einer lehmigen Schicht hervor. An den aus dem Schlammboden der Jahre herausgezerrten Dinge fanden sich Krümel und Reste einer Gewissheit, dass alles, was sich bewährte, bleiben würde, wie es war.

Vetko wischte diese Spuren mit der Hand herunter, als er durch die Straßen ging und die Dinge aufsammelte, Stück für Stück. Über der Schulter trug er sie in das Haus seiner Eltern, und je größer die Gegenstände mit der Zeit wurden, desto mehr vermisste er sein Auto. Die Stühle trug er verkehrt herum, Sitzpolster aus Samt, aufgeschürft und mit Krusten überzogen wie Kinderknie, auf den Kopf gestützt.

Es stand eine Garnitur von sechs Esszimmerstühlen vor dem Denner-Haus, allesamt im genau gleichen Abstand nebeneinander aufgereiht auf der Straße, als würden sie statt der gekiesten Einfahrt einen Konzertsaal bestuhlen. Die Stühle waren die letzten Habseligkeiten der Denner-Großmutter gewesen. Seit dem vergangenen Winter bezahlte die Denner ihr die überteuerte Seniorenresidenz, und bevor sie einschlief, überschlug die Denner manchmal im Kopf, wie viel Kilogramm Kümmelbrot und Apfelkrapfen die alte Mutter verfressen hätte müssen, um auf eine Monatsmiete in der Residenz zu kommen. Jedes Mal kam die Denner auf eine Menge, die so groß war, dass sie nicht mehr in ihre Backstube passte, und dann ärgerte sie sich in den Schlaf und ließ darauf das Brot noch einen Tag länger im Regal austrocknen, bevor sie es in die Restetonne warf und die Tonne verriegelte. Was sollte die Mutter noch mit sechs Stühlen, ins Zimmer passten zwei, einer für Besucher und einer für sich selbst. Die Stühle ihrer Mutter wie von Geisterhand verschwinden zu sehen, nur wenige Stunden nachdem sie sie auf die Straße geworfen hatte, rief in ihr eine durchaus wohlige Erinnerung wach: an das Herunterschaben der im Sonntagsbadewasser wellig gewordenen Hornhaut auf ihren Füßen und den lustvollen Blick auf den mit weichen Hautzellen bedeckten Hobel; an die Möglichkeit des Herausschälens eines noch unberührten, vor Frische sanft spannenden Neuanfangs aus einer verhornten Gegenwart.

Die unberührte Frische richtete sich nicht nur bei der

Denner häuslich ein, sie schien ansteckend zu sein: Sie zog von Gesicht zu Gesicht, und Vetko entdeckte sie hier und dort.

Sie nistete im plötzlich freundlichen Faltenwurf um die Augen des Drogerieverkäufers. Sie rötelte und fleckte die Dekolletés der vier Romméclubdamen, die an jedem ersten Freitag im Monat um die Ehre gegeneinander Karten spielten, bis eine nach den ersten Williamsbirnenschnapsgläschen einen Centbetrag setzte und nach dem halben Liter allesamt ihre falschen eisblauen Perlenketten auf den Gartentisch mit festgenageltem Wachstuch warfen, herausfordernd wie Hüte in einen Ring.

Eine der Damen war Eva Lohwieser, Mutter vom Lohwieser senior. Die Pfirsichfarbe im Gesicht und die Röte im Ausschnitt der alten Lohwieser waren auf etwas sehr Konkretes zurückzuführen: Sie hatte ausgemistet. Alles, was die Schwiegertochter hatte stehen lassen, als sie ihrem Sohn abgehauen und mit dem Taubner durchgebrannt war, hatte sie vor die Stallungen des Hofs gestellt, zum Verkauf an den Höchstbietenden.

Als nach einigen Tagen das cordbezogene Zweisitzersofa in Maisgelb und drei holzgefasste Vitrinen noch immer im Hof standen und allen, den Hochlandrindern eingeschlossen, den Weg zu den Ställen verstellten, überließ man die Möbel Vetko, der sich bedankte und sie Stück für Stück forttrug. Er schaffte sie in das Haus seines Vaters, das jetzt sein Haus war, und fügte sie in die Ordnung ein, in die er alle Zimmer der alten Villa eingeteilt hatte: In einem Zimmer lagerte er die Möbel, die er eingesammelt hatte, die Stühle und Sofas, Chaiselongues und Kneipenhocker, Lesesessel und Gartenklappliegen, Wohnzimmerfliesentische mit Aschenbecherabdrücken und nachgedunkelte Walnusstische, Beistelltische und Nachttische, in deren Schubladen man künstliche Ober- und Unterkiefer, Lesebrillen, Zahnspangen und Hörgeräte vergessen hatte. In einem Nachttisch fand er eine zierliche Marienfigur im blauen Mantel, die man aufschrauben konnte: darin noch einige wenige Wassertropfen aus Lourdes. Das Wasser roch abgestanden und muffig, ein Geruch, der ihn an Waldboden erinnerte. Er behielt das Fläschchen.

Ein anderes Zimmer gab es nur für die Elektronik, und in jeder der vier Ecken schichtete er einen eigenen Stapel auf: einen für die Plattenspieler und CD-Player und Radios, sogar die Jukebox aus dem Anker war darunter und ein Grammofon. In den anderen Ecken gab es Fernseher mit einer unauflösbaren, filzigen Schicht aus Hausstaub und Raumspray auf den Bildschirmen, dazu Videorekorder und einige VHS-Kassetten. Die letzten beiden Ecken beherbergten alle Geräte, in die die Dörfler im vergangenen halben Jahrhundert ihre Beschwerden und Sorgen, Gerüchte und Grüße, Flüche und Liebesschwüre, Sehnsüchte und Einkaufslisten hineingesprochen hatten: Es häuften sich Mobiltelefone, einige mit Antennen wie Fühler von monströsen Schneckentieren, andere aufklappbar, manche groß und schwer wie Backsteine; eine erstaunliche Menge an zerkratzten Kabeltelefonen aus grünem Bakelit mit schnurrender Wählscheibe, Funkgeräte und Babyfone und die warnsignalgelbe Flüstertüte, mit der der Lohwieser senior, wenn er betrunken aus dem Anker kam und das Haus ohne seine Frau vorfand, ganze Nächte lang vor dem Taubner-Haus krakeelt und bisweilen Lieder gegrölt hatte, die die Mütter des Ortes erschrocken die Hände von den eigenen Ohren an die Ohren der Kinder zucken ließen. Bis es dem Taubner in der sechsten Nacht zu viel wurde, er im Morgenmantel aus dem Haus marschierte, dem Lohwieser senior mit der einen Hand die Flüstertüte aus der Hand riss und ihm mit der anderen eine verpasste, und dann war Ruhe gewesen, und die Flüstertüte war zuerst im Taubner-Keller und schließlich auf der Straße gelandet zwischen den anderen Dingen, die man endlich loszuwerden gedachte.

Ein Zimmer stand voller Glas. Schwere Trinkgläser aus geschliffenem Kristall, in denen die Männer des Dorfs gewichtig braune Schnäpse geschwenkt hatten; Kristalllüster, in die noch Kerzen gehörten, keine Energiesparlampen. Backsteinschwere Kristallaschenbecher.

Und Eingemachtes. Auf groben Holzregalen, die Vetko vom Dachboden heruntergebracht hatte, standen große und kleine, bauchige und eckige Weckgläser, fest abgedichtet mit Gummis, die einmal rot gewesen und jetzt bei vielen der Gläser so alt waren, dass Farbe und Dehnbarkeit verschwunden waren und sie beim Öffnen aus den Vertiefungen der Glasränder bröselten wie Staub. Innen schwammen die Ernten der Jahre seit 1955, träge dann und wann gegen die Glasränder treibend in Zuckerwasser oder Salzlake oder Essig: Birnenhälften zerfaserten gemächlich, Pflaumen und Pfirsiche stülpten ihr weiches Fleisch hervor wie Quallentiere. Gurken und Zwiebeln und sogar Steinpilze und Pfifferlinge drückten sich gegen das dicke Glas, gequetscht und geschichtet und dazwischen Pfefferkörner und Dill.

Vetko saß zwischen all den Dingen, die einem allgemeinen Nutzen verloren gegangen waren, und ließ ein Zimmer leer: Die Bibliothek seines Vaters blieb, wie sie war.

Er stellte nicht die zerfledderten Taschenbücher und in Kunstleder mit Goldrand gebundene Buchclubausgaben dazu, die er auf den Straßen fand; er saß dort, nachdem er gesammelt und geordnet hatte, im Schneidersitz, drehte sich eine Zigarette und hörte manchmal aus einem der Weltempfänger, den er aus dem Gerätezimmer herübertrug, leise und verrauscht zufällig eingestellte Sender und konnte japanische oder russische Wetternachrichten nicht von japanischen oder russischen Kultursendungen unterscheiden, aber er hörte dem fremden Plappern aus dem Apparat geduldig zu und blieb bei dem eingestellten Sender, ohne nach einem anderen zu suchen. Nur wenn er einen deutschen erwischte, schaltete er aus: In fremden Sprachen ließ sich besser träumen.

Vetko sah die Spuren schon am Gartentor. Er ließ den Karton stehen, den er vor der Bäckerei Denner eingesammelt hatte, darin mit rosa Zuckerguss verkrustete Spritzaufsätze und Schnittkuchenbleche mit Schrammenmustern vom langen Brotmesser und groben Handgelenksschwüngen der Denner, deren letzter Handgelenksschwung in der Familienbäckerei Denner ein *Zu vermieten*-Schild hinter das Türglas gehängt hatte. Mit einem Tritt öffnete er das Tor und folgte den krümeligen vertrockneten Lindenblüten. Sie führten über den gepflasterten Weg und die Schwelle der Haustür, die er nicht abgeschlossen hatte, bis in das Wohnzimmer hinein, in dem niemand mehr wohnen konnte, weil das ehemalige Wohnen des ganzen Ortes darin archiviert war. Zwischen den Nussholzmöbeln und einem zerschrammten Klavier aus Buche ohne Deckel stand die Frau mit dem Strickpullover. Sie zog gerade eine Schublade auf. Die Schublade vom Nachttisch seiner Mutter. Vetko räusperte sich.

»Oh, hallo«, sagte die Frau fröhlich. Sie lächelte ihn an, ihre Eckzähne waren etwas länger als üblich. An einem, sah Vetko, war ein kleines Stück herausgebrochen.

»Wir haben geschlossen«, sagte er und lehnte sich gegen eine wurmstichige Anrichte. Das Möbel rumpelte und kippte auf die Frau zu. Erschrocken wich Vetko zurück. Die Frau zeigte wieder ihre langen Eckzähne und fing die Anrichte geschickt mit beiden Händen ab.

»Ich gucke nur«, sagte sie. »Eigentlich habe ich auch schon was gefunden.«

Sie kramte in der Nachttischschublade und zog etwas heraus, das an einem Bindfaden pendelte. Es war sein alter Backenzahn. Die Mutter musste ihn all die Jahre in der Schublade aufbewahrt haben. Vetko schluckte hart.

»Was kostet der?«, fragte sie.

»Der … steht nicht zum Verkauf.«

»Schade.« Die Frau sah enttäuscht aus. »Die Farbe passt gut zu meinem Pullover, findest du nicht? Ich hätte ihn getragen wie einen Haifischzahn, an einem Lederband.« Sie lächelte erneut und zeigte ihren blitzenden Eckzahn.

Vetkos Hände in seinen Hosentaschen verkrampften sich. Seine Finger hatten sich um eine unsichtbare Form gebogen: ein weiblicher Hals, sehr schmal. Beide Hände würden genügen, um ihn lückenlos zu umschließen. Er müsste sie nur ein wenig strecken. Vetko lockerte die Finger und ließ die Gelenke knacken. »Weißt du was«, sagte er, »ich schenke ihn dir.«

XXVII

JACARANDA ODER: DIE NAMEN LERNEN

Es war Esra, die Mina mitnahm in die Nische.

Zuerst war Esra die Freundin des Ingenieurs gewesen, Minas Mitbewohner. Mina hatte Esra sofort gemocht. Sie war eingezogen in die Wohnung, sie hatte ein kleines Zimmer bekommen zwischen den Zimmern von Esra und dem Ingenieur, und Esra hatte auf ihrer alten Schreibmaschine ein neues, schönes Schild getippt, MinaEsraMarkus, und später einfach die Schere hinter ihrem Namen angesetzt und vor dem von Markus. Dann hatte sie ihm vier Paar Barfußschuhe vor die Tür gestellt, die das Laufen wie auf Waldboden auch in der Stadt ermöglichen sollen, was ein Unfug war: Mina hatte sie probiert, man lief darin, als wären die Straßen ein Turnhallenbelag, und man schlich geschmeidig. Im Wald wurde jedoch gestolpert und hingefallen über Wurzeln, Steine, Kuhlen, das Gehen im Wald war kein lineares, ja, es war gar kein Gehen, es war ein Heddern um Hindernisse herum, und in den Städten verkauften sie das Waldbodenlaufen an Menschen wie Markus, die gern auf geraden Wegen gingen, Schritt für Schritt näher an ein

Ziel, das selbst ausgesucht war und einer Wahl entsprang, die Markus als frei bezeichnen würde. Markus packte die Schuhe in einen Jutebeutel mit Aufdruck und huschte in seinem fünften Paar Barfußschuhe die Treppe herunter, ganz ohne zu stolpern, das nächste Ziel sicher schon fest im Blick. Und Mina und Esra schlugen die Tür hinter ihm zu und umarmten sich und lachten. Damit hatte die beste Zeit begonnen, und wenig später nahm Esra Mina zum ersten Mal mit in die Nische.

Sie saßen sich auf dem Boden des mit Tüchern verhängten Raums in einem Kreis gegenüber und bildeten mit ihren Ober- und Unterschenkeln Dreiecke. In der Mitte saß die Kursleiterin, neben ihr stand eine Tischglocke. Die Frau ließ sie synchron atmen, eine Viertelstunde lang blähten sich Minas Nasenflügel, wenn sich die Nasenflügel des kahlköpfigen Manns ihr gegenüber blähten, ihre Stirn sank zur Brust, wenn auch die hohe blanke Stirn des Manns sich senkte und den Silberring in seinem Ohrläppchen schwanken ließ.

Sie saßen auf Kissen und Matten, der ganze Raum war damit ausgelegt, es gab keine Ecken oder Kanten oder Spitzen, keine Möbel, nur kantige Menschenkinne, spitze Menschenknie, eckige Menschenellenbogen. Sie atmeten wie ein Körper, der Mann und Mina, eine Lunge mit vier Lungenflügeln, es war, als reichten sich beide den Luftstrom von Nasenscheidewand zu Nasenscheidewand hin und her, zugeneigt und zärtlich wie eine warme Tasse Tee, die man sich teilte. Die Kursleiterin hob das Handgelenk mit den geflochtenen bunten Lederschnüren hoch über ihren Kopf, und die Glocke schrillte kräftig durch den Raum. Der Mann stürzte auf Mina los.

Seit Vetko hatte Mina mit Männern geschlafen, wie man an einem Sonntag altes Brot aus seinem Brotkasten nimmt und isst, weil man gerade nichts anderes dahat: begeisterungslos und bedürftig nach etwas anderem, das sie in der Labberigkeit der teigigen Berührungen dieser Männer nicht finden konnte.

In der Stadt mit den Basswellen auf betoniertem Zechenboden und den schlicktürkisen Baggergruben und mit den Gevierten aus Spiralblöcken und Kugelschreibern in zu dicht besetzten Hörsaalstuhlreihen schlief Mina mit dreien, vieren, fünfen der dunkel behaarten Unterarme, die an ihre gestoßen waren. In den Vorlesungspausen kaufte sie weichporiges Brot, das ein Automat im Supermarkt auf Knopfdruck aushustete, sie kaufte die kleinsten Laibe, sie waren federleicht, als wären sie unter der gleichmäßig holzlackbraunen Glanzkruste ausgehöhlt, sie kosteten wenig und machten nicht satt. An den Sonntagmorgen, nachdem sie die Unterarme aus der Wohnungstür geschoben hatte, riss Mina mit bloßen Händen Brotballen aus dem lappigen Teig und schob sie sich in den Mund, das Brot sog wie ein Schwamm die scharfen Reste von dem auf, was die Männer dort hinterlassen hatten. Sie schmeckte Mehl und künstliches Backtriebmittel, nicht einmal Salz war darin. Teigiger Sex und salzloses Brot, es war besser als nichts, besser als ein Hungerknurren im Bauch und zwischen den Beinen, das jeden Tag lauter wurde.

Der Glatzkopf rang Mina binnen Sekunden zu Boden, und als die Glocke zum zweiten Mal läutete, presste sein Ellenbogen ihren Kehlkopf nach unten, und sein linkes Knie war zwischen ihren Oberschenkeln verkeilt, sein Gesicht schmerzverzerrt: Zwischen Minas Fingern baumelte ein blutiger Metallohrring. Aus dem Schlitz in seinem Ohrläppchen tropfte warm das Blut auf ihren Hals. Mina rappelte sich auf und drückte dem Mann seinen Schmuck in die Hand, den er der Kursleiterin anklagend entgegenreckte wie das letzte fehlende Beweisstück für weibliche Boshaftigkeit.

Die Leiterin zuckte mitleidlos die Achseln. »Schmuck ist hier verboten«, sagte sie und gab ihm ein Papiertaschentuch. »Nimm ihn das nächste Mal besser gleich ab.«

Sie wandte sich um und schüttelte die zerwühlten Kissen im Raum auf, zwischen denen sich langsam die anderen Teilnehmer erhoben, sich streckten und die Glieder knacken ließen. Manche umarmten sich zum Abschied und dankten einander. Zu bluten oder Schmerzen zu haben schien, außer dem Glatzkopf, niemand.

Zu Hause entdeckte Mina zwei Blutergüsse auf den Innenseiten ihrer Oberschenkel. Sie spürte die Erinnerung an ein bekanntes Gefühl aufsteigen, eine kleine Sonne im Magen, die ihr mit Vetko die Brust und den Bauch von innen gewärmt hatte, aber ihr Schritt blieb trocken. Sie hätte sich genauso gut das Knie am Tisch stoßen oder eine Treppe herunterfallen können: Das, was sie in der Nische taten, ähnelte nur auf den ersten Blick dem, was Mina suchte. »Es geht da nicht ums Grabbeln«, hatte Esra ihr erklärt. »Wir flirten nicht, wir ficken nicht, das ist tabu.«

»Aber um was geht es denn dann?«, hatte sie gefragt, und Esra hatte fest erwidert: »Um den Ursprung von allem. Du sollst dich wieder spüren.«

Der Schritt des Glatzkopfs hatte sich schon im Sitzen abgezeichnet; war über Mina hart geworden. Viele der Männer hatten weite Hosen getragen, das fiel ihr nun ein; das gab Bewegungsfreiheit beim Raufen, aber es verdeckte auch die Regungen des Schoßes zuverlässig. War denn nicht Sex ohnehin eine Kriegserklärung? Der einzige Kampf, den man einzig des Schlachtgetümmels wegen führen durfte, den man darum gefahrlos verlieren konnte? *Das ist tabu.* Esras Blick war ernst gewesen dabei.

Zu Dreikönig hatten sie noch an den Rändern der Nachbarorte gestanden und zugesehen, die haferflockenfarbenen Strickpullover eng um die Körper gewickelt, die Rollkrägen bis über das Kinn hochgezogen. Die Frauen wippten nach einer halben Stunde ungeduldig mit den Fußspitzen auf und ab, man drängte zum Aufbruch. Noch bevor der Zug sich richtig in Bewegung gesetzt hatte und die Jammerkatzen, Hungerwölfe und hageren Reisighexen zur Musik hinter den Wagen hergewallt waren, in den behandschuhten Händen ihre langen Holzpfeifen, aus denen dann und wann dicker blauschwarzer Rauch quoll und gemächlich über die Schneehalden der geräumten Straßen kroch, war die Gruppe aus dem besetzten Waldesruh bereits verschwunden.

Zum großen Fastnachtsumzug im Februar kam schließlich die gute Nachricht: Der Wald würde zum Nationalpark erklärt werden, die Sägewerke würden stillstehen. Die letzten Randalierer der Gegenbewegung ließen entmutigt ihre Steine und Fäuste und leeren Bierflaschen sinken, die sie auf Kotflügel der Autos mit Ja-Nationalpark-Aufkleber gerichtet hatten. Beim Fastnachtsumzug kippten ihre Köpfe noch weiter in den Nacken als die der anderen, die Münder fest um kleine Schnapsfläschchen geschlossen, deren Schraubverschlüsse auf ihren geröteten Nasenspitzen saßen.

Zwischen den dunklen Gewändern und Lindenholzmasken, den Stoßzähnen und Katzenohren, Wolfsschnauzen und spitzen gelben Hexenkinnen tanzten in diesem Jahr hellbraune Strickpullover und brachten den fetten tief hängenden Nebel in wilde Strudel und Wirbel, der aus den Köpfen der übergroßen Pfeifen drang, die die Dörfler vor sich hertrugen.

Vor Vetko, der am Rand stand und zusah und eine Zigarette drehte, baute sich jemand auf. Es war die Frau mit dem Eckzahn. Ihr Haar hatte dieselbe Farbe wie ihr Pullover, Vetko bemerkte das jetzt erst, und in den Fältchen ihrer Augen stach wach und gischtig ein Grau, das Vetko an Wellenkämme denken ließ und an das Meer, wie er es sich vorstellte. Vor ihrer Brust baumelte an einem Lederband ein grauer Brocken mit braunem Kariesfraß.

»Jördis«, sagte sie und zeigte mit dem Daumen auf sich. »Ich habe das letzte Mal ganz vergessen, mich vorzustellen.« Sie umarmte ihn mit dem Selbstverständnis alter Freundschaft – oder so, dachte Vetko, als wären Umarmungen grundsätzlich ohne Bedeutung für sie und frei an jeden Fremden verteilbar.

In einer Hand hielt Jördis ein Schnapsfläschchen, das sie ansetzte und zur Hälfte austrank, dann reichte sie ihm die Flasche. Vetko wollte den Kopf schütteln, aber sie zog die Hand nicht zurück und sah ihn fordernd an, ein Blick wie gefrorenes Salzwasser. Er nahm und trank, und als er absetzte und sich mit dem Ärmel seines schwarzen Mantels einen fliehenden Tropfen vom Kinn wischte, bemerkte er die kleine harte Hand unter seinem Kinn, die es in eine aufrechte Position zwang. Der Dunst des Kümmelschnapses stieg von ihrem Mund auf und strich an Vetkos Nase vorbei, und Vetko spürte kalte raue Lippen, die sich für einen Moment an seinen festsaugten. Es waren schmale Lippen ohne jedes Lippenfett und ohne jede Nachgiebigkeit, und dann ging die Frau weiter, tänzelnd im Zug zwischen Masken und Männern mit Schraubverschlüssen auf den Nasen, und drehte sich nicht mehr nach ihm um. Sie drängte sich zwischen zwei der Männer in Strickpullovern, die aussahen wie ihr eigener, einem schob sie eine Hand unter den Pullover und umfasste seine Hüfte, dem anderen gab sie einen Klaps auf den Po und ließ ihre Hand in seine hintere Hosentasche gleiten. Rücken an Rücken sahen sie beinahe gleich aus: drei schlanke Gestalten in Jeans und weiten Pullovern, das lange Haar hochgebunden in einen nachlässigen Knoten. Selbst die Schultern waren auf derselben Höhe.

Nur wenige Tage später war das Kurhotel leer und verlassen, das Lager der Aktivistengruppe geräumt, und es war wieder Vetko, der zurückblieb, mit dem Nachdruck eines Lippenpaars auf seinem von einem Kuss, der mehr Anmaßung gewesen war als Annäherung. Mehr als einmal stellte er sich seine Hand unter ihrem Kinn, an ihrer Kehle vor, aber er brach seine Tagträume immer an derselben Stelle ab: wenn das Gesicht der Frau kantiger wurde und er unter seinen Händen Stoppeln kratzen spürte. Unweigerlich schoben sich in jede seiner Fantasien die Gesichter der Männer, zwischen denen Jördis gelaufen war, und legten sich über ihre Züge, und der Geruch in ihrem Nacken, den er sich unter ihrem Haarknoten vorstellte, etwas wie Salbei nach dem Gießen an einem Sommerabend und Blumenerde unter Fingernägeln, schlug um und roch mit einem Mal nach etwas, das Vetko nicht zuordnen konnte, weil es den Geruch im Grunde genommen nicht gab, unkörperlich wie Badfliesen oder Tischbeine oder Computerbildschirme: nach nichts.

Vetko hatte sich selbst anhalten können, indem er stehen blieb, als Mina und die anderen losgelaufen waren. Er konnte festhalten, was ihn umgab, das Strandgut der Dorfjahrzehnte, das eine Flut mit schwappender Gier nach Neuem an die Straßenzüge des Ortes geschwemmt hatte. Aber die Bewegung der anderen, die konnte Vetko nicht verhindern: nicht Minas oder Malenes oder Jördis' Fortgehen, nicht den Weg der Holzkiste seines Vaters auf den Händen der Sargträger, nicht den Auszug seiner Mutter aus dem Haus, in dem er aufgewachsen war. Nicht das Dichterwerden der Transporterketten durch den Ort, die neue Möbel hinein- und die Theke von Denners Bäckerei hinausfuhren und dann jeden Morgen tablettweise hartgefrorene mehlige Backlinge, Brötchen, Kuchen, Brote, Kekse, in den mannshohen Backautomaten des Supermarktes brachten. Nicht Lus Kurierfahrer auf seinem Fahrrad mit Essenslieferungen von Lus neuem Lieferservice, der auf dem Waldboden ein Gewirr dünner Reifenspuren hinterließ, weil jetzt selbst die Eltern nicht mehr zu Hause und alle immer unterwegs waren zu jemandem oder in der Kreisstadt, auf der Suche nach dem nächsten Job, der nächsten Liebe oder einer besseren, gesünderen, weiter gereisten Version ihrer selbst, und trotzdem hatten sie sich das Hungrigsein noch nicht abgewöhnt, ganz im Gegenteil: Suchen machte Hunger. Der Fahrer brachte das Essen zuverlässig, er brachte es überall dorthin, wo die Hungrigen und Suchenden sich gerade aufhielten. Hier gab es gar nicht so viele Orte, an denen Menschen sein und Räder fahren konnten, aber trotzdem bestellten sie, tags und nachts, und Lu musste neue Leute dafür einstellen und erweiterte seine Karte um Italienisch und Indisch. An Donnerstagen gab es Schnitzel à la Lu, er servierte Sojasprossen dazu und Austernpilze, deren gewellte porige Leiber er sorgfältig neben die panierten Fettwellen der Wiener Schnitzel dekorierte, bevor er die Pappdeckel der Lieferkartons über ihnen schloss.

Vetko hatte nach Fastnacht fast ganz aufgehört, für seinen Trödelhandel zu arbeiten, und begonnen, die Nachmittage im Anker zu verbringen. Der Anker-Wirt drehte die Asia-Nudeln von Lu's Asia-Imbiss mit dem Barlöffel auf, und er und Vetko und Taubner blickten gemeinsam trübe auf die Bröckelsphinx neben der Kasse und schwiegen, bis die ersten Abendgäste kamen und es zu laut wurde, um sich zu unterhalten.

Die Sphinx war eine kleine Tonstatue, deren Nase abgebröckelt war: Über der Stelle, an der das Original vor den Pyramiden seine Nase vermisste, waren beim Transport vom Ägyptenurlaub in den Anker echte Bröckelstellen entstanden und hatten in den Koffer gerieselt, die gesamte grüne Kurve des Nil entlang bis über die Schwarzwaldserpentinen, an den Gleisen der Hochbahn vorbei über das Geländer des Anker bis in den Schankraum. Zu Ostern stand ein Flechtkörbchen davor, so eines, in dem sie Moses im Schilf gefunden hatten, nur dass Schwarzwälder Ostereier drinlagen für jeden zum Mitnehmen, grün, gelb und blau gefärbt. Im Fenster des Anker stand eine Frau mit gespannter brauner Plastikhaut über hohen Wangenknochen, die aztekisch aussah, einen Diener machte und dem Hinausgehenden galant ein Tablett entgegenstreckte, auf dem er ein letztes Trinkgeld lassen konnte. Woher sie gekommen war, wusste niemand mehr, sie stand schon immer da und streckte ihr Tablett hin, eine Kittelschürze umgebunden, bis der Wirt sie ihr vor Schichtbeginn von den Hüften zog, ein Moment, für den er jedes Mal kurz die Augen schloss.

Der Wirt stellte einen Klaren vor Vetko. »Geht auf mich«,

sagte er väterlich. »Kann ja keiner mehr mit ansehen, wie du hier rumhängst.«

»Was ist das für Zeug?«, fragte Vetko mürrisch.

Der Wirt schob eine Flasche über den Tresen. »Brennnesselschnaps«, sagte er. »Von der Denner, aus ihrem neuen Laden.«

Vetko nippte an dem Glas. Es schmeckte nach nichts.

Vetko dachte an die Lippen von Jördis auf dem Umzug, die hart gewesen waren und schmal wie Messerblätter und aus einem für ihn fremden Material, das mit der Weichheit von Frauenlippen, Frauenbäuchen und Frauenschenkeln, die Vetko kannte, nichts zu tun hatte: unvorstellbar, dass diese Art von Lippen nachgiebige Worte führen könnten, sanfte Worte, sich ihm fügende Worte. Er straffte die Schultern, legte sein Geld auf das Tablett der Aztekin und ging.

Vetko begriff, dass er in einer toten Sprache lebte. Die, die er zwischen Mina und ihm gesponnen hatte, gab es nicht mehr. Die einzigen Ohren, die sie verstehen und der einzige Mund, der in derselben Zunge antworten konnte, waren fort. Es musste noch andere Worte geben, die Ordnung schaffen würden.

Am Morgen stach Vetko mit einem rostigen Klappspaten in die Wildwiese des Gartens sechsundzwanzig kleine Quadrate. Er legte Steine rings um die einzelnen Beete und steckte an Holzstielen Schilder hinein. Er schlug die alten Pflanzkataloge seiner Mutter auf und fing willkürlich an zu blättern. Bei J stoppte er und besah sich das Wort der neuen Sprache, die er lernen würde: *Jacaranda*, eine Pflanze wie der Name einer Frau. Er dachte: Ein Name für die Aztekin im Anker-Schaufenster. Er füllte sechsundzwanzig Bestellkarten aus, bis er für jeden der Buchstaben auf seinen Schildern eine Pflanze hatte. Zu Ostern begann er das Einpflanzen und lernte die Namen gewissenhaft auswendig. Zum Schlafen schob er sich die Karten unter das Kopfkissen wie Französischvokabeln vor einem Test, und er träumte von der ersten violetten Blüte seiner Jacaranda, die er der Aztekin hinters Ohr stecken würde.

Teil III

XXVIII

DIE DEN MOND UM DEN HALS TRAGEN

Die den Mond um den Hals tragen kommen am Sommer ende in den Ort, drei Jahre nachdem sie alle fortgegangen waren, alle, außer Vetko, und Mina kommt mit ihnen. Es sind drei Frauen aus der Nische und Esra, alle vier tragen sie die Mondphasen an dünnen Ketten um den Hals, den zunehmenden Mond, den Vollmond, den abnehmenden Mond. Nur der Neumond fehlt natürlich, was nicht da ist, kann man nicht um den Hals tragen.

Vielleicht hat Mina es sich zu einfach gemacht: Über die Buckel der Hauptstraße, an denen sie sich beim Fahrradsturz den linken Schneidezahn auf die Lippe und ihr Mundblut in einem plusterigen hellroten Schaum über das noch runde Kinderkinn geschlagen hat, malmen die breiten schwarzen Reifen ihres Umzugswagens, drei Jahre und ein Studium liegen hinter Mina und dem Ort. Alle fünf haben sie keine Pläne gehabt nach dem Sommer, und die Frauen und Esra reden an den Balkonabenden mit Weißwein und Lichterkette über das Ursprüngliche, den Ursprung, an dem sie nie waren, an den sie zurückwollen. Sie wünschen sich nichts mehr als das, und Mina fällt der Ort ein und der Wald und die Schindelhäuser, an denen Lichterketten hübsch aussehen könnten. Sie schlägt es im Scherz vor, und alle sind begeistert. Mina ist unsicher.

»Und was wollen wir dann da?«, fragt sie die anderen.

»Leben«, sagt die eine.

»Obst einkochen«, sagt die andere.

»Uns spüren«, sagt die Dritte.

»Oder ein Café aufmachen«, fügt Esra hinzu, und bald rollen die Reifen des Umzugswagens über die enge Hauptstraße des Dorfs vor das Mietshaus am Rand der Neubausiedlung. Die Erinnerungen sitzen in den Bäumen und auf den Straßenlaternen wie Saatkrähen, feist und schwarz.

Die drei Frauen um Esra und Esra selbst sind alle radieschenwangig mit zur Sonne und zum Wind geöffneten Poren und tragen helle Leinenhemden, die sie patent hochkrempeln können, wenn sie auf dem Markt und im Garten zugreifen. Sie tragen Stiefel, Gummistiefel, obwohl es zu dieser Jahreszeit kaum je regnet. Eine hat schon ein Kind. Als ihre Brüste nicht mehr genug Milch geben für das Kind, stillt sie ab und zieht sich die letzten Tropfen aus den Brustspitzen auf eine Glasröhre, die sie verkorkt wie eine Flaschenpost. Ein Labor füllt die fette gelbe Milch in ein hohles Medaillon, es ist durchsichtig, und als es um den Hals der Mutter baumelt, fügt es sich zwischen all die Mondphasen wie ein zweiter Vollmond, mächtig und übergroß, eine hell leuchtende Scheibe haltbar gemachter Muttermilch um einen Mutterhals, der nie wieder etwas anderes sein wird als das: der Hals einer Mutter. Selbst wenn ein Mann darum fasst oder eine Frau ihn küsst, wird der Hals der Geliebten immer und immer hinter den Mutterhals treten, der stämmig wirkt und widerständig, das Kinn der Frau höher aufragen lässt als den schmalen Liebhaberinnenhals dahinter. Wenn das Milchmedaillon gegen die anderen Monde stößt, klimpert es leise.

Sie binden ihren Hunden Bernsteinbänder um, damit die Hunde besser ihren Ursprung finden, sollten sie im Wald fortlaufen, sagen sie, und meinen damit ihr Mietshaus, wo sie die Hunde halten, nicht etwa die Wildnis, aus denen vielleicht noch ein oder zwei Chromosomen stammen. Auf die Fensterbänke des Hauses stellen sie viele Töpfe mit Pflanzen, so haben sie die Natur auch im Haus, das Ungezähmte, den Ursprung der Welt: Sukkulenten und andere Wüstenpflanzen in Tontöpfchen, die sie an den Wochenenden selbst auf der Scheibe in ihrer Werkstatt im Gartenschuppen drehen. Ihr Abendbrot essen sie auf den bemalten Bauernstühlen, die sie aus Vetkos Wohnzimmer abholen und ihm viel Geld dafür zahlen. Mina ist nicht dabei an diesem Tag. Zurückkommen, das geht nicht einfach so, zu einem wie Vetko schon gar nicht.

Unter den Halbmonden der Nägel der Frauen klebt immer eine graue Schicht, die farblich zu ihren baumelnden Ketten passt. Ihr Schmuck erinnert sie an ihren Ursprung, sie finden damit nach Hause wie ihre Hunde. Ihren Ursprung vermuten sie vage im Wald – nicht im Schwarzwald, irgendein Wald, nur eine besternte Nacht muss sich darüberspannen. Die Nächte über dem Schwarzwald tun es für den Anfang, und damit sie sich verbinden können mit den Sternen und dem Wald, verlegen sie ihre Schlafzimmer in den angebauten Wintergarten, so wachen sie auf wie unter freiem Himmel. Vier dünne Glaswände trennen ihre Betten vom Waldrand da draußen, und sie können dort das Ticken der Spechtschnäbel hören und manchmal das Grunzen der Wildschweine, die ihre Gärten zerwühlen. Esra findet auch das ursprünglich und drückt die Möhrenschweife und Kartoffelpflanzenstrünke, die verschont geblieben sind, jede Woche verzückt zurück in die mit selbst gesammeltem Naturstein umkränzten Beete.

In die Gartenbäume hängen sie Windspiele, sodass sie, erklärt Esra, auch die unsichtbaren Kräfte der Natur noch intensiver wahrnehmen können.

Die Frauen um Esra fangen ihr Monatsblut in Trichtern auf, die sie in sich tragen, oder auf bunten Baumwolltüchern. Sie sagen, es sei gut für die Umwelt. Mina hat Esra mehr als einmal beobachtet, wie sie vor der Waschmaschine auf ihr getrocknetes Blut in den Tüchern starrte, versonnen und sehr zufrieden, und es ist seitdem, dass Mina sich fragt, ob sie deshalb die Nähe der Frauen sucht: weil der Anblick ihres eigenen Bluts sie daran erinnert, dass sie mit ihrem Körper auf der Welt sind, abseits ihrer tippenden Tastaturenfinger und ihrer denkenden Köpfe. Sie sind wie Mina, sie hofft das, sie müssen es sein.

Sie packen die Umzugskisten gemeinsam aus, und während die anderen Frauen Möhren schälen und Zwiebeln hacken, geht Mina in den Garten. Hinter einer niedrigen Steinmauer beginnt das Roggenfeld wie ein mit der Mauerlinie grob vernähter gelber Flicken, dahinter lichter Mischwald. Kein Vogel, kein vielkörperiges Schwirren von Chitinflügeln, die hart aneinanderreiben. Vom Feld her weht Herbiziddampf zu ihnen, ein Geruch nach warm gewordenem altem Käse, der Mina in die Schläfen sticht. Wo sind die Insekten? Die Fliegen, die Bienen, Grashüpfer, Ohrkäfer?

Ein Wind geht in das Feld, und endlich hört Mina das vertraute Reiben von Flügeln. Als der Wind abflaut, verschwindet es wieder; beim nächsten Lüftchen beginnt es erneut. Mina läuft zum Feld, und da sieht sie es. Der Wind fährt in die Ähren, und das Geräusch setzt ein. Der Roggen ist gelb und nicht grün, wie Mina es kennt. Die Dürre im Wald ist auch auf die Felder übergegangen, die Bauern können nicht jedes Feld retten, die Kreisstadt hat das Wasser rationiert. Dieses hier ist gelb und staubtrocken, und die Ähren schlagen im Wind aneinander mit hohlen, klackernden Geräuschen. Der Boden zwischen den Pflanzen bleibt unbewegt: keine Beinchen, die ihn nach heruntergefallenen Samen durchkämmen. Nur die Windspiele läuten.

Mina steht lange vor der staubigen Ladenauslage der verlassenen Bäckerei und stolpert am Marktplatz in die Denner.

»Komm doch mal in meinen neuen Laden«, ruft die Frau. »Der wird dir gefallen! Ganz modern! Und bring deine Freundinnen mit!«

Der neue Laden der Denner heißt Heimaterde. Im Schaufenster stehen in ausladenden Zierkübeln Tollkirsche, Fingerhut, Fliegen-Ragwurz, Heideflechte und Leuchtmoos; aber auch die gewöhnlichen Sorten wie Gräser, Mohn und Kornblumen und winzige Fichtensetzlinge mit noch weichen Nadeln. Ein anderes Gewächs besetzt gleich ein ganzes Regal: eine kräftige dunkelgrüne Staude mit herzförmigen Blättern, *Die Königin der Heilpflanzen*, wie sie ein Schild ausweist. Es gibt fast alles aus der Brennnessel zu kaufen: Haarseife und Schnürsenkel, Schnaps und einen Aufguss für die Sauna, der auf der Haut *anregend prickeln* soll. Und obwohl Mina sich fast sicher ist, die Denner am Flussufer vor der Papierfabrik in den Brennnesseln gesehen zu haben, mit einem Sack in der Hand, in den sie die Nesseln hastig gestopft hat, bleibt die Denner dabei: Es seien besonders potente Pflanzen, die sie einem Nesselspezialisten in der Pfalz abgekauft habe. Das erkläre ihren horrenden Preis. Die Nesseln werden binnen kürzester Zeit zum Verkaufsschlager. Besonders den Aufguss reißen die Frauen des Ortes ihr aus den Händen, und Esra kauft eine Kette aus Brennnesselschnur für ihren Hund.

»Eine gute Wahl«, sagt die Denner und hebt ihr breites Handgelenk, um das der Schmuck zu fest gewunden ist und das Fleisch einschneidet. »Die gleiche habe ich auch. Mögt ihr den Nesselschnaps probieren?«

Sie gießt den Schnaps in drei Hütchen. Esra und die Denner prosten sich zu. Mina schiebt ihren Schnaps zu Esra herüber. Ich nähe mir Hemden aus Nesseln, denkt sie bitter, ich schlafe darin. Was soll ich das Zeug auch noch trinken?

Nach Malene und Vetko war Esra die Erste gewesen, die näher an Mina herangerückt war als eine Ellenbogenlänge auf einem Hörsaaltisch. Die Telefonate mit Robert waren selten geworden und oft so spät in der Nacht, dass Mina über ihnen einschlief und Stunden später mit einem Tuten im Ohr aufwachte.

Tatsächlich waren alle ihre lockeren Absichten und träumerischen Vorstellungen von dem, was nach dem Studium kommen sollte – eine noch größere Stadt, eine noch größere Wohnung, ein Leben, das endlich weitläufig genug wäre für die Art langbeiniger Freiheit, die sich offenbar jeder wünschte –, nicht fester geworden. Im Gegenteil: Im Wirbel des Möglichen, eines breitbeinigen Alles statt eines überschaubaren Nichts, fühlte Mina, wie ihre Waden dicker und kürzer wurden. Auf U-Bahn-Sitzen drückten sich ihre Oberschenkel näher aneinander, während sich die der Männer und Frauen neben ihr mehr und mehr spreizten, um in ihrer Mitte eine Öffnung zu lassen für all die Möglichkeiten, die dort Platz nehmen könnten, wenn sie nur lang genug U-Bahn durch große, noch größere Megastädte fuhren und dem richtigen Gegenüber in die Augen sahen.

Als Esra also fragte, ob sie einen Ort wisse, an dem man erst einmal leben könne, ein bisschen arbeiten vielleicht von Computern aus in Heimarbeit und frei für die Firmen in den Städten, aber doch hauptsächlich leben und atmen, Kaffee trinken aus Stempelkannen, die man sehr gemächlich herunterdrücken würde, ein Ort mit Platz für Schraubgläser und mit Häusern, in deren Gärten man den Wind hören könne und wo Klangspiele frei schwingen würden: dann solle Mina es nur sagen und mitkommen, und hier war sie und schob ihre Matratze neben die der anderen vier Frauen auf dem Boden des Wintergartens und wurde an den Morgen wach vom Klirren der Windspiele, auf deren hölzerne Klöppel sich Saatkrähen setzten und schaukelten und die Äste mit ihrem Gewicht herunterzogen. Sie waren erstaunlich schwer für etwas, das Federn hat.

XXIX

FUSSSOHLEN UND HUMMERSCHEREN

Die Fliegen gehen, und die Hummer kommen.

Ein Geruch von altem Harzer Käse, der von den Feldern heraufzieht, umnebelt die schwarzen Gasmaskenköpfchen der Fliegen, die in schwankenden Schwarmwolken über dem Dorf und dem Wald stehen. Es sind weniger als sonst, die Schwärme löcherig und zerrupft, wie räudig. Der Nebel wird am Nachmittag besonders stark herübergeweht, kurz vor den Hitzegewittern, die den Käse aus der Luft und die leblosen Körperchen von den Gartentischen und Gehwegen und Autodächern spülen.

Dem Gewicht ihrer aussetzenden Fliegenherzen nach fallen die Fliegen aus dem Himmel über dem Wald, den Weiden und den Wasserflächen der Teiche und Tümpel und klatschen auf über den Mäulern der Zierkarpfen. Die Fische schwimmen träge an die Oberfläche der Vorgartenteiche, sie tragen die vier Kammern ihrer in der Kunstkälte der klimatisierten Teiche langsam schlagenden Herzen mit Bedacht vor sich her, sie haben es nicht eilig und lassen die Fliegen in ihre Mäuler treiben.

Nur der Waldsee ist frei von toten Fliegen, die irgendwann so viele werden, dass die Pumpen der Teiche verstopfen, und es mischen sich die plumpen Leiber von Bremsen und die geringelten von Bienen und auch Grillen und Heuschrecken und Nachtfaltern darunter und legen mit ihren Körpern die Belüftungssysteme der Vorgartenteiche lahm. Genau genommen gibt es keinen Waldsee mehr: Er ist seit Mai nach und nach verdunstet und liegt jetzt im August trocken da, die Walfischknochenwurzeln darin ragen starr und dürr in das wolkenlose Gasblau des Spätsommerhimmels. Die Algen, die die Äste zuvor wie Flokati bedeckt haben, sind verdorrt und so hart, dass man sie abbrechen kann. Nicht einmal in ihrem süßen Verwesungsgestank kreisen Fliegen.

Irgendwann fahren Bagger vor und gabeln die Walfischwurzeln auf, die Steinbrocken und was sonst noch auf dem Seegrund liegt, Autoreifen, ein verbogener Vogelkäfig, ein verrostetes gelbes Kinderfahrrad, ein Blechschild mit der Aufschrift *Warnung vor dem Hunde*. Auf die Bagger folgt der Betonmischer und der Trupp Maurer. Sie gießen den ganzen Seegrund mit Beton aus, sie streichen ihn glatt, und dann mauern sie hüfthohe Wände um das neue Fundament. Von oben ist es ein graues Viereck, in viele kleinere Vierecke unterteilt, jede Zelle mit bruchsicherem Plexiglas von den anderen abgetrennt. Hummer in Gefangenschaft reißen einander die Scheren ab, zwacken einander die empfindlichen gebogenen Kopfantennen durch.

Taubner kommt und zerschneidet ein rotes Band, und der Bürgermeister hebt ein Glas Sekt über seinen Kopf. Die Umstehenden applaudieren, nur Lohwieser guckt verkniffen und lässt sich ein zweites Glas Sekt geben, ein drittes. Das Wasser läuft in das Becken, mit einer genau abgemessenen Salzdichte und einem genau abgemessenen und dann zur Vorsicht noch einmal verdoppelten Antibiotikagehalt.

Am nächsten Tag, als sich Mina die Hummerfarm das erste Mal anschaut, ist der ehemalige Waldseeboden nicht mehr betongrau. Der Boden ist mit etwas Blauem überzogen. Ein kräftiges Indigoblau, und das Blau bewegt sich. Mina geht näher heran. Es müssen Hunderte sein: In jeder Zelle sitzt ein kleiner blauer Hummer. Die meisten haben sich in einer Ecke verkrochen, manche haben sich auf ihre Hinterbeine gestellt und heben die Scheren empor, fast bis über die Wasseroberfläche. Wäre kein Wasser im Becken, vielleicht könnte man das Klappern hören. Einer der Hummer, der kleinste von allen, kippt dabei immer wieder nach vorn um. Die Scheren sind abnorm groß für seinen Insektenleib und die flink trippelnden Tausendfüßlerglieder. Er ist auf dem Rücken gelandet und kämpft, bis er wieder auf den Beinchen steht. Sofort streckt er wieder die Scheren aus, kampfbereit. Seine Antennen zittern nervös.

Mina sieht sich vorsichtig um, sie geht nah an das Becken. Die Zelle des kleinen Hummers ist eine Armlänge von ihr entfernt. Sie beugt sich über das Becken, die Hand ausgestreckt. Noch wenige Zentimeter, sie streckt sich weiter vor, taucht einen Finger in das Wasserviereck über dem Hummer. Da sieht sie Taubner auf der anderen Seite des Beckens, der in weit ausholenden Schritten näher kommt und dabei erregt mit den Händen fuchtelt. Mina zuckt zurück.

»Weg vom Becken!«, brüllt Taubner. »Das Gekröse hat ein Vermögen gekostet. Wehe, ich sehe dich da noch mal rumlungern.«

Mina hebt beschwichtigend die Arme und geht. Sie wird auf die Nacht warten.

Auf dem Heimweg begegnet sie Esra und den anderen Frauen. Kurz hinter Taubners Hochsitz stehen sie im Kreis, die Schwangere in der Mitte, und halten sich an den Händen. Ihre Augen sind geschlossen, die Gesichter zeigen zum Himmel. Sie tragen ihre weißen Leinenhemden, die übersät sind von dunklen Punkten, genauso wie ihre Arme und Beine und ihre Augenlider, selbst an den Ohrläppchen kann Mina die Punkte erkennen: *Mückenmeditation* nennt Esra das und sagt, dass sie sich dabei so gut spüren kann, und alles gratis, kein teurer Kurs nötig, einfach in den Wald gehen und warten. Ihre Augen leuchten dabei. »Komm mal mit, Mina!« Mina denkt an eine Bremse auf ihrem Handgelenk, eine Bremse, die sie immer noch auf ihrer Hauptschlagader spürt und die vor vielen Sommern eine unsichtbare Nervenbahn entlang bis zwischen Minas Beine gekrochen ist. Sie beißt sich auf die Lippen, um es nicht zu erzählen, und sie lehnt dankend ab.

Die Stechmücken sind die einzigen Fluginsekten, denen der Käsedunst von den Feldern nichts anhaben kann. Seit der Waldsee ausgetrocknet ist, sind sie näher an den Ort herangerückt: Sie larven im Schilf der Karpfenteiche, im wohltemperierten Wasser, ungestört und sicher vor schnappenden Mäulern. Mina sieht auf die leeren Gesichter der Frauen: kein Blinzeln, kein Stirnrunzeln. Die Erhebungen der Stiche auf ihren Stirnen und Kinnen und Wangen sind im schon zurückweichenden Tageslicht deutlich zu erkennen. Auch auf dem Bauch der Schwangeren, der frei liegt, das Leinenhemd unter den Brüsten hochgebunden, landen die Mücken. Eine Mücke setzt sich auf ihre entspannt erschlafften Lippen. Die Schwangere zuckt nicht. Nach einer Weile regt sich die Mücke, vollgesogen, und surrt schwerfällig davon.

Der Wald und die Wege um die Hummerfarm sind unbeleuchtet, aber Mina und Robert finden das Becken trotzdem. Die Hummerfarm blubbert und brodelt unter der schwülen Glocke der Sommernacht, wirft chemische Gerüche und den Geschmack von Fisch und Fäule in Blasen in die unbewegt stehende Hitzeluft. Die Blasen platzen mit einem ordinären, organischen Geräusch, und ein bauchiges Maschinenbrummen kommt aus der Beckenanlage.

Robert besucht seine Eltern ein paar Tage, bevor er mit Miro zu einem Rucksacktrip durch Griechenland aufbricht. Er hat Minas Hand fest umklammert. »Verdammt, ich habe vergessen, wie schwarz dieser Wald ist.« Bei jedem Knacken von Zweigen, auf die sie treten, fährt er zusammen.

»Wir sind gleich da«, beruhigt ihn Mina. »Da vorn ist schon der Zaun. Siehst du die grünen Lichter? Das ist die Alarmanlage.«

»Alarmanlage?!«

Mina sieht sein Gesicht nicht, aber den entsetzten Tonfall kennt sie: So klingt Robert immer, wenn sie ihm ihre Männergeschichten beichtet, oder besser, dass es wieder nichts zu beichten gibt, weil mit denen, die auf den Unitischen an ihre Unterarme stoßen und sie auf ein Bier treffen wollen, nichts Erwähnenswertes passiert. Als würde sie an einer juckenden Stelle kratzen wollen und sie immer nur beinahe, immer nur fast erreichen, immer nur drumherum kratzen, nie nahe genug, um das Jucken so zu erwischen, dass es endlich aufhört.

»Sei kein Hasenfuß«, zischt Mina, sie krallt sich mit Zehen und Fingern in den Maschendrahtzaun und schwingt sich darüber. Robert stöhnt und zieht sich mühsam hoch, während Mina schon weiterschleicht, vorwärts durch die letzte Gebüschreihe vor dem Becken.

Mina hält Robert zurück, als er auf die Beckenmauer springen will. »Warte«, sagt sie, den Zeigefinger auf dem Mund. Sie stehen und lauschen. Mina kneift die Augen zusammen. Sie sieht einen Schemen, ein menschlicher Umriss, er hockt vor dem Becken. Er beugt sich dicht vor die Wasserfläche und durchpflügt mit den Händen das Wasser. Ein unterdrückter Schmerzenslaut, ein Fluch: Mina erkennt ihn an der Stimme, es ist Lohwieser. Neben Lohwieser steht etwas, ein Behälter mit Henkel. Er lässt etwas hineinfallen, zweimal, dreimal. Es gibt einen dumpfen Aufprall dabei, es kratzt über die Wände des Behälters, erst zaghaft, dann vernehmlich.

»Der klaut die Hummer«, flüstert Mina.

Robert gluckst. »Der gönnt dem Taubner die Butter auf dem Brot nicht. Was will er damit machen, Abendessen? Sie dem Taubner ins Bett legen?«

Lohwieser scheint zufrieden. Er drückt den Deckel auf den Behälter, schüttelt ihn in der Hand: Es rumpelt geräuschvoll. Im schwachen Schein des Augustvollmonds können sie sehen, wie Lohwieser langsam und breit die Zähne bleckt, ein peroxidhelles Grinsen, das zu ihnen herüberblitzt: Für Lohwieser und Taubner sind Gebissreihen die Fortschrittsbalken ihres Lebenserfolgs, je weißer, desto erfolgreicher, und beide tragen sie ihre Zähne knochenweiß, mit jedem Jahr weißer, und vor der Schwärze des Waldes schimmern sie gleißend auf, je dunkler und sortenreiner der Wald wird. Lohwieser verschwindet.

Am Becken leuchtet Robert mit der Miniaturtaschenlampe seines Schlüsselbunds in das Wasser. Er lässt den schmalen Leuchtstift des Lichtkegels die Reihen der Zellen abwandern.

»Sollten die nicht rot sein?«, fragt er.

»Taubner sagt, das Blau ist ein seltener Gendefekt, den sie nachgezüchtet haben. Ein bisschen so wie deine gelben Augen«, antwortet Mina. Robert zwickt sie in den Oberarm, worauf Mina lacht. »Ich mag deine Augen, das weißt du!«

Robert streicht ihr über die Arme. »Du frierst«, sagt er. »Kannst du an der Kopfhaut jetzt auch Gänsehaut bekommen?« Er fährt ihr vorsichtig durch den kurzen Flaum, der ihren Kopf bedeckt.

Mina drückt sich gegen ihn und schüttelt den Kopf. »Glaube ich nicht. Schade eigentlich, mit Gänsehaut hat man tausende kleine Antennen am Körper, sie potenzieren Kälte, Wärme und alles, was Hände mit einem tun. Hummer können mit ihren Antennen sogar riechen.«

Sie schweigen einen Moment und sehen dem Strahl von Roberts Taschenlampe hinterher, der über das Becken huscht. Die Hummer krabbeln am Boden ihrer Zellen herum, stoßen an die Wände, immer wieder. Sie scheinen nie zu schlafen.

»In der Wildnis ist nur ein einziger von einer Million Hummern blau. Sind sie nicht schön?«

»Deinen Hang zu Blau kenne ich ja«, flachst Robert. »Ich dachte aber, der beschränkt sich auf deinen Sex.«

Mina knufft ihn in die Seite, vielleicht ein wenig zu fest, als dass es noch freundschaftlich gemeint sein könnte. Robert japst nach Luft.

Mina zählt die Reihen der Zellen ab, sie hat sich die Zelle des kleinen Hummers eingeprägt. Am Beckenrand streift sie ihre Schuhe ab und schlägt die Beine ihrer Hose hoch.

»Was machst du?«, ruft Robert gedämpft. Mina winkt ihn zu sich. Er hält sie an den Händen fest, während Mina noch zögernd den Fuß über dem Becken in der Schwebe lässt. »Keine Helden unter den Zauderern, richtig?«, sagt Robert.

Sie steckt zuerst die Zehen, bald den ganzen Fuß in die Zelle, bis sie darinsteht. Der kleine blaue Hummer hat sich in eine Ecke verzogen und hält seine Scheren in Abwehrhaltung vor sich. Mina stupst ihn an. Er rührt sich nicht.

»Was für ein Schöner du bist«, wispert sie beruhigend, als könnte der Hummer sie über dem Wasser hören. Er kauert in der Ecke wie eingefroren.

»Warum«, sagt Robert vom Beckenrand her, »fällt es dir eigentlich so schwer, die Besonderheiten an dir selbst schön zu finden? Wenn du doch in allen Macken und Rissen, Spinnereien und Systemfehlern der anderen die Schönheit sehen kannst?«

Mina lässt sich auf den Beckenrand fallen, die Fußsohlen baumeln im Wasser, die Zehen ziehen Bahnen durch die Hummerzelle. »Du hast gut reden«, sagt sie. »Du hast eine ganze Gruppe von Freunden um dich herum, die so sind wie du. Die so lieben wie du, sich auf die gleiche Weise küssen, und wenn sie Fotos davon ins Internet stellen, stehen darunter Regenbogenflaggen und Herzen und hochgereckte Daumen. Ihr erkennt einander. Weil ihr euch zu erkennen gebt. Mit der Art, wie ihr einander anseht oder zur Begrüßung umarmt. Manche mit ihrer Kleidung, ihrer Stimmlage, einem Hüftschwung. Bei mir schweigen sie und bleiben für sich.«

An Minas Fußsohle streift etwas Hartes vorbei. Sie hält ganz still: Die Fühler des Hummers ragen aus dem Wasser, dicht neben ihrem Fuß. Die Fühler betasten sie behutsam, sie sind rau und feucht, und sie kitzeln.

»Ich war mal in einem von diesen Clubs«, sagt Mina. »Du weißt schon, wo sie sich gegenseitig auspeitschen und an diese Kreuze fesseln. Ich konnte damit nichts anfangen, mit der Öffentlichkeit, dem Glotzen, den Desinfektionstüchern neben den Balken und Böcken und Schaukeln. An der Bar bediente eine ältere Frau, ich habe einen Wein bestellt, sie hat mich scharf angesehen und sich und mir zwei Schnäpse eingegossen. Ich habe sie gefragt, was die Leute dort gemacht haben, bevor es das Internet und Plätze wie diese gab. ›Die Mutigen‹, hat sie geantwortet, ›haben Zeitungsannoncen aufgegeben. Die meisten von uns waren allein.‹«

Robert drückt ihre Hand, da schreit Mina auf. Erschrocken leuchtet Robert in das Becken. Der Hummer steht auf seinen Hinterbeinen und hat die rechte Schere fest um Minas großen Zeh geschlossen. Sie schüttelt wild den Fuß und verzieht das Gesicht. Der kleine blaue Hummer bleibt hartnäckig. Robert grinst.

»Na, der hat dich jedenfalls erkannt.«

Es wird langsam hell, als sie am Grab von Niklas stehen. Die umfassende Dunkelheit fängt an zu perlen wie Sekt, wird unruhig, das Kribbeln des neuen Lichts mischt sich in die Nacht, voll Ungeduld, den Himmel ganz zu übernehmen. Auf der schlichten Marmorplatte ist eine Tafel montiert, die Buchstaben darauf lassen sich verschieben und austauschen, sie sind aus Plastik, eine Sonderanfertigung des entnervten Steinmetzes, der es irgendwann aufgegeben hat: Niklas' Mutter wechselt den Grabspruch jeden Monat; wenn es ihr schlecht geht, wöchentlich. *Lebe im Licht*, lautet die aktuelle Inschrift.

»Tja«, sagt Robert und schiebt die Buchstaben auf den Schienen ratlos hin und her. Es quietscht leise. »Nicht mal im Tod muss man sich noch festlegen. Ruhe er ewig flexibel.«

Womit ersetzt man eine verlorene Verbindlichkeit der Welt? Das große Alles? Mina fällt Vetkos Formulierung aus seinem letzten Brief ein, die im Baggersee schwimmt oder sich aufgelöst hat, von den Enten gefressen. Ob sie wohl Durchfall davon bekommen haben und Bauchschmerzen wie Mina? Im großen Alles, denkt sie, ist manchmal das Bestimmen einer Form ein Trost. Und vielleicht ist die Gestalt der Form nicht das Entscheidende. Vielleicht ist es einfach: der Trost der festen Form in einem aufgelösten Dasein.

XXX

ERDE UND KNIE

Esra und Mina pflücken junge Brennnesseln. Esra pflückt ohne Handschuhe, die rechte Hand schießt vor in das Grün, sie stehen bis zur Hüfte in den Nesseln, mitten auf dem Brennnesselfeld vor der Papierfabrik. Es ist eine gute Sammelstelle, die Nesseln umsäumen die ganze Fabrik, die Wiesen sind feucht, und in der Asche der letzten Waldbrände gedeiht das Unkraut, die Asche macht die Böden fett.

»Du musst sie von unten anfassen«, sagt Esra. »Auf der Unterseite wachsen keine Brennhärchen. Du streifst einfach die frischen Triebe von unten über den Stiel, siehst du, so.« Sie zeigt es und rollt die gepflückten Blätter in der Handfläche zu einer grünen Kugel zusammen. »Ganz einfach«, sagt sie, »alle Härchen sind nach innen gerollt, jetzt sind sie völlig harmlos.« Zum Beweis rollt Esra die Nesselkugel einmal von den Handballen über das Handgelenk bis zur Armbeuge: braune glatte Haut ohne Quaddeln. Sie schnippt die Kugel in ihre Sammeltasche. »Früher habe ich die mit meiner Mutter gepflückt, sie hat es mir gezeigt«, sagt Esra fröhlich und schaut auf. »Und jetzt du.«

Mina hört sie kaum. Sie steht schon eine Weile in Gedanken neben den Nesseln, auch sie trägt keine Handschuhe, und sie braucht keine. Esras Kniff kennt Mina schon, sie kann ihn im Schlaf vorführen. Sie hat ihn aber nicht von ihrer Mutter gelernt, und es ist nicht sie, an die Mina denkt. Ist das der Moment, es Esra zu erklären? Mina blickt sie von der Seite an, wie sie sich wieder dem Pflücken zuwendet, mit dem Handrücken das wachsende Schweißnetz zurück in den Haaransatz streift und mit der anderen Hand, artistisch und einhändig, eine Kugel nach der anderen rollt und schnippt. Mina lässt ihre eigenen nackten Hände über der Pflanze schweben, atmet ein, packt zu und presst einen Ruck Augustluft aus der Nase, alle fünf Finger in den tausend nadeligen Brennhärchen.

»Klappts?«, fragt Esra über die Schulter.

»Ja«, sagt Mina. »Klappt.«

Später sitzen sie auf dem Marktplatz. Zum ersten Mal sieht Mina die Mammutbäume, die bereits ein Jahr nach ihrer Pflanzung das Rathaus überragen und das Dienstzimmer des Bürgermeisters verdunkeln. Der Bürgermeister seinerseits schwärzt in den Baumschatten seines Zimmers die Zahlen des Amts für Touristik: Auch die Mammutbäume haben den Besucherstrom nicht erweitern können. Sie überlegen, die beiden Bäume noch einmal zu verpflanzen: Mit Wurzel und Stamm soll der eine zum nördlichen Waldrand gebracht werden, wo das Hotel Waldesruh verfällt, seit die Männer und Frauen in den haferflockenfarbenen Strickpullovern fort sind. Dort wird der Baum keine Seele stören, und wenn der Sturm ihn fällt und das Hoteldach zerschmettert, kann das Hotel trotz Denkmalschutz vielleicht endlich abgerissen werden.

Den zweiten, kleineren wollen sie in den Schulhof stellen. Dort soll er, ein für sehr viel Geld importierter kalifornischer Riesenbaum, die schmale kanadische Fichte ersetzen, die man dort abgeschlagen hat, um den deutschen Wald deutsch zu halten. Die kanadischen Wildgänse drücken derweil noch immer graugrüne Schlieren auf Schulhof und Marktplatz und das Dach des Waldesruh, ungehindert und undeutsch. Der Geruch beißt sich beim Abendspaziergang jeden Tag in die Nasenflügel des Bürgermeisters und lässt sich auch mit der Schärfe des Kümmelschnapses kaum vertreiben.

Mina kühlt ihre mit Quaddeln übersäten Finger an einem Glas Eiskaffee, gegen dessen Rand klackernd die Eisquader schlagen. Esra ascht in den Kristallaschenbecher, den der Cafébesitzer aus Vetkos Verkauf hat, sagt Esra, die auch einen davon gekauft hat. Mina erkennt den Aschenbecher wieder: Es ist einer aus der Garnitur des Anker. Der Anker-Wirt hat sie einmal teuer gekauft, sie nach dreißig Jahren mit Lampenschirmen, Cordsitzmöbeln und anderem Plunder auf die Straße gestellt, und Vetko hat sie eingesammelt und dem Eiscafébesitzer verkauft, der das Fünffache gezahlt hat von dem, was der Anker-Wirt einmal dafür auf den Tisch gelegt hat. Hinter dem Schaufenster des Cafés am Rathaus blinzelt ein vertrautes Gesicht bleich und sanddünengelb gegen die Abendsonne: die Bröckelsphinx. Auch die, wettet Mina, für ein Fünffaches ihres Preises.

Sie muss lachen. Esra guckt sie fragend an, und ihr Blick fällt auf Minas Hände. Sie hebt ihre eigenen an ihren Mund, die Augen groß, und als Mina ihr von Vetko und sich in den Brennnesseln erzählt, werden sie noch größer und klappen dann zu. Mina redet weiter, obwohl Esra beginnt den Kopf zu schütteln, unwillig, eine Geste, die Mina an die

Fliegenzeit denken lässt, wenn die Ortsbewohner an ihren Klapptischen auf den Veranden saßen und zwischen jedem Bissen des Abendessens die Gabeln sinken ließen, um die Köpfe zu schütteln, damit die Fliegen von den Mundwinkeln verschwänden. Esra drückt Minas Geschichte aus ihren Augenwinkeln, sie presst die Augen fest zu und lässt die aufgescheuchte Geschichte nicht mehr auf ihrem Gesicht landen, so heftig schüttelt sie den Kopf.

»Das tut doch weh«, sagt sie immer wieder, wie eine Beschwörungsformel, und »Warum hast du das mit dir machen lassen« und »Was gibt dir das« und »Der Typ ist doch ein Spinner, ein Frauenhasser«, und sie wiederholt noch einmal »Das tut doch weh« mit einer Stimme, die klein ist und kläglich wie die eines Kindes. Sie hat Minas Hand in ihre genommen und streichelt vorsichtig darüber, *eieiei*, als wäre nun Mina das Kind und hätte sich beim Spielen das Knie aufgeschürft. Doch so, wie sie streichelt, fühlt Mina sich nicht wie das Kind, sondern wie die offene Schürfwunde, und Esras Mitleid landet auf ihr wie Schmeißfliegen an Wundrändern.

Mina lässt ihre Hand in Esras liegen, als sei es nicht mehr ihre. Sie ist in Esras Besitz übergegangen, fest verbaut in ihre Version von Minas Geschichte: die, in der ein harmloses sechzehnjähriges Mädchen sich in einen sadistischen Psychopathen verliebt, der sie zwingt, nackt in einem Brennnesselfeld zu knien, aus keinem guten Grund außer diesem einen: dass es ihm eine höllische Freude bereitet. Sie weiß nicht, wo der Teil ihrer Geschichte gelandet ist, der über alles entscheidet – verjagt von Esras Kopfschütteln vielleicht. Der, in dem das Mädchen freiwillig länger knien bleibt, als der Junge sie gebeten hat, aus keinem guten Grund außer dem einen: dass es ihr eine höllische Freude bereitet.

»Ist schon gut, Esra«, sagt sie irgendwann leise. »Es ist gut. Das ist alles lange her.« Und als sie noch überlegt, wie sie ihre Hand befreien soll – Esra hält sie sehr fest und macht kreisende Bewegungen mit dem Daumen, als wollte sie die schreckliche Geschichte mit den Brennhärchen nach innen zu einer Kugel rollen –, ploppt es neben ihnen. Auf der Tischplatte liegt eine Raupe mit weißen seidigen Haaren und einem gelben Bauch, den sie nach oben streckt mit vielen hilflos in der Luft rudernden Beinchen. Sie ist auf dem Rücken gelandet und hat den Aschenbecher gerade so verfehlt.

Mina windet ihre Hand aus Esras Griff und dreht die Raupe mit zwei Streichhölzern auf den Bauch, sie liegt benommen da und rührt sich nicht. Da ploppt es zum zweiten Mal und zum dritten Mal, die Raupen liegen bewegungslos auf dem Tisch verteilt, und erst als etwas in Minas Nacken landet, blickt sie auf: Ein Wind geht durch die Mammutbaumnadeln über ihnen und kämmt haarige, fleischige Körper herunter. Mina begreift es zuerst, da hat das Brennen in ihrem Nacken schon angefangen, und die Raupe ist über ihre Schultern auf den Boden gekullert zu den anderen Raupen, die der Wind jetzt von den Zweigen schüttelt wie schweren, borstigen Regen. Sie springt auf und zerrt Esra hoch, weg von den Bäumen. Esra hat es auch erwischt, sie reibt hektisch über eine Straße aus roten Erhebungen am Oberarm.

»Eichenprozessionsspinner«, erklärt Mina. »Das Jucken verschwindet bald. Lass zu Hause kaltes Wasser darüber laufen. Und zieh deine Sachen aus, sofort waschen, die Gifthaare können noch in den Kleiderfasern sein. Geh du schon vor, ich komme bald.« Mina umarmt sie zum Abschied. »Wir sehen uns nachher.«

»Aber was ist mit deinen Händen?«, ruft Esra ihr hinterher. »Zu Hause gibt es Tonerde, die hilft« und »Dein Nacken, merkst du das nicht?« und »Komm doch mit, Mina, wo willst du denn hin!«.

Mina legt die Hände hinter die Ohren, als wollte sie den Schall der Rufe auffangen, hebt entschuldigend die Schultern und winkt Esra zu, dann biegt sie um das Rathaus.

Esra und die Frauen haben Tonerde in ihren Schraubgläsern, sie stehen in ihren Hausapotheken. Sie graben die Tonerde aus ihren Gärten und trocknen sie in Fladen auf ihren Terrassen. Wenn die Fladen frisch sind, haben sie diesen beleibten satten Glanz, wie die Wangen der Frauen, wenn sie am Abend die Gesichter mit Karottenöl einreiben. Nach einem sonnigen Vormittag werden die Fladen rissig und bittergrün wie Olivenbaumblätter im Spätsommer, und später bröseln die Frauen sie in ihre Schraubgläser, ein Pulver, mit dem sie ihr Haar waschen und Stiche und Wunden behandeln, Schwellungen einreiben, das sie in Wasser rühren und auf ihre sauren Mägen gießen.

Wenn sie an Erde denken, fällt ihnen eine Liste ein, auf der die hellen Dinge stehen: Heilung steht dort, Muttererde, Herkunft, Wachstum, Kraft. Sie denken an eine Frau und einen Mann aus einem Buch, die aus Erde geformt wurden, und der Heilschlamm auf ihren Rippenbögen spannt sich bis zu dem, was sie Ursprung nennen und den zu finden sie hierhergekommen sind. Erde, das ist: aus was sie gemacht und zu was sie zerfallen werden, eine weiche Erde, eine fruchtbare Erde, das tröstlichste Element von allen.

Wenn Mina an Erde denkt, hat ihre Liste einen Punkt, und Esra nennt ihn schwarz, sagt am Ende: »Mina, dein Sex schluckt alles Licht. Mina, dein Sex ist mir zu dunkel, und ich verstehe ihn nicht«, und damit macht Esra den Unterschied, der Mina eigentlich im Nacken brennt. Den Unterschied zwischen ihr und Mina.

Der eine Punkt auf Minas Liste ist: Vetko. Sie denkt an Vetko, und an eine Erde vor ihm, die ihr Platz gewesen ist. Selbst wenn sie alle die Verschiebung der Platten unter ihren Füßen in diesem Wald kaum spüren und sich öffnende Erdspalten und Erdrutsche weit weg sind, in denen und unter denen Häuser und Dörfer und Städte verschwinden, und selbst wenn Männer mit Koffern an Bahnhöfen in diesem Land noch keine Risse in die Menge gesprengt haben: Was beweglich ist, bewegt sich auch hier, es bewegt sich von ganz allein auf den Platten, es folgt den Linien der inneren Risse und Spalten, die lautlos entstehen und lautlos schlucken, was sie umgibt. Mina spürt unter ihren Füßen die Erde beben vom Flügelschlag der Wildgänse aus Kanada, die in den Teichen nach japanischen Zierkarpfen picken, die nach den Larven der Fliegenzeit schnappen und deren Schwanzflossenwedeln das Wasser bewegt, aus dem die Wurzeln der Mammutbäume trinken, herangeschafft über einen Ozean und zwei Kontinente von dem nervösen Zucken eines Schwarzwälder Bürgermeisters, der auf seiner Abendrunde durch den Ort Lu's Asia-Imbiss kreuzt, Lu mit seinem Soja aus Russland an einer Provinzbahnstation in Süddeutschland, wo dreimal täglich die Schwarzwaldhochbahn hält mit Saudis, die den Wald von einem der Gipfelkreuze der Bergketten ringsum fotografieren und unter dem richtigen Sammelbegriff im Internet hochgestreckte Daumen aus aller Welt dafür ernten und ihren Freunden Bollenhutkühlschrankmagneten als Mitbringsel einpacken lassen, deren Restbestände Vetko in ein paar Jahren vielleicht in seinem Lager für das Siebenfache anbieten wird, Sammelobjekte mit Seltenheitswert und Handwerkstradition, weil der Souvenirladenbesitzer sie aus koreanisch gefertigten Einzelteilen nach Feierabend noch selbst zusammengeklebt hat.

Wenn Mina an Erde denkt, denkt sie an einen genau abgegrenzten Fleck, auf dem nur ihre Knie Platz haben und zwei Männerfüße, auf denen sie ihre Hände abstützen und das Gewicht ihrer Knie daran abgeben darf, wenn das Knien mühsam und schmerzhaft wird. Es ist nur ein kleiner Fleck, aber er bewegt sich nicht und bleibt fest unter den Knochen ihrer Kniescheiben. Mina erinnert sich daran, wie sie von dort aus das Drehen der Welt gesehen hatte und anhalten konnte, indem sie den Blick von der Welt genommen und auf den Boden gerichtet hatte, auf Männerfüße und Frauenhände, die sich berühren.

Mina geht langsam, und jeder Schritt ist ein durch die Luft gezogenes Zögern vom Heben des Beins bis zum Aufsetzen des Fußes, aber Mina geht, ein Heben, ein Ziehen, ein Setzen, jeder Schritt ein Auslassungspunkt zwischen Satzfetzen: dem Satz, mit dem vor dreieinhalb Jahren das Sprechen aufgehört hat. Dem Satz, mit dem sie beide das Sprechen fortführen werden. Ein Schritt, ein Punkt. Viertausend Punkte, dreieinhalb Jahre. Eine Tür und ein Klingelschild: VK.

Minas Zeigefinger legt sich darauf, und sie horcht dem Ton nach, wie er durch die Räume huscht. Es ist ein lang gezogenes Läuten einer altmodischen Türklingel, das leere Flure entlang und in alle Zimmer spritzt, über Zimmer voller alter Möbel und Trödel, es wischt über den letzten unverkauften Kristallaschenbecher und hinterlässt eine Spur in der dünnen Staubschicht und findet Vetko bei den Avocadopflanzen.

»Im Garten!«, hört Mina Vetko rufen.

Mina steht an der Gartenpforte und hebt vorsichtig die

Hand, um sie gebunden eine unsichtbare Fahne: das Ende eines Satzes, der vor langer Zeit ihr letzter gewesen ist, in einem anderen Garten, im Schnee. Der Satz flattert im Wind, in Vetkos Richtung, und Mina hebt die Hand noch ein Stück höher. »Da bin ich wieder.«

XXXI

WAS SCHWER IST UND UNS HÄLT

Ein Himmel wie ein Mord über dem Wald, als Mina den Wecker hört: Der Morgen blutet sich aus dem Nachtschlaf und in die Fichten, die Tannen, die Mammutbäume, die Obstbäume, die schläfrig sich hebenden Stachelhaare der Prozessionsspinner an den Stämmen. Die Windspiele klingen, weiter ist nichts zu hören, es ist früh. Der Wind nimmt zu, Mina zieht die Decke enger, die sie um sich trägt, im Schneidersitz auf dem nassen Rasen vor Esras Haus. Die Windspiele veranstalten im aufkommenden Wind eine Treibjagd mit Tönen, scheuchen das Klingeln und Pingen vor sich her und pusten es sich gegenseitig zu. Eine Dohle fliegt erschrocken von der Sauerkirsche auf, der Klöppel eines Windspiels hat sie am Flügel gestreift.

Esra und die anderen haben keine Netze in ihren Obstbäumen, unnatürlich sei das, man teile eben mit den Vögeln, das sei doch immer so gewesen. Seit die Windspiele hängen und auch in den Nächten klingeln, bleiben die Beete ihrer Gärten von Wildschweinen fast unberührt; auch Rehsichtungen am Waldrand sind selten geworden. Nur die Vögel picken unbehelligt weiter die Obstbäume kahl. Was sie übrig lassen, wird stolz eingekocht, winzige Mengen Kirschmarmelade und Birnenkompott und Pflaumenmus. So fühlen Esra und die anderen sich beim Blick auf ihre Vorratsregale ihrem Ursprung jedes Mal ein gutes Stück näher.

Selbst der Wald, der immerschwarze, tauscht für eine Weile, bis die Sonne hoch und klar vom Himmel sticht und die Bäume wieder einzeln sortiert und dunkel strammstehen lässt, ihr Allzeitdüster gegen ein Pfingstrosenlicht. Nur die Verdrahtungen der Hügelkämme, die großen Strommasten auf jedem Berg, bleiben undurchdringlich kohlenfarben vor dem Sechsuhrhimmel. Mina fährt mit der Zunge von innen über die Furchen ihrer Wangenschleimhaut, die ihre Zahnspange einmal narbig geschnitten hat, und erinnert sich, wie sie als Kind immer auf Wunden gezeigt und sie *Wunder* genannt hat. Aus dem Versprecher ist mit den Jahren ein Versprechen geworden: Solang Mina fühlt, wird sie in der Welt sein, in dieser wie in jeder anderen, die möglich wären und vielleicht noch kommen werden. Solang sie verwundbar ist, wird um jede Wunde herum noch immer Ort und Wald und Herzschlag eines anderen sein und sie ein Teil davon.

Sie streckt sich; die beschlagenen Fensterscheiben des Hauses laufen rosa an. Bald wird es Zeit.

Vetko hat den Satz nicht weitergeführt, den sie ihm angeboten hat am Gartenzaun. Er hat einen neuen begonnen. Er hat dabei die Sprache gewechselt. Mina stand am Gartenzaun, war zurück im Ort und vor ihm, nur meterweit entfernt, und er haute ihr ab in fremde Worte.

Vetko drehte sich wieder zum Beet und betrachtete den Avocadokern in seiner Hand, in der Mitte schon gespalten von einem neuen Trieb. Er kniete sich vor das Beet und häufelte mit einer Schaufel etwas Erde zur Seite. Sie sah ihm zu und sagte nichts mehr, ihr Satzanfang wartete mit ihr am Zaun und lehnte sich nach einer Weile und drei oder vier eingepflanzten Avocadokernen erschöpft dagegen. Als er mit dem Einpflanzen fertig war, winkte er sie heran und gab ihr einen Kern in die Hand, er hatte noch keinen Trieb und war glatt gewaschen wie ein Bachkiesel. Sie strich vorsichtig darüber.

»Hier musst du was Spitzes reinbohren«, sagte Vetko und zeigte eine Stelle auf der Kernseite, »und hier und da auch. Zahnstocher oder Nadel, egal was, nur treib es richtig tief rein. Stell den Kern in ein Glas mit Wasser, dann kommt der Trieb und spreizt den Kern in zwei Hälften.« Er lächelte freundlich und schob sie wieder zum Tor. »Ich muss jetzt mal bei den Bohnen weitermachen«, sagte er, »und bei den Chrysanthemen und Dahlien. Engelstrompete ist morgen dran und Ficus, ich überlege, ob ich den durch einen Fenchel ersetze, Ficus wächst im Haus besser, und mir fehlen noch Nutzpflanzen.«

»Fenchel klingt gut«, sagte Mina unsicher, ihr Satzanfang, ihre flatternde weiße Flagge, erschlaffte in der Windstille.

»Oder Feige«, sagte Vetko nachdenklich. »Ob die hier wohl wächst?«

Und als sie nicht antwortete, ging er zurück zum Haus, zwischen den Lippen still Pflanzenworte vor sich hin formend, die mit F anfingen, seine Unterlippe wurde ganz flach dabei, die Stirn gekraust.

Mina denkt an die Frauen um Esra, an die eine, die eine Mutter ist: Sie trägt die Milch ihrer gerissenen Brüste um den Hals wie eine endgültige Nabelschnur, die sie nicht durchschneiden wird. Ihr Bauchgewicht ist nun ein Halsgewicht, ihr Kind ein Herzgewicht. Wie muss es sich anfühlen, so behangen zu sein? Mina stellt es sich schön vor, vergleichbar mit dem Druck von Vetkos achtzehnjährigen Händen um ihren sechzehnjährigen Mund, auf ihre Nase, bis Luft fehlt und ihr Körper und ihr Kopf schwerelos werden, dem Gewicht seiner Schläge auf ihren Oberschenkeln und Brüsten und in ihrem Gesicht: etwas, das einen auf der Erde hält und jedem Schritt, den sie aufsetzt, ein Senkblei anhängt und ihre Fußspuren in den Boden drückt. Alles Schwere hält uns fest. Es hätte ihr früher einfallen können, es war über die Jahre des unbehaglichen Herumrutschens auf Elternstühlen, Hörsaalstühlen und WG-Küchenstühlen so offensichtlich geworden, dass es jetzt ihr Gesicht am Kinn festhielt und ihren Blick auf das lenkt, was sie nicht hat sehen wollen.

Heimat ist: nicht reisen müssen, hatte Vetko gesagt, und es fällt ihr erst jetzt ein, wo nicht nur sie sich selbst von Dorf zu Stadt zurück ins Dorf bewegt, sondern auch alle anderen Menschen in Städten und Dörfern sich in einen Zustand der permanenten Beweglichkeit versetzt hatten, der niemals aussetzen darf. Heimat, das ist kein Ort auf einer Landkarte. Das ist zuerst und von Beginn an: der eigene Körper und die Sprache, die der Körper spricht, wie er geliebt und berührt und genährt werden will.

Die Sonne steigt höher und lässt die kaputten Satellitenschüsseln auf den Dächern aufleuchten. Sie kleben unmodisch groß und weiß auf den Giebeln der Schindelhäuser wie Ohren einer prähistorischen Elefantenart. Sie lauschen einem Signal jenseits des Tals und der Berge hinterher, das längst nicht mehr gesendet wird. Mina streckt sich. Sie hat nicht geschlafen in dieser Nacht und fühlt sich doch, als wäre sie in neuen Knochen aufgewacht. Sie biegt den Rücken durch, sitzt ganz aufrecht da und schaut.

Als die Sonne ganz aufgegangen ist, steht sie auf, steifbeinig, und schlüpft in den Schuppen. Sie lässt eine kleine Gartenhacke in ihre Tasche gleiten.

In Vetkos Garten ist es still, es sieht aus, als hätte er am Abend ein Feuer gemacht: Ein Steinring mit schwarzkohligen Scheiten quillt neben der Gartenhütte in der Wiesennässe.

Sie beginnt mit dem Ende von Vetkos Alphabet.

Sie geht die Reihen der Beete ab, von A bis Z und wieder zurück, sie zückt die Hacke bei A.

Sie hackt und zerrt jede einzelne Pflanze aus den Beeten, mit Wurzeln, Strunk und Stiel. Es ist Arbeit, es wird anstrengend, und ihre Armmuskeln schmerzen. Sie kommt bis zu einem kleinen Bäumchen mit malvenblauen Blüten. Sie sind geformt wie kleine Trompeten und noch verknautscht, als hätten sie sich erst vor Kurzem geöffnet, und dann knackst es hinter ihr.

»Jacaranda«, sagt Vetko. »Wächst hier nicht gut, die Nächte sind zu kalt.«

Sie dreht sich langsam um. Sein Gesicht ist ein bisschen zerdrückt, noch nicht ganz aufgegangen wie die Jacaranda-Blüten, aber seine Augen sind wach.

»Na, was ist?«, sagt Vetko. »Du wolltest doch arbeiten. Lass dich nicht stören.« Er mustert sie abwartend.

Sie hebt zögernd die Hacke und sieht Vetko an, sie versenkt die Hacke neben der Jacaranda. Vetko regt sich nicht. Mina macht weiter, sie hackt und hackt, als wäre Vetko gar nicht da, und als alle Pflanzen aus dem Boden gerissen sind und mit den Wurzeln zum Himmel auf dem Rasen verteilt sind, greift sie in ihre Tasche. Sie zieht eine Brennnessel heraus. Sie setzt sie in das Loch bei »B«, vorher war eine

Ackerbohne darin, noch klein und wackelig und gestützt von Draht. Mina gräbt die Brennnessel ein und bleibt in der Hocke, neben der Brennnessel, sie atmet aus und streicht sich das Wasser von der Stirn.

Vetko steht vor ihr, die Beine hüftbreit auseinander, die Füße fest im Boden. Sie sieht auf die Erde zwischen der Begrenzung seiner Füße, ein kleiner Fleck, auf dem zwei Knie Platz hätten, sie sieht die Begrenzung des Gartens um die Begrenzung des Flecks, sie schließt die Augen und sieht die Begrenzung des Waldes um den Ort. Trotz der kühlen Luft fühlt sie eine Wärme in sich aufsteigen, den Bauch hoch in die Kehle, ein heller gelber Ball mit Strahlen. Bald ragen sie ihr aus dem Mund. Mina muss lächeln.

»Mina«, sagt Vetko, und er sagt es sachte. »Streck deine Hände aus.«

DANKSAGUNG

Dieses Buch ist keines von denen, die man den Eltern widmet. Aber bedanken, das kann ich mich: Danke an Günther Stahlmann und Barbara Stoltefuß für eure Unterstützung und eure Liebe ohne jede Bedingung und unter allen Umständen.

Ich danke auch und besonders, ohne euch wärs nicht gegangen:

Tom – für ehrliche Kritik und ehrliche Begeisterung, für alles, fürs Glühen

Linda und St. Pauli – fürs Heimatsein

Emmanuel, Alena und Mathilde – weil ihr die atmenden Beweise seid, dass es DOCH geht

… und der Stadt Hamburg, die dieses Buch großzügig mit einem Förderpreis unterstützt hat.